跟着名家读经典

外国小说名作欣赏

萧 乾·等著

北京大学出版社

图书在版编目(CIP)数据

外国小说名作欣赏/萧乾等著.—北京:北京大学出版社,2017.9
(跟着名家读经典)
ISBN 978-7-301-28475-9

Ⅰ.①外… Ⅱ.①萧… Ⅲ.①小说—文学欣赏—国外 Ⅳ.①I106.4

中国版本图书馆CIP数据核字(2017)第156107号

书　　　名	外国小说名作欣赏 WAIGUO XIAOSHUO MINGZUO XINSHANG
著作责任者	萧　乾　等著
丛书策划	王林冲　周雁翎
丛书主持	邹艳霞
责任编辑	泮颖雯
标准书号	ISBN 978-7-301-28475-9
出版发行	北京大学出版社
地　　　址	北京市海淀区成府路205号　100871
网　　　址	http://www.pup.cn　新浪微博:@北京大学出版社
微信公众号	通识书苑(微信号:sartspku) 科学元典(微信号:kexueyuandian)
电子邮箱	编辑部jyzx@pup.cn　总编室zpup@pup.cn
电　　　话	邮购部010-62752015　发行部010-62750672 编辑部010-62767857
印　刷　者	北京中科印刷有限公司
经　销　者	新华书店
	787毫米×1092毫米　32开本　13.625印张　208千字 2017年9月第1版　2025年7月第3次印刷
定　　　价	48.00元

未经许可,不得以任何方式复制或抄袭本书之部分或全部内容。
版权所有,侵权必究
举报电话:010-62752024　电子邮箱:fd@pup.cn
图书如有印装质量问题,请与出版部联系,电话:010-62756370

序

中华民族历来重视阅读经典。从春秋时期孔子增删"六经",到秦吕不韦组织编纂《吕氏春秋》,从南梁萧统组织编选《昭明文选》到清人吴楚材、吴调侯编选《古文观止》……这些经得住时间考验的伟大作品,大浪淘沙,洗尽铅华,传承着中华民族最弥足珍贵的思想感情,被一代代人记诵。这些作品刻在了我们民族的"心版"上,丰富和滋养了我们的民族精神。

意大利知名作家卡尔维诺说:"经典是那些你经常听人家说'我正在重读',而不是'我正在读'的书。"经典之所以成为经典,必是以其经得住咀嚼的内涵,有益于读者的。著名美学家朱光潜先生谈到读书时,说:"读书并不在多,最重要的是选得精,读得彻底。与其读十部无关轻重的书,不如用读十部书的精力去读一部真正值得读的书;与其十部书都只能泛览一遍,不如取一部书读十遍。"中外两位先哲谈到的都是经典的精读,谈的都是如何让阅读"心版"上的印痕更深。

而经典的精读实在不是一件容易的事。经典也意味着过往,过往就与正在读书之人有时空之隔膜。

那么,什么样的方法能让我们更容易、更有效地阅读经典?从黛玉教香菱作诗的故事中,我们可以体会出,跟着名家读经典、读名作可谓是一条读书捷径。

名家是大读书人,他们的阅读体验值得借鉴。在浩如烟海的书籍中踽踽独行,摸索读书之路,难免进入狭窄的胡同,名家的读书导引就是我们不见面的名师的教诲。阅读经典时遇到的许多难点,也许就是阻碍读书人的一层窗户纸,一经名家点破,便会有豁然开朗之感。

20世纪80年代,大型文学鉴赏杂志《名作欣赏》的创刊,正是暗合了当时人们澎湃的阅读经典的热情。一批闻名遐迩的名作家、名学者、名艺术家们推荐名作、赏析名作,古今中外的名作经典，经萧军、施蛰存、李健吾、程千帆、王瑶等名家的点化，高格调的名作和高质量的析文相得益彰、水乳交融，极大地浇灌了如饥似渴的刚刚走出文化禁锢的读书人的心田。《名作欣赏》也由此成为中国名刊。几十年来，我们一直坚持这一办刊传统，力邀全国名家，精析经典名作，为中国人的文学阅读尽了一份力，发了一份热。

《名作欣赏》创刊三十周年庆典大会上，新老办刊人和新老读者都觉得将《名作欣赏》三十余年的文章精编出版，是一件有益于读者的大事。编选工作十分浩繁，我们也知难而上，未敢懈怠。经取精提纯、镕裁加工、分类结集、有序合成，2012年"《名作欣赏》精华读本"丛书由北京大学出版社出版。出版五年来，重印数次，为读者所珍爱，这是我们喜出望外的。细细想来，也正是经典的魅力、名作的魅力。

民族的自信源自文化的自信，时下，中央电视台的两档节目《中国诗词大会》《朗读者》出人意料地受到人们的欢迎。这实际是民族文化自觉和经典的浴火重生，也是中华民族经典的光辉照映。沐浴着天时、地利、人和的春风，北京大学出版社对"《名作欣赏》精华读本"进行修订改版，并增加了插图，丛书名改为"跟着名家读经典"，更好地契合了这套书的本意,更具有文化品位。这既是对国家阅读战略的呼应,也是对亿万读者阅读经典的有效补充,必然会被更多的读书人发现和珍视。

让我们一起来加入"全民阅读"的阵营,拥抱文化复兴的春天。

赵学文

《名作欣赏》杂志社总编辑

目录

萧　乾	冒牌的伟大 《大伟人江奈生·魏尔德传》的实质	1
张仁健	豹尾一甩　精神全现 读《该这样看待事物》兼谈小说结尾的艺术	17
朱　虹	爱与牺牲　恨与复仇 读狄更斯小说《双城记》	31
马家骏	山重水复　柳暗花明 毛姆小说《露水姻缘》艺术欣赏	45
方　平	精神恋爱　世俗婚姻 从《呼啸山庄》看妇女在爱情和家庭中的地位	59
王以培	一曲含泪的牧歌 《我的异父兄弟》译后	69

朱 虹	苦苦挣扎　默默等待 评安妮·勃朗特的《阿格尼丝·格雷》	77
郑晓园	保守型和开放型婚姻 《傲慢与偏见》中的婚姻观	87
柳鸣九	悲愤的力量 读卢梭的《忏悔录》	97
张英伦	茶花女的悲剧根源 小仲马创作《茶花女》始末	117
郑克鲁	"人注定是自由的" 存在主义文学、加缪和《沉默的人》	131
何西来	情欲和子嗣 从莫泊桑《一个女雇工的故事》想到的	145
亢西民	世界荒诞　人生无常 读罗布-格里耶的小说《橡皮》	153
唐 韧	这是一堵什么样的墙 读萨特短篇小说《墙》	165
草 婴	"善""恶"冲突　爱恨交织 读托尔斯泰的《安娜·卡列尼娜》之"安娜病危"	177
储仲君	运用普通材料　塑造鲜明形象 读库普林的《童园》和《一丛丁香》	187

智 量	一坛酝酿了三十年的美酒	195
	屠格涅夫的《玛莎》简读	

崔卫平	剜除我们内心的黑暗势力	209
	重读《罪与罚》	

汪介之	三张牌的秘密	223
	读普希金的短篇小说《黑桃皇后》	

张文郁	倔强的性格　美丽的心灵	235
	读阿·托尔斯泰的短篇小说《俄罗斯性格》	

谷 羽	父子情仇	245
	布宁短篇小说《乌鸦》赏析	

柳鸣九	古老的主题　别开生面的处理	253
	评欧·亨利的《爱的牺牲》	

朱炯强	栩栩如生　寓情于景	263
	读海明威的短篇小说《桥畔的老人》	

钱满素	虚虚实实　耐人寻味	269
	福克纳《纪念爱米丽的一朵玫瑰花》	

仵从巨	丰富·深刻·独特	277
	评海勒的《第22条军规》	

叶 英	不幸起因于不能承受孤独	287
	读爱伦·坡的《人群中的人》	

钱 虹	意境优美　寓意深刻 读黑塞小说《笛梦》	297
何满子	用夸张、怪诞的形式揭示丑恶 读卡夫卡的小说《变形记》	303
曾艳兵	跨文化的"万里长城" 卡夫卡的《中国长城建造时》解析	313
柳鸣九	刻骨铭心　无悔无恨 读茨威格小说《一个女人一生中的二十四小时》	339
周 怡	女性自我的探索 《钢琴教师》的解密式阅读	351
丁 东	现代性文化的萌芽 读薄伽丘的《十日谈》	365
杨德友	高压下的人性 读鲍罗夫斯基的《女士们先生们，请进毒气室》	385
昂智慧	孤独是一个永恒的主题 解读马尔克斯的《百年孤独》	401
胡少卿	无始无终　无穷无尽 博尔赫斯《沙之书》	415

冒牌的伟大

《大伟人江奈生·魏尔德传》的实质

萧 乾

作者介绍

萧乾(1910—1999年),蒙古族,生于北京,原名萧秉乾、萧炳乾。是作家、记者和翻译家。1935年毕业于燕京大学,任职《大公报》。1939年远赴英国,成为战地记者。有《银风筝下的伦敦》等著名报道。译著有《莎士比亚戏曲故事集》(英国兰姆姐弟合著)、《好兵帅克》(从英语译本转译)、《培尔·金特》、加拿大里柯克幽默小品集等。1990年,萧乾、文洁若夫妇应译林出版社之邀,着手翻译詹姆斯·乔伊斯的巨作《尤利西斯》,历时四年终得完成。

推荐词

菲尔丁这样阐述伟大与善良的区别:"我担心大家时常把善良与伟大混淆起来,认为伟大的就必善良。如果这样,我认为是个莫大的错误。仁慈、诚实,爱荣誉、急公好义——这些是属于一个善良人的品质的,而伟人的强有力的品质只在于敢作敢为。因此,一个人很可以伟大而不善良,或者善良而并不伟大……我要揭发的就是那种冒牌的伟大。"这篇文章对于司马迁"通其狂惑"的"伟大"之处进行了解读。

1743年,英国小说家亨利·菲尔丁(1701—1754)出版了他的《杂文集》,共三卷,其中除了他早年写的一些杂文和两个剧本外,还包括两部寓言式的作品。

《从阳世到阴间的旅行》是用幻想的鬼世界来反映人间的现实。它叙述七个幽灵在冥土的旅程。其中,描写在天府门前审核旅客资格那段,十分生动地表现出菲尔丁的伦理观点。法官迈诺斯把守大门,对每个幽灵在人世间的功过加以审查。善者立即升入福境,恶者就从后门打入无底深渊,其余的则必须重回阳世,再去修炼。

"这时一大群鬼魂走上前来,嚷着说他们大伙有一个共同的要求,要队长替他们传达上去。队长对法官说,他们都是在为祖国效劳的时候被人杀死的。迈诺斯本来想把他们放进门来,但是忽然起了好奇心,就问队长,谁是侵略他们的敌人。……队长回答说,他们自己就是那些侵略者;他们踏上敌人的国土,就在好几个城市里纵火,掳掠了一番。迈诺斯问道:'那么,为的是什么原因呢?'队长回答道:'是那个雇用我们的人命令我们这样做的。这就是一个士兵的理性:不论命令我们做什么,我们就应该照着去做;否则就是替军队丢脸,也对不起我们领的这份饷。'迈诺斯道:'你们确实是些勇敢的汉子,但是现在请你们向后转,听我下这么一次命令,回到另外那个世界去吧!因为,在一个没有城市可以纵火,没有人民可以残杀的地方,像诸位这样的人有什么用处呢?我要向你们进一句忠告:将来你们应该对真理多下点功夫去认识认识,不要把专事毁灭别的国家人口说成在为你们的祖国效劳。'"(第七章)

对于那些为了开疆辟土,当时正凭借武力在世界各地进行侵略的英国殖民主义者,这是怎样大胆而尖锐的抨击啊!

有一个幽灵说他是为生计所迫,抢了人家十八个便士,因而受绞刑了。迈诺斯立刻为他敞开天府大门。一个贵族走过来,大模大样地宣称他是位公爵。迈诺斯说:"公爵先生,向后转!你简直太伟大了,天府装不下你!"说完就对准他的屁股踢了一脚。

在这个寓言里,"伟大"与"善良"是对立的。七个幽灵途中迎面遇上一批驰往人间的幽灵。他们渡过一道河之后,就面临歧途,一股道通往"善良",另一股通往"伟大"。在作者的心目中,"伟人"指的首先就是古今的暴君,所以在"恐怖之王"的两侧,站着马其顿的亚历山大、瑞典的查理第十二世、两三个土耳其酋长和几个罗马皇帝。

艺术上,这还不是菲尔丁的成熟之作,它的第二卷甚至还没写完。然而这部寓言里却包含着作者极其鲜明、大胆的思想,表现出他对资产阶级自私自利的激愤,和他对贫苦无助的广大英国人民所寄予的深切同情。据最早为菲尔丁写评传的莫尔菲(1727—1805)说,《从阳世到阴间的旅行》曾被指控为"蓄意颠覆人类在哲学及宗教方面一切公认的准则"。

《杂文集》里另外一部寓言式的作品,是菲尔丁的政治讽刺小说《大伟人江奈生·魏尔德传》。

文学史家对这部作品的实际写作年代说法不一,有的甚至推断它是1739—1740年间创作的。这样说来,菲尔丁写完这部小说后,谅必把它放在书籍里两三年才拿出来;而1754年当菲尔丁病危时,他在床榻间还对全书作了一次相当大的修改——其中,包括整两章的删节,足见这部作品构思之缜密及作者对它的重视。在《大伟人江奈生·魏尔德传》里,我们看到作者对他的时代的政治、社会制度以及人与人之间的关系最尖锐的批判,它包含着菲尔丁思想的精华,在世界讽刺小说的宝库中是十分杰出的一部。

描写黑社会的作品在18世纪的英国是很流行的。当时不少诗歌、戏剧和小说都以著名的匪盗或凶犯的真人真事为题材,有的采取忏悔录的形式,有的标榜为犯人临刑前的口述;内容无非描写那些"好汉"从摇篮到绞架的一生经历,尤其着重从犯案到破案的过程,大部分只不过是投合小市民阶层的低级趣味而已。

1725年,伦敦发生了一桩轰动全国的离奇案子:主角虽然也是个强盗,而且是个强盗头子,然而直到犯案之前,他的职业一直是专门替官府缉拿强盗的探子。十几年来,这个道貌岸然的正人君子拄着银质手杖,冠冕堂皇地出入法院,俨然是法律的化身。这家伙一向精明仔细,手段毒辣。他以为一手可以掩尽天下目,不想在一件极小的"生意"上露出马脚;经过追究和群众的控诉,他的全部罪行才大白于天下。原来他一方面利用官方代理人的身份,经常刺探商旅的行踪，同时他又是一窝匪盗的头子，指挥手下的人四处抢劫；如有哪个喽啰稍有不驯顺，他就利用官府势力把那人捉拿处死。那年5月25日，当这个"两面人"被绑赴法场受绞刑时，伦敦城真是万人空巷，挤得水泄不通。一时，舞台上演起以这个强盗头子的生平为题材的戏。报刊上充斥着描写魏尔德的诗文，连《鲁滨孙漂流记》的作者笛福也大赶浪头，在同年6月就出了一本《大伟人江奈生·魏尔德的生活及事迹的真实记录》，下面还标明"本书绝非杜撰编造，全系采自主人公本人的口述或根据他的亲笔札记编写而成"。

当时菲尔丁才十七八岁，还在伊顿学堂读书。这个残酷而又险诈的"两面人"显然在他心坎上留下了深刻的印象。从那以后，这个形象一直萦绕着他。但是菲尔丁着眼的并不在于这个歹徒的经历本身；他从魏尔德这个匪头身上的贪婪、险诈、残酷、伪善等特点，联想到现实生活中比这个家伙影响更广、为害更大的"伟人"。菲尔丁通过魏尔德这个典型形象，对他的时代作了更广泛、更本质的概括。在序言里，作者向读者这样声明说："我所叙述的是可能发生、在假定情形下会发生以及应该发生的事，多于实际上已经发生了的事。我的主题不仅是某某强盗，而是强盗行为本身。"

这部讽刺小说自始至终用的都是反笔。在标题上菲尔丁就做起反笔文章：他把天字第一号的恶棍称作"大伟人"，而书中却用"卑鄙"来形容正面人物哈特弗利。作者对魏尔德这个恶棍是深恶痛绝的，然而字面上他却做出"礼赞"的姿态。结果，作者越是称赞他的"伟大"，魏尔德在读者心目中就越显得渺小可鄙。

在第一卷里，菲尔丁模拟当时流行的传记写法，先追溯魏尔德的祖先三代，他的出生、早年的"教养"和"恋爱"；他拜大骗子拉·鲁斯伯爵为师，并且组织起自己的黑帮。通过帮里的分赃，作者描绘了魏尔德的贪婪残酷。魏尔德对手下人肆意剥削，有不服气的，像兰皮，马上就出卖给衙门，送上绞架，他的亲信法尔勃洛德（"火血"）也是个嗜杀成性的畜生，两人就携手闯起天下来。

在第二卷里，哈特弗利出现了。这是跟魏尔德同过学的一个珠宝商人。18世纪是英国资本主义上升时期，在当时的文学作品中，地主贵族经常是被嘲笑的对象，在启蒙主义作家眼中，商人相形之下往往倒是自食其力并有利于文化及经济繁荣的正面人物。哈特弗利在书中就是一个善良人的典型。他家道小康，夫妻俩带着几个孩子过着安分守己的日子。哈特弗利严重的"缺陷"就在于为人忠厚老实，待人慷慨大方，这种人自然正好是魏尔德"伟大行径"的对象。他勾结拉·鲁斯搞了一场骗局，害得哈特弗利破产坐牢。魏尔德一方面探监慰问，同时却觊觎美貌的哈特弗利太太，并且设计把她哄上一条驶往荷兰的大船。到了汪洋大海之上，"伟人"才露出本来面目。正当他动手要玷污这个老实女人时，对面驶来一艘法国私掠船。那个法国船长救了哈特弗利太太，把"伟人"丢到一条小筏子上，任波浪去吞噬他。

然而魏尔德竟然遇救，回到伦敦。他向官府诬告哈特弗利唆使妻子拐带珠宝潜逃，并由他的亲信"火血"出面作证，老实人因而被判死刑。正当"伟人"春风得意之际，忽然为了一桩小事露出破绽，他和"火血"坐了牢。这时，哈特弗利正在安排后事，准备赴刑场就刑。在海上经历了千艰万险，又绕了一趟非洲大陆的哈特弗利太太赶回来了。她把魏尔德拐骗她的全部事实一陈诉，哈特弗利重获自由，一家欢喜团聚。而"伟人"则定了绞刑。

这一天，魏尔德最"显赫"的日子到来了，他在千万群众的喝彩声中攀上那棵"荣誉之树"——绞架。当石块、砖头向他纷纷投来时，他竟然还乘机探手到替他作临终祈祷的牧师的口袋里，摸了只开瓶塞的钻子。伟人就握着这件最后的赃物，荡着两腿，悄然离开人世。

关于这部作品，诗人拜伦在一封书简里，满怀感慨地写道："从来还没有人用更强烈的笔来写出人与人之间的不平等，写出'伟人'之渺小，写出他对征服者的鄙夷。如果菲尔丁今天还活着，他一定会被官方报刊指为革命党彰明昭著的拥护者及代言人。"

在《杂文集》的序言里，菲尔丁这样阐述伟大与善良的区别："我担心大家时常把善良与伟大混淆起来，认为伟大的就必善良。如果这样，我认为是个莫大的错误。仁慈、诚实、爱荣誉、急公好义——这些是属于一个善良人的品质的，而伟人的强有力的品质只在于敢作敢为。因此，一个人很可以伟大而不善良，或者善良而并不伟大……我要揭发的就是那种冒牌的伟大。这种伟人的势力越扩展，到处招摇撞骗，抓财富，抓势力，我们就越有必要剥下这只恶魔身上的画皮，让它现出原形。如果听任罪恶势力伪装得逞，夺取善良势力应享受的报偿，那就是对社会双重的损害了。"

"伟人"指的是哪些人呢？

有些评论家过分强调了这部作品与当时英国首相华尔普

的关系，认为魏尔德影射的就是首相华尔普，甚至着意推敲作品中的一些细节，如魏尔德父亲（罗伯特）和祖父（爱德华）的名字恰好与华尔普先人的名字雷同等等，这样就大大贬低了这部作品的意义和价值。没有疑问，华尔普这个横征暴敛、鱼肉英国人民达21年之久的政客在菲尔丁的心目中留下了极为深刻的印象，在舞台工作中，他还亲自遭受过这位"伟人"的毒手。在作者着笔时，这个大政客的幢幢黑影自然比古代那些暴君给他的感受更为生动具体。然而全书所写的绝不是个别"伟人"，它概括了以剥削起家、凭暴力奴役人民的整个反动统治阶层。也许正是为了避免误会，作者在1754年的修订本里，把全书的"首相"字样一律改为"政治家"。

在《约瑟夫·安德鲁斯的经历》里，有一段描写一个恶棍在树林里正要欺凌一个弱女子，给亚当姆斯碰上了。他抡起木杖来就朝那恶棍的脑袋上打去，那家伙的脑浆竟然没有迸裂出来。随后，作者下了这样一段按语："幸亏那个一贯为各种生物配备最有利条件的造物主，有了先见之明，早经智者说过，总替那些要挨打的人作为准备，把头颅的这部分做得比平常人厚了三倍。因为平常必须运用才智——也就是世俗的所谓理性——非有脑子不可,造物主就不得不在他们的脑壳里留下一些空隙;反过来说,那些物质对于干英雄事业的人毫无用处,造物主便把他们的骨头加厚,一则使他毫无知觉,二则使它打不烂砸不破;说真的,至于那些注定要率领军队、统治帝国的人,造物主有时候大概把那部分做成结结实实的固体。"这里,菲尔丁心目中的"伟人"实际上包括了上自君王统帅,下至恶棍强盗。

但是善良与伟大在菲尔丁也并不是绝对地对立的。他把人类分作三个等级:甲级是既善良而又伟大,如他所钦佩的苏格拉底,但他认为这类人占极少数;乙级是善良而不伟大,如哈特弗利,他认为绝大部分人都属这个类型。菲尔丁一生所痛斥的丙级——伟大而不善良,即他所谓的"冒牌的伟大"。他们中间,头号"伟人"是那些掌握军政大权、操纵人民命运的君王统帅,古代如亚历山大和凯撒,近代如法国的路易十四世和瑞典的查理十二世。二号"伟人"是纠集一帮政客干祸国殃民勾当的宰相大臣,如华尔普。像魏尔德这种持械抢劫的匪盗只不过是三号"伟人"而已。

菲尔丁大力声讨的是头号"伟人",那些破坏和平生活的侵略者和战争贩子。除了这两部寓言作品,《杂文集》里还有些旁的诗文针对的也是他们。如在《亚历山大大帝与犬儒大师之间的对话》中，那位古代侵略者就这样吹嘘自己的战绩："格兰尼喀河的河水被我染红了以后，到今天它恢复原来的颜色了吗？难道艾包斯及阿特拉的平原上不是依然一片白骨？难道你就听不到千千万万人的哀号？如果不是由于我的果敢威武，这些人会仍然平平静静地生活着的。"在《战士》杂志上，他就曾写道："伟人颁布苛律，发明烙刑，引起刀兵，以屠杀生灵，焚烧住屋，消灭人口，奴役整个民族。"

菲尔丁在年轻时候，曾经对在野党存过幻想，以为这个资产阶级政党也许会比另外一个廉洁些。对人民也许会仁慈些，但是现实生活逐渐使他睁开了眼睛。在写剧本时，他就揭发过资产阶级政党竞选的欺骗性。在《大伟人江奈生·魏尔德传》里，他又通过匪帮里的派系斗争，戳穿政党的本质。在那著名的《关于帽子》一章里，他精辟地指出政党之间唯一的分歧，只不过是在"帽子"不同而已。这些人具有各色各样的主张，也就是说，他们戴着各色各样的帽子，因此，他们中间时常发生争执。其中，两个政党吵得特别厉害：一边的帽子雄赳赳地翘着，另一边喜欢戴平顶帽，帽檐盖到眼睛上。两党不断地争吵，吵着吵着双方竟真的以为他们中间好像有了什么本质上的分歧，在利害上也有了不可调和的矛盾。实际上，他们之间的不同仅仅不过在帽子的样式上而已。

在这部作品里，菲尔丁不但揭发、抨击了生活中他所痛恨的一切。在《新门竞选》的一章里，他还这样分析人民与反动统治者之间的关系，"狼在羊圈里，正像伟人在社会上。当一只狼已经霸占了羊圈，老实的羊群想赶掉它另外换一只来又有什么用？把掠夺消灭掉总比仅仅换个掠夺者好。"⑤用狼和羊来比拟反动统治者与人民之间的关系，这是一针见血的文章，赤裸裸地剥开了"伟大"的本质，有力地控诉了他们对人民大众的欺压掠夺。

然而菲尔丁一接触到如何消灭掠夺时，就得不到正确的解答了。他说："要达到这个（消灭掠夺）目的，除了把风气完全改变过来，还有什么更好的办法呢？每个贼匪都是个奴才，他自己那种做贼匪的欲望奴役着他。这种欲望又使他受别人的欺负。因此，要保持新门的自由，就得改变新门的风气。"下面，菲尔丁就提出他的办法：君子独善其身。"跟那些贼匪截然分开，不跟他们吃酒，也不跟他们谈话。

我们尤其不要沾着贼匪的一点边儿。我们不要一有机会就准备互相掠夺。我们要满足于每个人那份诚实的报酬,要凭自己的辛劳去取得分内的报酬。"

当然,凭这种洁身自好的办法是不可能消灭菲尔丁所谴责的掠夺的。

豹尾一甩　精神全现

读《该这样看待事物》兼谈小说结尾的艺术

张仁健

作者介绍

张仁健,江苏南通人,退休前为《名作欣赏》杂志社社长、主编,北岳文艺出版社编审、副总编辑。

推荐词

以情节描写为主的小说、戏剧,其结尾往往是冲突的和缓、矛盾的解决、情节的收煞、故事的结局,那种由张入弛、由高趋低的客观态势不能不对结尾的处理起一定的制约作用。因此,小说戏剧的结尾,能够水到渠成、顺理成章已属可贵,而奇峰突起、新境别开则尤为难能可贵。

深谙为文之道的作家都很注重结尾的艺术。我国南宋词人姜夔说:"一篇全在尾句,如截奔马。"元代散曲家乔吉对诗歌作品的结构艺术形象化地提出了"凤头、猪肚、豹尾"的要求。清代文论家沈德潜也认为文学作品"能作神龙掉尾之势"便"神乎技矣"。"神乎技矣"的结尾所产生的审美效果,清代剧作家、戏曲理论家李渔打了一个既形象而又确切的比方,说是"终篇之一刻,临去秋波那一转,未有不令人销魂者也"。

我国古典文论中关于结尾艺术的见解多半是就诗歌、散文而言的。诗歌、散文基本上是抒情、表意、明理性的,易于用精彩有力的结句结段,或拍合上文以"醒明本旨",振作全篇;或宕开一层以转出别意,拓化新境。但是,以情节描写为主的小说、戏剧,其结尾往往是冲突的和缓、矛盾的解决、情节的收煞、故事的结局,那种由张入弛、由高趋低的客观态势不能不对结尾的处理起一定的制约作用。因此，小说戏剧的结尾，能够水到渠成、顺理成章已属可贵，而奇峰突起、新境别开则尤为难能可贵。

尽管如此，高明的小说家独运灵思，使作品的结尾处理臻于上述我国古典文论对诗文提出的种种卓绝艺术境界者，依然是不乏其例的。

短篇小说之王莫泊桑的代表作《项链》的结尾确乎是"如截奔马"。小说写到终篇读者才意外地获知：那位贪图虚荣的小市民玛蒂尔德·罗赛尔夫人，十年前问女友借用而在舞会上丢失的项链原来是只值五百法郎的赝品！而她却以为是一串真正的钻石项链，为原样归还，忍痛借了三万六千法郎的重债，含辛茹苦地在贫穷和困顿中整整挣扎了十年！不难想象，这一天外飞来的奇峰落入罗赛尔夫人的心海之中，该当激起何等汹涌澎湃的思潮！但是，正当读者急欲看一个新的情节展开的时候，作者却"如截奔马"猛勒缰绳，戛然止步了。作品本应奔腾向前的情节之马虽然截止不前，但读者激动亢奋起来的思绪之马却在作者所开拓的宽广的想象大道上奔腾不息。这等高明的结尾处理所产生的审美效果，便正像我国古人所形容的"当如撞钟，清音有余"。

美国现代短篇小说的鼻祖欧·亨利的作品素以结局的出奇而制胜。我们所熟知的《麦琪的礼物》《最后一片叶子》等名作大抵都有一个共同的特色：作者在情节的演进过程中，总是把足以"醒明本旨"的东西深深地隐藏起来，直到结尾时重笔一戮，捅破"包袱"，露出真相，造成一种出人意料、恍然而悟的审美情趣。《麦琪的礼物》一直明写妻子德拉为给丈夫杰姆购买节日礼品金表链而卖掉自己美发的过程及其心理。而丈夫方面的动向却是悄然掩盖着的。直到德拉把礼品奉献出来时，杰姆这一方面的真情方才揭晓。原来杰姆出于同样深厚的恩爱之情，卖掉了自己的金表为妻子买回了全套的发梳。看到这个"反巧合"式的结局，我们不由与这对恩爱夫妻一起深深感受到那个金钱世界对于下层人物美好感情的无情的嘲弄和践踏。《最后一片叶子》在故事的推进过程中，一直牵动读者思绪的是垂危病人年轻女画家琼西窗外常春藤的叶子会不会在秋风凄雨中落尽？"等着看那最后一片叶子掉下去，然后我也要去了"的琼西是否真会叶落而人亡？读者期望着的"奇迹"果然出现了：一夜风雨交加，最后一片藤叶依稀在望，由此而得到生之鼓舞的琼西竟也奇迹般地活了下来。但是，直到小说的结尾处作者才告诉我们,这奇迹并非是老天做成,而是一位老画家贝尔用残生换来的。原来,他为了给琼西以生的鼓舞,在凄风冷雨之夜画了最后一片藤叶挂上了藤枝,而他却因感风寒染病身亡了。这一结局是出人意料的,因为此前我们没有看出老画家有画叶救人的任何意向;这一结局又是合情合理的,因为老画家的非凡之举是基于穷艺术家之间相互爱怜、相濡以沫的深厚情谊。欧·亨利小说结尾的高超艺术,堪得"能作神龙掉尾之势,神乎技矣"的评价。

当代著名的英国作家毛姆的短篇小说也是以出人意料、含蓄隽永的结尾名世的。他在《论小说写作》一文中公开披露:"作家的骰子总是装了铅的,但绝不能让读者看出来。"这就是说,在他笔底旋转翻滚着的情节的"骰子"由于暗藏着重心,最终注定要翻向他预期的方面。但他在最后揭晓之前是绝不会露出破绽来的。他对"藏头露尾"的手法,往往比欧·亨利运用得更为得心应手。该"藏头"时,他能做到藏中有露——藏起真面,露一须眉,既作暗示,而不露底;该"露尾"时,他能做到露中含藏——如云龙雾豹,尾巴一甩,云雾即合,既露真谛,而不毕现无遗。正因他藏露有方,所以他的小说结尾有出人意料之奇而无"无因而至"

之诞；有耐人咀嚼之功而无入口即化之嫌。关于毛姆小说整体构思和结局之妙，《名作欣赏》1983年第2期所登胡柯同志的大作已就《全懂先生》这篇小说作了相当精当的赏析，这里就不饶舌了。

作为小说结尾处理又一范例，我愿向大家郑重推荐英国当代作家安德鲁·苏泰的《该这样看待事物》这篇作品。同莫泊桑、欧·亨利、毛姆相比，苏泰应算是不甚知名的二流作家。但是他在这篇小说结局处理上所取得的艺术成就，我认为是可以同莫泊桑诸公的典范之作相媲美的。

苏泰的这篇小说显著的特色是平中出奇、似平而实奇。用王安石的两句诗"看似寻常最奇崛，成如容易却艰辛"来形容品评这篇作品的艺术特色和作者的构思匠心是颇为贴切的。

小说的标题就很平直。平直得几乎让人怀疑作者可能在这个标题之下写出一篇关于"应该怎样看待事物"的说教性的文字。

小说平平而起，缓缓而进。入手并无先声夺人之势，中段情节的开展也不给人以跌宕起伏之感。作者只是不动声色地在向你叙说一个双目失明的年轻军官由绝望厌世而重萌生趣的故事。在第一次世界大战中被敌人打瞎双眼的巴吉特上尉，战后不堪忍受失明"这种终身的酷刑"，不能承受别人的同情对自尊心所造成的严重伤害，因而对生活和人生产生了绝望的情绪，痛苦地感到"生活中一切重要的事物都拒绝了他。没有一线希望之光能穿透业已降落的黑幕"。他固执地拒绝人们的怜悯与关怀，孤独地在一个儿时生活过的村庄中咀嚼着战争给他带来的人生苦果。小说的开篇着力渲染了巴吉特的悲观厌世情绪，让人感到要使巴吉特的槁木之心萌发生机并不是一件轻而易举的事。但是，作者写巴吉特由对人世的弃绝到重爱的巨大转折，却显得那样从容自在，没有一波三折地大肆调度笔墨。同当今我国风行一时的写残废人的作品大不一样，作者没有把什么爱情的奇遇、生理的奇迹作为巴吉特人生态度转化的契机和动力。只是靠波贝上校以自身旺盛活力的感染和一番对症下药的开导、几次行之有效的培训，遂使巴吉特逐步掌握了靠感受力和想象力来领略生活、拥有生活的特殊功能，从而战胜了颓丧情绪，重获了生活的乐趣，重感到生活的美好。终篇之前，小说的情节就是如此这般的平淡无奇。

小说作为一篇生活的赞歌，这同西方世界在两次世界大战后普遍奏出的时代哀音、人生悲歌显然是大异其趣的。但是在卒读全篇之前，我们大抵只能领悟到作品具有独特的思想意义，而未感受到作品富有特殊的艺术魅力。直到篇终，作者一显翻云覆雨手，揭示出一个他耐心而巧妙隐藏着的人生奇迹，作品潜在的艺术光彩才奇迹般地闪耀出来！

本来，当我们看到巴吉特在波贝上校的安排和引导下去会见旧日的女友裴尼时，满以为作者会塞给我们一个残废人和善良少女重续旧情的庸俗喜剧性的结局。谁知作者却有意挣断了男女之间的爱情红绳，在巴吉特和裴尼闲扯的平静气氛中，猛然兜转笔势，借裴尼之口向我们宣布了一个爆炸性的新闻：那个生龙活虎、朝气蓬勃地生活着并给别人的生活带来光明的波贝上校，原来竟也是个在战争中双目失明的盲人！

小说结尾的出人意料、摄人心魄同莫泊桑、欧·亨利、毛姆式的结尾可谓是同工一曲。但是，由"豹尾"之有力一甩而令"全豹"的精神顿现，这不能不说是此篇小说所独具的奇妙的艺术功力。

首先，这篇小说的结尾具有以尾牵身的奇妙的逆拽力。小说的豹尾一甩，必然会迫使我们回顾全豹，品味通篇的艺术构思、人物塑造和情节安排。一经认真地回顾和仔细的品位，我们必然会发现初读过程中对这篇小说的认识和评价，在许多方面不是流于肤浅就是失之偏颇。起先，我们以为小说的主角是巴吉特，主线是写巴吉特人生态度的转化，现在，从尾及头逆观全篇，方才发现小说的主角应是波贝上校，小说的主线原是写波贝上校不平凡的人生态度和生活事迹。人物主次地位一对调，波贝上校的形象便由隐入显。作为一个在战争中失去双目连亲生儿子都没能看上一眼的中年人，波贝上校以往所经受的巨大精神创痛，现在我们可以从眼前的巴吉特的身心上清晰地反视出来。因为我们终于弄清：作者实写巴吉特今天的痛苦和不幸，目的是为虚映波贝上校昨日的心影。不知波贝上校为盲，我们不会感到他兴致勃勃、如数家珍地导引巴吉特散步、赏花、参观教堂、观看赛马有什么难能可贵之处，不会承认他开导巴吉特学会用感觉和想象来感受生活之美、领略人生之趣的见解有什么独到过人之处。一旦获知他是盲人后，我们便可想象出他现在具有的特异生活功能和独特生活感受应是昔日用何等坚毅的意志、何等艰苦的磨炼换取来的啊！因为，只要看今日巴吉特在人生旅途上举止失措、起步维艰的情景，便不难想见昨日波贝上校所熬过的痛苦岁月和所付出的沉重代价。由此，我们发现了作者安排情节的又一奥秘：原来老师波贝上校给学生巴吉特精心编排的生活教程只不过是老师自学而得的生活绝招的典型示范而已。在这里，作者绝妙地运用了明写暗衬、借此显彼的手法。作品尽管对波贝上校失明后的以往生活几乎只字未提，但一切都不写自明地从巴吉特的身上反现出来。同样，作品对巴吉特今后将如何生活也未作充分的交代，但仅从结尾处他用"并不可怜！"这句千钧之力的话回答了裴尼对波贝上校（也是间接对自己）发出的怜悯性的叹息，我们即可顺观出他的未来。——今后他将如今日的波贝上校一样，以生之强者的姿态去拥抱生活、征服生活。

别林斯基曾经指示："性格的艺术刻画，就在于：如果诗人给你描写出他生活的某一瞬间。你就能讲出这个瞬间以前和以后他的全部生活。"这篇小说正是在"终篇之一刻"，通过对关键人物关键性事件的瞬间交底，让我们运用逆观和顺观的方法，从虚实相生、明暗互映的整体情节描写中，同时看出两个主要人物在这"瞬间以前和以后"的"全部生活"。

可以作一个并不十分贴切的比拟：这篇小说的结尾如同

拍岸的惊涛。激荡的回流发出巨大的反冲之力、一瞬间显现出波涛在平缓推进过程中积聚的全部能量，造成了变平常为壮伟的奇观。

其次，这篇小说的结尾还具有符合人物性格特点的逻辑力量。作者在篇末才点明波贝上校是盲人固然是别具匠心的艺术安排，但这种艺术安排是符合作者笔下波贝其人的性格特点的，具有客观的必然逻辑性。波贝上校一登场，我们就看到他是个充满着旺盛活力和乐观情绪的人。经历了生活的磨炼，他已能凭敏锐的感觉而如常人一样生活，并不时时把失明放在心里挂在嘴上。他同巴吉特邂逅，撞了满怀（实际上已对他的盲作了暗示），一旦听出对方已经失明并为此而深感苦恼时，他当然不会以盲对盲地急于诉说自己的不幸遭遇。尤其是为给情同子侄的军中老下级巴吉特树立一个正确对待人生的榜样，言传身教地授之以盲人生活的经验，他在巴吉特尚拒人于门外的时刻，更不会挑明自为盲人的真相，否则，便有可能遭到巴吉特对自己热忱帮助的拒绝。正是以这种合乎人物性格的心理状态为依据，作者才有可能把波贝上校是盲人的真相留给第三者裴尼最后说穿。由此可见，小说意外的结尾并不是故弄玄虚的惊人之笔，而是合乎情理的精审之思。清代的李渔指出戏曲作品结尾的最大犯忌是:"无因而至,突如其来"。而这篇小说结尾的绝妙之处是:虽"突如其来"却"有因而至"。

从以上的粗略分析中不难看出:结尾的艺术并不是孤立、简单的艺术技巧,而是整体艺术构思和缜密艺术安排中的一个有机部分。作者对所写的东西如不精心审度、胸有全豹,却想灵机触发,豹尾突现,难矣哉!

爱与牺牲　恨与复仇

读狄更斯小说《双城记》

朱　虹

作者介绍

朱虹，天津人，英美文学研究专家和翻译家，教授。1953年毕业于北京大学西语系，此后在中国社会科学院外国文学研究所从事英美文学研究。1992年担任美国波士顿大学外国语言文学客座教授。历任中国社科院英美文学研究室主任及学术委员、外国文学系主任、研究生院教授及博士生导师、外文所研究员。有专著《美国文学简史》（上、下卷，合作），评论集《英美文学散论》等出版。

推荐词

从今天的角度看来，《双城记》中最值得注意的还是关于革命暴力的描写。那些放火呀、磨刀呀、流血呀、围攻呀等狂暴场面都是作者借着法国大革命的题材对革命暴力的概括，并明显地影射英国的现实。

《双城记》的故事显然是由两个部分组成的。

其一是马奈特医生一家的故事。正直的法国医生马奈特受专横的贵族圣爱弗雷蒙侯爵兄弟二人的迫害,被秘密囚禁在巴士底狱,一关就是十八年。十八年后,他被英国一家银行的代理人贾维斯·罗立先生营救出狱,与未曾见过面的女儿露西团聚,定居在英国。后来,法国大革命爆发,他们一家在巴黎陷入革命的旋涡,境况十分危险,幸而有友人悉尼·卡顿在关键时刻牺牲自己,使他们虎口脱险。

其二是以在巴黎圣安东区开小酒店的德法治夫妇为中心,描写了法国大革命中的群众与暴力场面。

《双城记》故事的第一个方面是一个充满爱的世界。十八年的囚禁生活摧毁了马奈特医生的健康,破坏了他的记忆。出狱后,他与女儿相依为命,在女儿的护理下,他身心复原，重新开业行医。法国移民达奈先生与露西相爱、结婚，成了他们家庭的一员。组成他们这个和美的家庭的还有露西的老保姆普罗斯小姐，她表面上凶悍，实际上对马奈特一家一片忠心。当初营救马奈特医生的罗立先生，伦敦泰尔逊银行的经理，也是这个爱的世界的一员。他口口声声自称是买卖人，好像他只懂得金钱交易，实际上他是一副热心肠，几十年如一日地关怀、帮助马奈特父女。在这个世界里，爱的最高体现者是悉尼·卡顿。这个聪明绝顶而又玩世不恭的青年，狄更斯笔下的"多余人"形象，酗酒放纵，生活没有目的，无望地爱着露西。他与露西的丈夫达奈身材相貌酷似，后来巴黎的革命法庭判处达奈死刑，卡顿就利用这种相似巧妙地做了达奈的替身，死在断头台上，终于为自己的生活找到了意义。全书结束在一种神圣的爱的基调上。

《双城记》的第二个方面是一个充满恨的世界，充满了愤怒、疯狂、恐怖、暴力和复仇。狄更斯本人对法国大革命没有了解，也不掌握历史材料。众所周知，小说中关于大革命的描写，是根据托马斯·卡莱尔所著《法国革命》一书所做的记载。小说有关巴黎的描写都突出了一个观念——复仇。狄更斯自始至终用殷红的血色渲染主题。小说开头，在革命摇篮圣安东区的街道上，洒了一桶红酒。书中写道，人们俯身去喝酒，脸上、手上都染上了红色，一个兄弟还用手指蘸着酒在墙上写下了一个血红的大字"血"，显然在暗示复仇与流血。圣爱弗雷蒙侯爵从巴黎回到乡下，他的马车在路上压死了一个婴儿，这时夕阳照在他的身上，使他全身浸在血色中，既暗示了贵族阶级的嗜血本性，也预示着他将要为他的罪孽付出血的代价。火，也是红色的。乡下老百姓在忍无可忍之下放了一把火把侯爵府烧了，这时作者写道，不仅火苗是红的，连扇起火苗的风也是"火红"的。那一夜的大火是革命暴力的起点。接着，是在泰尔逊银行巴黎分行的庭院里磨刀的场面。在火光下，一群人像魔鬼一样，争先恐后地在磨刀石上磨他们的滴着鲜血的刀子，磨好后又奔回监狱里屠杀。这个场面充满恐怖与荒诞，侧面反映了1792年9月对监狱的清洗。复仇的最高象征是断头台，铡刀下面的一片土地浸透了无数人的鲜血……最后，好像是由于命运的循环，复仇女神式的人物德法治太太倒在自己的血泊中。

在《双城记》中，到处是殷红的血色，突出了复仇的主题。作者在这里只是在一个平面上重复着同一观念，好像在钢琴上连续弹着同一个键子，——酒、风、火、血，都是同一片充满杀气的红色，这种描写没有渐进，没有变化，有时甚至显得做作、夸张。如果说有什么变化的话，那是在最后，在德法治太太死的那一场。马奈特一家刚刚逃离巴黎，德法治太太就追上来了。与小说开头时洒满地的酒遥相呼应，房间的地板上洒了一片水，德法治太太的两只脚"踏过多少血泊，终于与那片水相遇"。她与守护空房的普罗斯小姐交锋，这个革命风暴中的干将最后败在普罗斯小姐手下，倒在地上的一片血水中。就这样，流血与复仇终于返回到复仇者身上。正如狄更斯在描写德法治太太与普罗斯小姐的搏斗时所说的，爱的力量总能战胜恨的力量。对泛滥全书的仇与恨，狄更斯就这样给予"解决"。悉尼·卡顿的死是爱的最终胜利，普罗斯小姐的搏斗，只是一次小小的预演。

《双城记》中的人物形象也都服从于全书所突出的爱与恨两个概念的交锋。狄更斯对处在暴力中心的德法治夫妇的描写，完全体现他本人关于革命暴力的观念。若与狄更斯对伦敦下层平民的那些有声有色的描写相比较，便可以看出，狄更斯在这里好像不知道从哪里下手去描写巴黎的革命群众和乡下的农民。他不了解他们的生活和思想，不掌握他们的语言，只能让他们阴沉沉地闪来闪去，使他们成为酝酿复仇这样一个抽象概念的化身。对贵族阶级的描写也是如此。在狄更斯笔下，圣爱弗雷蒙侯爵是反动腐朽的贵族阶级的代表：他强奸民女，害人致死，又秘密囚禁知情的马奈特医生以灭口。然而这些也是以最一般化的、概念化的方式表现出来的。圣爱弗雷蒙侯爵在大路上压死了农民的孩子，因此招致自己被杀。这种描写符合我们对贵族的概念，但这个情节的主要功能无非是为推动故事的发展：侯爵被杀，达奈成了继承人，这就引出达奈赶回巴黎等一系列事件，直到最后的高潮。比起狄更斯那些最成功的作品的丰富性，这些情节只能说是机械的编排，没有实实在在的内容。对于法国贵族，如同对于法国农民一样，狄更斯在描写时似乎也不知道从哪里下手，只能诉诸平面上的比喻。在具体描写中他把圣爱弗雷蒙及其阶级比作石像，在圣爱弗雷蒙侯爵被杀的前后，他反复在石像上做文章，其实是在那里简单地重复一个笼统的比喻，通过石像不过表明一个简单的概念，即贵族阶级都是铁石心肠，而传达不出对这个阶级、这个人物的进一步的理解，就像他对革命的巴黎群众只能用一个红色来渲染一样。

《双城记》的故事可谓剪裁得干净，可是它的描写往往只停留在表面上，没有深度，难免流于干瘪。

攻下巴士底狱在全书中是个高潮，狄更斯赋予这个行动以重大的意义。可是即使如此，狄更斯也好像束手无策，只能用粗线条勾勒出一个很容易想象得出来的场面：怒潮般一拥而上的人群、疯狂的情绪……狄更斯的想象力和语言是那么丰富，好像取之不尽，而在这里却是那么贫乏——他只能在那里数点人们使用的工具！在那里计算时间"三小时！""四小时！"。只有在攻下巴士底狱之后，德法治去北塔一〇五号搜索，作者笔下才有些生气。但话又说回来，即使这样一段比较生动的描写，归根结底也是服从于故事发展的需要。作者并不正面说明德法治发现马奈特医生的秘信的具体情节，而把这一重要发现当作最后的一张王牌摊出来。这样的处理只顾追求意想不到的效果，却大大地减弱了这部分内容的思想意义，而把它降为情节剧中的一个环节。

《双城记》两个方面的内容，如前所述，一个表现恨与复仇，一个表现爱与牺牲。表现恨者，往往堕入歇斯底里，在描写革命暴力时对革命的群众和革命的敌人都缺乏了解。表现爱者，以悉尼·卡顿为中心，则又堕入甜腻腻的感伤主义。像悉尼·卡顿这样在资本主义社会中爬不上去、愤世嫉俗而又玩世不恭的有头脑的青年，英国土壤上产生的多余的人，本是个有典型意义、有潜力的人物形象，特别是放在法国大革命的背景上，如果放开手脚，简直大有可为。可是作者拘泥于他的故事框框，把悉尼·卡顿拴在露西·马奈特的围裙上。卡顿对露西那样崇拜，态度那样谦卑，而露西的形象不过是狄更斯小说中那种理想化的"安琪尔"加"洋娃娃"式的女主人公的再版。这样，也就使卡顿失去他原来的思想面貌。如像卡顿第一次，也是唯一的一次对露西表白感情的那段话，语言是多么矫揉造作！根本原因就在于，那根本不是悉尼·卡顿的语言，不符合他的思想特点，而完全是狄更斯笔下挤出来的。特别是悉尼·卡顿最后上断头台的一段独白，作者企图把它拔高到一种崇高的精神境界，实际上是夸张的、虚饰的，是典型的悲喜情节剧中的语言和情调。顺便可以指出，这也是为什么《双城记》很适于改编成以悉尼·卡顿为中心的传奇性的情节剧，由浪漫风格的演员大显身手。

以《双城记》为例，我们可以看出，对小说的欣赏是不能离开语言艺术只看情节的。描写法国大革命这类重大题材固然可嘉，可是作品的成就如何，终究还是要看作品中艺术创造的实际内容，而这实际内容总是跟语言艺术分不开的。

当然以上一切并不是说，《双城记》就一无是处。从纵的方面看，《双城记》在狄更斯的现实主义小说中是比较弱的一环，但从横的方面看，《双城记》在英国19世纪反映社会矛盾的小说中占据重要地位。从今天的角度看来，《双城记》中最值得注意的还是关于革命暴力的描写。那些放火呀、磨刀呀、流血呀、围攻呀等狂暴场面都是作者借着法国大革命的题材对革命暴力的概括，并明显地影射英国的现实。小说一开头，就把英国与法国做了一系列的对比，寓意是明显的。

法国大革命这场震撼欧洲的历史事件，曾在法国的近邻英国引起了强烈的反应。反动统治阶级惧怕它，受压迫的人民欢迎它。这场革命对当时的浪漫派诗人的影响也是众所周知的，在此不一一赘述。总之，在当时的英国，法国大革命，对于无论是反对它的人，还是支持它的人，都是颠倒乾坤、震撼天地的巨大爆发，对统治阶级尤其是世界末日的象征。在整个19世纪上半叶，英国资本主义经济迅速发展，社会矛盾十分尖锐，到19世纪中叶，工人阶级和资产阶级的矛盾紧张到一触即发的地步。加之克里米亚战争之后的经济萧条和保守党人奉行的反动政策，整个形势更加紧张无比。当时一位作家金斯莱在他的反映工人状况的小说《阿尔顿·洛克》一书的序言中写道：社会上到处是暴民，"破坏机器者、饥饿的暴民、农业暴乱分子……"。这重重矛盾使得社会气氛非常不安；对于法国大革命记忆犹新的一代人来说，好像那场浩劫马上就要在英国重演。世纪之初有位英国人亚瑟·扬曾著有《一七八九至一七九〇法国游记》一书，记述了大革命期间的种种暴行，后来在世纪中叶的英国，就有人著文指出，该书中记载的种种，"完全适用于我们的时代和国家"，并预言，英国的"改革"，"转眼就会成为一场革命"。

这种以为社会矛盾到了一触即发、法国大革命会在英国重演的意识在《双城记》中有充分的反映。狄更斯在他的许多小说里多次暗示，如若照老样子下去，那么威胁社会生存本身的一场爆发终归不可避免。在《小多丽特》中，集中了许多罪恶与黑暗勾当的那幢房子突然倒塌，是富有象征意义的；在《荒凉山庄》中，象征了统治机器的腐朽昏庸的那家废旧物商店"自发"燃烧……这都是罪恶累累的资本主义社会制度必定灭亡的隐喻。《艰难时世》关于工人状况的描写表明，工人的状况已到了忍无可忍的地步。我们还记得，在《老古玩店》中，一个魁梧的司炉工人呆呆地望着火光，传达出一种力的感觉。相比之下，《荒凉山庄》中整个工业区的一片火光就进一步包含着一种威胁，而到了《双城记》，那远远望去的火光却变成了吞没一切的熊熊大火、席卷大地的革命旋风。如果说，在上述几种作品中，狄更斯即已通过形象对统治阶级提出多次警告，那么《双城记》则更加充满尖锐的危机感，它通过法国大革命的暴力场面，具体而形象地预示了英国社会的前景，向剥削、统治阶级指出，像小说中的圣爱弗雷蒙侯爵一样，他们播下的种子也只能结成同样的苦果。这是向剥削、统治阶级发出的一个严重警告。

但这警告也是双重的，既是对准剥削、统治阶级，同时也是对革命人民的一个警告。《双城记》着力渲染革命的恐怖和无辜者的牺牲，好像革命的暴力一旦发动起来，本身便成为目的，好像革命要求每天给断头台供给足够的祭品，甚至起来革命的受压迫者本身也不能幸免，如小说最后暗示，献身革命的德法治夫妇最后也未能逃脱这一命运。按照《双城记》中的描写，似乎暴力一旦得逞，就会失去控制，使革命走向自己的反面。因此在这个意义上，《双城记》也是对革命人民的警告，提醒他们暴力本身的逻辑会把他们与压迫者一起推向毁灭、同归于尽。

《双城记》所包含的警告的双重性质，很典型地暴露了像狄更斯这样的资产阶级作家在思想上的矛盾。有的同志指出，狄更斯在这里陷入了不可克服的矛盾。这样说，自然没有错，问题就在于我们怎样看待这种矛盾的现象。

当时的一批反映工人状况和劳资矛盾的小说，如盖斯凯尔夫人的《玛丽·巴顿》《南与北》，夏绿蒂·勃朗特的《雪尔莉》等，虽然达到了很高的现实主义成就，但仍难免这方面的弊病。狄更斯本人的《艰难时世》也不例外。这些小说有时在结尾描写劳资"和解"，这种"和解"可以采取不同方式，或是个人之间的感情沟通，如《玛丽·巴顿》；或是通过资方开办福利事业，如《南与北》。如果这叫作"克服"矛盾的话，那也不过是纸面上的"克服"，现实中的矛盾依然如故。

文学史上一些大家在接触社会问题时总是看到问题的两个方面而不回避矛盾。如莎士比亚早期历史剧《亨利六世》三部曲中反映了英国历史上的一次农民起义——杰克·凯德领导的农民起义。莎士比亚一方面表现了农民在封建诸侯的战乱中不堪其苦，在凯德的领导下起来暴动，杀向贵族老爷，痛快淋漓。可是另一方面，当时的农民起义没有纲领，没有出路，最后惨遭镇压是必然的，何况农民领袖本身也有很多局限性……也可以说莎士比亚在这里陷入了"不可克服的矛盾"。但显而易见，这矛盾是社会历史条件本身造成的，丝毫不削弱作品中反映出的农民造反的那些生龙活虎的场面所给人们留下的深刻的印象。

同样，在《双城记》中，狄更斯写出了社会危机的逼近，他看不出出路，拿不出什么药方，就宁可把矛盾留在那里。如果说悉尼·卡顿的爱与牺牲是"解决"的话，那也纯属无聊的空想，是小说中最弱的部分。重要的是狄更斯把问题提出来了。《双城记》中那用火与血的颜色染红的暴力场面对于剥削、统治阶级来说是个严重警告，使他们胆战心惊。这是《双城记》不可磨灭的成就。

山重水复　柳暗花明

毛姆小说《露水姻缘》艺术欣赏

马家骏

作者介绍

马家骏,陕西师范大学中文系教授。

推荐词

毛姆写过一百多篇短篇小说,20世纪二三十年代出版过几部短篇小说集。后来的作品中,《露水姻缘》是很能代表毛姆短篇小说创作风格的一篇。

现代英国小说家威廉·萨默塞特·毛姆（1874—1965）固然也写过三十部剧本、上演也还成功，但在20世纪前半叶，他之所以名噪文坛，还是因为他的现实主义的小说创作。中国和世界人民熟悉的也还是他的短篇小说。毛姆写过一百多篇短篇小说，二三十年代出版过几部短篇小说集。后来的作品中，《露水姻缘》是很能代表毛姆短篇小说创作风格的一篇。

这篇小说通过有才华的青年外交家杰克·阿尔蒙德的悲剧命运，揭露了当代英国上层社会人士金玉其外、败絮其中的精神状态，和他们的虚伪、腐败、丑恶的道德与生活。毛姆善于写英国人在东方的生活。这篇小说中的行政长官和他的夫人，颇有同情心；杰克的命运也颇该怜悯。这，固然给作品造成一种幽怨情调。但这篇小说在艺术上特色鲜明，使人有"山重水复疑无路，柳暗花明又一村"的感觉，值得咀嚼玩味，值得分析研究。它在布局结构上、刻画描写上，有许多东西值得借鉴。

从布局结构上看，这篇小说把情节打散，隐在东方行政官叙述的背后，露出一些小岛在水面上，让读者自行连接水面以下的海底山脉，从个别场面去想象补充出完整的情节。于是在结构上使用三层套盒，把叙述人与见闻者的观感和生活插进去，打开层层盒子，才得见到核心情节。这样，使小说的讲述变得特别引人入胜。只有读到终结，才能将故事的来龙去脉完整地衔接起来。

小说的第一层外壳，是叙述人对读者用第一人称的讲述。开头第一段就说明，他与故事无关，只是为玩味人的行为的动机而写小说的。这就讲得真实而娓娓动听了。

小说第二层是叙述人"我"对当时在婆罗洲北海岸同洛夫妇交谈的回忆。这个"当时"，按第二次世界大战后又五年计算，是指20世纪50年代初。叙述人讲述"当时"时，只重在故事本身，而"忽略"当时国际和东南亚的巨大事件，这是作者从题材的特殊需要出发，不把笔墨多分散在与题材无关的时代背景的交代上。

叙述人"我"讲到在洛先生这位英国殖民者客厅中的见

闻时，写了洛的"和善"与"幽默"，以及洛夫人的秀色与魅力，从此，真会以为在客人与主人夫妇之间会发生什么故事。

毛姆巧妙地摆下疑阵之后，笔锋一转，写三人对话，这才提到两三年前舞会的见面，由舞会谈到衣服，谈到舞会的女主人卡斯特兰夫人。谈到杰克，这就把读者引到另一处天地去了。原来，洛夫妇也是故事的见闻者与叙述人。毛姆使用叙述人讲另一个讲故事人的叙述的双层讲述法，就给故事多披上了一层纱衣。

阿瑟·洛讲述他在雪兰莪地区当行政官时见到白人死去和他遗留的情书，故事进入第二层，进入一个更远一些的"当时"。由于这才是情节的真正开始，而且抛开刚提到的舞会，突然讲起似乎不相干的死人情书之事，落笔更遥远，故事披的这一层纱衣，更让人摸不着头脑，也更激起了读者的好奇心，不得不去猜测：这四个人（洛先生、洛夫人、叙述人"我"、死者）之间将会有一幕惊心动魄的故事发生，不得不被小说牢牢吸引着向下读去。

当说到情书与定情物烟盒，洛先生又回到小说第二层的空间，与妻子讨论开：因为涉及卡斯特兰夫人，故事应该简略地还是应该详细地叙述？

写到这里，叙述人停下了故事本身，而在自己的推测中描述故事的原委，他回到第一层空间，又直接对读者表达他的看法。但这看法不是议论，而是推测，是对故事原委的描摹，他把已经显露出的故事的苗头抓住，在想象中勾画出全部轮廓告诉读者：写情书的死者，曾与卡斯特兰夫人有暧昧关系，卡斯特兰夫人为了保住社会地位与名声，断绝与这位后来潦倒的小职员的来往，但又藕断丝连地折磨得小职员杰克不断写信。原来那包情书，不是卡斯特兰夫人给杰克的（她早已索回去了），而是杰克给卡斯特兰夫人的。叙述人的推测，完全根据这单方面的信。

蹩脚的讲故事的人讲到这里，会加一个收尾结束他的小说。但故事不是情节，故事只给人一个轮廓，还是雾里看花，情节才是生动而具体的，让人亲切感受、了解真切的人与事。毛姆为了细致表现人物的行为和细致分析人物行为的动机，这才深入到情节的核心部分去。

当叙述人"我"猜测完故事原委之后，又回到第二层空间，在"当时"洛夫妇的客厅里讨论开了卡斯特兰夫人的为人和进一步推测那场爱情悲剧的细节。叙述人认识小说的真正女主人公卡斯特兰夫人,追忆了她的美貌、自负和那爱情纠葛中卡斯特兰勋爵与夫人的矛盾和夫人自己内心爱情与私利的矛盾。这些情节,是人家夫妇在家里的矛盾冲突的表现,是女主人公内心的矛盾冲突的所在。毛姆没有用传统小说的"全知法"来叙述,而是真实地用叙述人"我"听到洛夫妇讲情书与见卡斯特兰夫人后,自己根据自己的认识推测的。这是真实合理的,使人读了信服;这又是隔了一层的猜想,披上了朦胧的纱衣,使人似乎看着了一点,但又摸不透,只好被作者的艺术魅力牵引着继续走下去。

越过了这一层叙述人的追忆与猜测,故事由阿瑟·洛讲了下去。这位既是小说人物,又是小说情节的讲述者的洛,同叙述人"我"相配,双管齐下,对情节作双重叙述。由于洛是小说中的登场人物,由他讲比由"我"讲更真切得多。毛姆使小说情节达到高度真实性的艺术手段实在是高明得很。

阿瑟·洛的讲述,使小说进入第三层空间,使读者由洛的引导进入了卡斯特兰夫人豪华的客厅,见到了她克制、矜持、不露声色的真面目。情节的生动性还在于卡斯特兰夫人在秘密接待送来一包情书的洛先生之际,突然她丈夫走进客厅来，这种场面，又透过洛先生的眼睛来观察，则显得异常生动。这对夫妇讲到杰克的死，是那样的平静。本来洛先生想象的一个尴尬的场面、一个激动人心的场面，却在早已心领神会的冷酷者的平静中，显得那么淡泊、自然而不足为奇。

洛先生完成了交情书与定情物的任务，小说似乎该结束了，但还有一个谜即一个行为动机没有揭开，另一位男主人公杰克从一场爱情到潦倒死去，这之间他经历了什么样的痛苦折磨？又如何对待爱情、人生、自我？是怎么样获得了那样的下场？小说进入第三层的另一处空间，洛先生又引出肯宁和华尔顿两个人物的对话，再加上洛的讲述、叙述人"我"的回忆，洛夫人插入的补充，使读者解开了这个谜，了解了为何在爱情失败之初，杰克还可以支撑，而后来悟到受骗而绝望，于是自我作践走向灭亡。

小说把人物的行为表现完了，但小说并没有完，它还要探讨人物的动机。在小说结束前，还得写上一大段叙述人"我"的分析与推测，这使故事最终还是披着一层朦胧的纱衣。

小说结尾是隽永的，由洛夫人说"仆人要收拾餐具了"

落幕,而叙述人却接着人生宴席的结束总结道:"这就是杰克·阿尔蒙德的结局。"

从小说的这样的布局结构看毛姆的艺术风格,可以得知: 毛姆的小说,尺幅千里,把伦敦贵族的客厅、马来西亚雪兰莪地方肮脏的小屋、婆罗洲北海岸行政官的餐厅有机组织成整体。他不直接按顺序地展开故事,而是客观冷静、边讲故事边剖析,用双重叙述法,写几个场面(死人、送信、俱乐部听人谈话、双重叙述人对话),在隐隐约约之中使读者自行去连接出故事整体来。旁观、倒叙、若隐若现,再加推测想象画面和议论插笔,使读者如走在山阴道上一般。

《露水姻缘》这篇小说在描绘艺术上也颇具特色。这里的描绘有两种: 一种是对可见场面与人物的直接描绘,它是细致的;一种是讲述与推测中的概括描绘,它点染得很传神。

第一种描绘达到了细腻的油画效果。写人物肖像,呼之欲出。如说:"洛夫人是一位体态丰腴而又特别讨人喜欢的小巧玲珑的妇人,漂亮的眉毛下面长着一双黑黑的眼睛,虽说算不上十分秀丽,却也颇有几分魅力。她看上去身体健康、精神饱满。"又如说:"卡斯特兰夫人当时是有名的美人,长得亭亭玉立，犹有倾城之貌。皮肤细嫩可爱，一对蓝色的大眼睛略略分开，配上宽宽的脸膛，看起来颇有点温顺而胆怯的样子。她有一头美丽的栗色头发，并总把自己打扮得雍容华贵。她是一位十分沉着而冷静的妇女。"这里描写肖像，作者写眼睛，写容貌与体态，写一个女人美的外表有特征性的东西。作者不仅写外貌，更显示人物的内在精神，使读者看到有不同性格的活生生的两个女人。由于肖像描写是由叙述人"我"的口说出的，因此，其中渗透着美的欣赏者的观感。"看上去"和"看起来"所体现的描绘者的心情，增添了肖像画的活生生的气息。

描写场景时，也同样细致真切而带有观感的色彩。如写洛先生去查看死人，先坐船，再穿过商场，然后登楼，"摇摇晃晃的楼梯""一股难闻的气味""不比鸽笼大多少的阁楼""小窗户""遮篷""松木桌子和坏了背的椅子"、鸦片烟具、死者的形象和停尸席……构成一幅令人作呕、令人摇头叹气的阴暗图画。再如写卡斯特兰夫人豪华的客厅，说它"很大"，"四壁有巨幅绘画和肖像""很多东方的瓷器""镶在镀金镜框里的镜子"，同时用洛先生的自惭形秽对比出那客厅的富丽堂皇、高雅神圣。由于有一定的"视点"和观感角度，所写场景不仅真切，而且真正成了人物活动的环境的一部分，景与人合而为一。景本身也包含了寓意。将上述两个场景对比起来，可见杰克被骗而落魄潦倒与卡斯特兰夫人依然过着的豪华生活二者真有天壤之别。

描写人物动作与心理时，毛姆写得细致而含蓄，善于通过人物的微细动作显示出人物内心的波动。如写洛先生送情书给卡斯特兰夫人时，只写卡斯特兰夫人无言接过信，向信"瞄了一眼"，内心紧张而故作镇静，面部没表情而"手有点儿颤抖"，请客人坐，而她自己不知该做什么，手还攥着信，然后不露声色地把信放进抽屉，恢复了冷静。讲话又漫不经心了。表现在卡斯特兰夫人接信、瞄信、攥信、放信的细致动作描写中，显示出她的复杂的心情。要说她一点不动情是不真实的，但她并不是一见信便大哭和追问。她的动情与痛苦，在手的颤抖和紧攥的动作之中。然而，她与丈夫的风波已经过去，与杰克的情丝也断绝多年了，于是从在生客面前的体面出发，从自己长远的社会地位与生活享受出发，她又把自己的情感控制得十分得体。再如，卡斯特兰勋爵突然来到客厅见到送信的洛先生之后的场面，作者如此写这对夫妇的小动作：勋爵早就盯着定情物烟盒，而夫人只向丈夫嫣然一笑，然后平静地如实说杰克·阿尔蒙德已死并留了烟盒（注意：卡斯特兰夫人用了杰克的全名姓，以显示距离之远）。这里，一盯和一笑，其中有疑问、探究、解释、心照不宣、蔑视死者等一连串心情活动，让读者去咀嚼玩味。

第二种是概括讲述中的描绘，这只是轮廓，是某一细节的实现或重复。它把普遍的、一掠即逝的讲述，变得形象具体，留给读者以深刻的印象。如小说写杰克·阿尔蒙德，除了他死亡的场面是直接描绘的之外，有关他的一切，都不是让读者直接看到的，而是让读者从不同人口中听到的。或者说，杰克并未直接登场。这不像前面讲的人物，在具体的场面里，我们见到了他们的肖像、动作，理会了他们的内心、性格。而这个"隐形"的人物却是小说的真正男主人公。于是，在不可能细致而直接描绘这个人物时，通过叙述人"我"的追忆、洛夫妇的评述、华尔顿对洛先生的介绍等方式，来勾出杰克形象的轮廓。在这里，叙述人追忆了杰克的潇洒，说他有一双长长睫毛的蓝眼睛。洛夫人也印象颇深地说"从未见过哪个男子的睫毛有他的那么长"。在小说最后，叙述人还叹息，如果杰克没有那漂亮至极的长睫毛，也许还仍会好好活着。一个睫毛的细节，就突出描绘了杰克的健美、聪慧和招惹妇女的喜爱。又如洛先生说华尔顿与杰克同船回东方,从华尔顿的眼睛看杰克,后者大量饮酒,"好像掉了魂似的"。这一笔描写就把杰克受到的巨大打击揭示了出来,以下急转直下勾勒杰克的自暴自弃的过程,这段讲述中并简约描写杰克"不耐烦""粗鲁""蓬头垢面、神色可怕",则活脱脱浮雕出一位潦倒小人物。又如写一个不引人注意的人物:杰克后来的华人情妇。小说只在写洛先生来死人现场观察时,顺带一笔说"她的脸都哭肿了",于是人物的感情、近日的行动就都写出来了。小说这第二种概括讲述中的描写法是十分精炼的,它在讲述情节的进程中,顺手在关键地方对人物外貌或内心,以惊人笔法点出要害和神情,用一个细节、一个比喻、一个概括力极强的词句,就刻画出形象来。这力透纸背的写法,十分值得研究。

精神恋爱　世俗婚姻

从《呼啸山庄》看妇女在爱情和家庭中的地位

方　平

作者介绍

方平(1921—2008)上海人。原名陆吉平。新中国成立后，历任上海文化工作社、上海文艺联合出版社、新文艺出版社、人民文学出版社上海分社编辑，上海译文出版社外国文学编辑部主任和学术委员，上海师范大学客座教授，同时担任中国莎士比亚研究会副会长等社会职务。

推荐词

女作家不愿意局限于传统的观念去写她的爱情题材。她以她的激情和艺术才华向读者展示了超出于那世俗的爱情之上，还存在着另一种爱情：它不是玫瑰色的，它不是甜滋滋的，而且是没有祝福的，它白亮得不可逼视，像一团火焰似的要把人燃烧起来。

自从现代文明的曙光照亮了人类历史的进程，人们在自己的感情世界里发现了鲜艳的爱情之花，就不惜用生命和鲜血去栽培它、热烈地歌颂它。爱情进入了古代的诗歌、传说，从此在文艺园地中占有一个特殊地位，成为"永恒"的文学主题了。

在艾米莉·勃朗特的《呼啸山庄》里，当画眉田庄的主人林敦领着美丽的新娘卡瑟琳到教堂去举行婚礼的那天，"他只觉得自己是天下最幸福的人儿了"。他和人们一样，认定爱情就是人生最高的幸福。

然而女作家不愿意局限于传统的观念去写她的爱情题材。她以她的激情和艺术才华向读者展示了超出于那世俗的爱情之上，还存在着另一种爱情：它不是玫瑰色的，它不是甜滋滋的，而且是没有祝福的，它白亮得不可逼视，像一团火焰似的要把人燃烧起来……真的，读着不同凡响的《呼啸山庄》，你会感悟到，真正的震撼心灵的爱情强烈到使人痛苦、使人消受不了的地步，但它却是燃烧着的生命的最大需要。

在第9章里，女作家把两个情人（林敦和希克厉）并列在一起，作为对比，提出了两种不同价值观念的爱情。

卡瑟琳接受了林敦的求婚，也承认她是爱她的未婚夫的；又回答了女仆纳莉的一连串"为什么爱他"的盘问。她爱林敦，因为对方年轻，长得俊秀，满脸春风，性情温和，又那么爱慕她；他富有，会让她成为当地最尊贵的夫人，等等。如果再替她补充一条"品德高尚"，那么俊秀、温文、高尚又富有的林敦完全可以作为一个理想的男主人公，进入19世纪的任何一个文学作品中，而得到任何一位女主人公的垂青了。

谁知卡瑟琳却用手拍着自己的额头和胸房，偏说是："在我的灵魂、在我的心坎里，我清楚地知道我做下错事了。"于是她吐露了自己心头的秘密：如果他在天堂里，她会痛苦得要命！"我嫁给埃德加·林敦，就像我在天堂里那么不相称。"

天堂本是最高幸福的象征，人人向往的境界；有一次卡瑟琳梦见自己在天堂里，她却"哭碎了心，闹着要回到人世来"，结果她给愤怒的天使摔了下来，"直掉在荒原中、呼啸山庄的高顶上，我就在那儿快乐得哭醒了"。

比起鸟语花香、天堂般的画眉田庄来，她的老家呼啸山庄可是个满目荒凉的穷地方。但她就在那儿长大，她和那一片荒原，有着千丝万缕、割不断的恋情，更重要的是，那儿有她童年的伴侣希克厉。她整个灵魂都爱着这低贱、粗犷、没有教养的穷孤儿。

"我爱他可不是因为他长得俊俏"，当然更不会为了温存的性格，为了财富。她说：她爱希克厉是因为"他比我更是我自个儿。不管咱们的灵魂，是用什么料子做成的，他和我是同一个料子"。

在热情奔放之际，她甚至不可思议地说道："我就是希克厉！"

什么是爱情？对于她，爱情已不再是人生幸福的追求了。希克厉时时刻刻在她心头，"并不是作为一种欢乐……因为他就是我自身的存在"。

两千年来，基督教会宣扬一个神话：上帝首先创造了亚当，然后借他的一根肋骨为他复制了一个附属于他的夏娃；

而自从人类进入有史时期以后，在以男性为中心的社会里，没有独立人格的妻子确然是她丈夫的附属品。

然而在这部名著里，基督教义失去了它的神圣光彩，它被一个荒原上长大的姑娘悄悄地按着自己的心意"修正"了。呈现在卡瑟琳的心口中的是另一幅原始人类的图景：不是为了亚当，才创造夏娃；而是为了夏娃，上帝特地创造一个亚当——至少也是用同一个料子、同一个模子，不分先后，同时铸造了亚当和夏娃，这孪生兄妹似的一双。卡瑟琳的"亚当"自然就是希克厉。他，就是她的另一个"我"；而跟她举行过婚礼的合法丈夫反而成了不相干的人。

这样，爱情的价值观念完全转移了。爱情，一个女人的爱情，从寻求庇护，寻求奉献，寻求人格的依附，转变成了自我的寻求。爱情不再紧抱住人生的幸福不放了。爱情，在她那里，首先是自我追求，自我完成，自我肯定。当时的宗教、法律、伦理道德以及妇女从属于男人的传统观念都被她一下子冲破了。

在我之外另有一个我，在两个心心相印的情人之间，有时会达到这种恍然一体的如痴似醉的境界。年轻的罗密欧在皎洁的月光底下，听得远远传来了他情人朱丽叶在阳台上的

一声温柔的呼唤:"罗密欧!"他惊叹道:

> 这是我的灵魂在呼唤我啊!

可是对于卡瑟琳,我之外应该还有一个我,已不是一种恍恍惚惚、陶醉、痴迷的心理状态,而是一种执着的、清醒的人生信念:"天把我造了出来干什么呢,假使我这人是尽在我这一身了?"

她那第二个"我",异性的"我",就是她全部人格的反射。就像希腊神话中俯伏在清溪边顾影自怜的美少年纳西索斯那样,卡瑟琳也在希克厉的火热的灵魂里看到了自己的倒影。

林敦是那么爱着他的新娘,把她看成了自己的命根子,认为他这做丈夫的成了天下最幸福的人。然而女作家却毫不留恋地用不多几句话,就把人们津津乐道的幸福家庭中的恩爱打发过去了。小说用浓墨渲染的是另一种狂风暴雨般猛烈,叫林敦的幸福黯然失色的超世俗以至超人间的爱情。

那仿佛充斥在天地间,像原始生命力那样不可磨灭、凌驾于生和死的爱情力量,从美学的意义上说,在心弦被剧烈震撼的读者的眼前,忽然开拓出人类的一片新的精神领域——那是像一座喷射岩浆的火山，惊心动魄，既可怕，又壮观。

卡瑟琳由于世俗观念，接受了漂亮又富有的林敦的求婚，而为了要忠实于自我，又要从这世俗的爱情中挣脱出来。她是身不由己、情不自禁，感情的巨浪在冲击她、驱使她。但是如果从社会学的意义看她那股感情洪流，那么，在那强烈表达出来的鲜明的个性后面，自有一种超乎个人的没有表达出来的潜在的意愿：要改变千千万万妇女在爱情家庭中所处的传统地位。这也许可以说明为什么她作为有夫之妇，却毫不留恋她那温暖的家庭，因为她那个安乐窝也是按照当时千万户家庭的模式建构的：认丈夫为一家之主。

她和希克厉倾心相爱，在这刻骨销魂的生死恋中，女人不再是从属于男人的一个附件了；女人和男人是互补的，是相互成全的。恋爱中的妇女和她的对象处在完全对等的地位上，双方的位置甚至是可以互换的。这就是为什么卡瑟琳在她感情极度亢奋的时刻，冲口嚷道："我就是希克厉！"而换了另一个多情的少女，恐怕只会这样吐露她的心曲："我不属于别人，只属于希克厉！"

艾米莉没有像她的姐姐夏洛蒂在《简·爱》中那样，通过女主人公努力维护自己人格的尊严，那么鲜明地表达了妇女的愿望和呼声；但我们细细体味，简和凯瑟琳，这两个不同类型的女性形象，毕竟在精神上有相通的地方：她们都不甘心在那个男权主义社会里，扮演妇女在爱情和婚姻生活中早就给规定了的角色——天使加女奴。

一曲含泪的牧歌

《我的异父兄弟》译后

王以培

作者介绍

王以培,1963年生,江苏南京人。诗人,作家,翻译家,中国人民大学副教授。1983年至1990年先后就读于国际关系学院法语系、中国人民大学中文系,1990年后毕业留校任教至今。有著作《这一夜发生了什么》(诗集)、《转场》(旅行文学)、《基督与解脱》(学术专著)、《守灵》(小说)、《灰狗》(旅行文学)出版。

推荐词

盖斯凯尔夫人的《我的异父兄弟》是呼啸的北风在古朴的英格兰西北的旷野上倾诉的一曲含泪的牧歌。

如果说乔治·桑的《安蒂亚娜》①是一位多愁善感的贵妇在法兰西幽静的乡村庄园里用收笛吹奏出的一支轻柔的恋曲,那么盖斯凯尔夫人的《我的异父兄弟》则是呼啸的北风在古朴的英格兰西北的旷野上倾诉的一曲含泪的牧歌,相比而言,后者显得更为自然、质朴,也更凝重、忧伤。

"我"(下文引号省略)的母亲一生含辛茹苦、辛勤劳作,却未曾得到幸福。残酷的命运总是接连不断地给这位柔弱善良的年轻母亲以致命的打击。二十岁那年她便守寡,紧接着第一个孩子病逝,第二个孩子格列高里也因营养不足而不能健康成长;直到嫁给我的父亲,一个富裕的农场主,她

---

① 乔治·桑(George Sand 1804—1876)是与盖斯凯尔夫人(Elizabeth Gaskell 1810—1865)同时代的法国女作家,《安蒂亚娜》是她第一部长篇小说。作品以抒情的笔调歌咏了美丽善良的贵族夫人安蒂亚娜牧歌式的恋情。

依然生活在阴影之中。由于她把全部的爱都寄托在格列高里身上而遭到我父亲的嫉恨，致使她早产，生下了我。直到她临终前，我父亲才第一次见到她的微笑，那是她生命中的最后一滴甘泉——"她最后的一个要求就是叫格列高里躺在她床上，躺在我身边，让他握住我的小手。""她凝神注视着我们两个异父兄弟，那目光饱含着临终前最后的善意"——带着一丝甜美的微笑，她匆匆离开了人间，然而她的善良与深深的爱却已渗入她的孩子格列高里心中，只有他最懂得母亲的遗愿。

由于从小缺乏营养，格列高里显得有些弱智；更因为我父亲对他的嫉恨和虐待，他变得少言寡语，终日愁眉苦脸。不仅如此，自从母亲去世之后，从佣人、农夫，到学校里的教师全都欺辱他，甚至我这个他在世上唯一的亲人也以宠儿和"小主人"自居，对他蛮横无理。所有这一切使得"愚蠢和沉闷在他身上渐渐滋长。有时，他会整整几个钟头地待在那里，一声不吭"。只有老牧人亚当理解他的苦衷，但也爱莫能助。他唯一的朋友就是与他处境相似的丑陋而又不讨人喜欢的牧羊犬拉斯，他与拉斯同病相怜，相依为命。当我父亲踢它的时候，"格列高里总是把拉斯叫走，然后和它一起在狗棚里坐一会儿"。他还时常让拉斯"躺在厨房的火炉边",尽管因此遭到父亲的斥责。可有谁知道,这样一个受尽歧视的孤苦伶仃的孩子,内心却埋藏着最深沉的爱,这种爱来自母亲,来自上帝,无论是人间的嫉恨与摧残,或是大自然风雪的严寒与沼泽的荒凉都无法将它改变。

"格列高里"也是教皇的名字②。他真正的形象出现在我生命垂危之际,显现于雪夜的荒野。当我迷路而身陷绝境,发出绝望的呼救时,"我竟听见了一声回应——几乎和我的声音一样长、一样野——如此野性的声音仿佛是从天外传来,我几乎认为它一定是从瀑布的幻觉中发出的,我曾经听说过这样的童话"。尔后,拉斯出现在我眼前,紧接着,我看见"一个灰色的人影从浓重的逼近眼前的黑暗中越来越清晰地显现出来,那是格列高里正挥动着他的披肩"。一个弱智的受欺凌的孩子,瞬间变成了一个神奇的幽灵,荒野中唯一的希望与生命的象征。

被人认为是弱智的孩子,关键时刻显示出他超凡的智

---

② 格列高里,原文Gregory。传说中的亚美尼亚基督教使徒Saint Gregory(240—332)开创了亚美尼亚教会独特的世袭朝代,直到5世纪为止,教皇一职总是由他的家族成员担任。

慧：他让我找出一样家人能够认出的东西，一条有特征的手绢，把它系在拉斯的脖子上，让它迅速回去叫人，而我们一起躺在一块挡风的岩石后面；这时，少言寡语的孩子开始喃喃地说话了："你可能已经不记得了，我们是怎样一起躺在我们临终母亲的身边的，她把你的小手放在我手上——我想现在她正看着我们，她一定很高兴，因为我们就要和她在一起了。无论如何，上帝总会降临的。"这寒风中温柔的低语，既是一个沉默多年的孩子吐露的心声，又仿佛是天边传来的福音，它带着无限的爱与温暖，从雪夜的沼泽地里，救出了我的生命。

人们赶到的时候，我躺在岩石后面，"身上盖着我兄弟的披肩，脚上严严实实地裹着他那件厚厚的牧羊人的大衣。他只穿着一件衬衣，他的胳膊伸向我，冰冷的脸上还挂着一丝宁静的笑容"——正像母亲临终前的微笑一样宁静、甜美。可以想象，他在最后的梦中见到了日夜思念的母亲，并投入她温暖的怀抱；他像母亲一样把全部的爱献给了人间，他用生命实现了母亲的遗愿。

他的忠实伙伴拉斯正像他的影子一样生活在我们中间。它还和往常一样沉默不语。对周围的一切诚惶诚恐。

而它的一举一动对于父亲来说都像是一种无言的指责。与善良的母亲和格列高里相反，冷酷的父亲临终前脸上没有微笑，眼里却含着泪水——悔恨代替了嫉恨，善良的情感溶化了铁石心肠……

一曲含泪的牧歌带着沉甸甸的爱飘落在山脚下的墓地，那儿埋葬着父亲、格列高里和我们的母亲；"我们的母亲"——这绵长悠远的回音来自19世纪中期英格兰的旷野，却又仿佛发自人类的心灵，她呼唤着人间的爱与温暖，呼唤着世世代代像格列高里这样的好兄弟。

苦苦挣扎 默默等待

评安妮·勃朗特的《阿格尼丝·格雷》

朱 虹

作者介绍

朱虹，天津人，英美文学研究专家和翻译家，教授。1953年毕业于北京大学西语系，此后在中国社会科学院外国文学研究所从事英美文学研究。1992年担任美国波士顿大学外国语言文学客座教授。历任中国社科院英美文学研究室主任及学术委员、外国文学系主任、研究生院教授及博士生导师、外文所研究员。有专著《美国文学简史》（上、下卷，合作）、《狄更斯小说艺术》，评论集《英美文学散论》等出版。

推荐词

比起《呼啸山庄》的辉煌和《简·爱》的激情，安妮的《阿格尼丝·格雷》显得平淡，但实际上安妮在这部篇幅不长的小说里不仅创造性地利用了自己的生活经验，而且还在其中蕴涵了自己最深层的感情体验，是极有深度、极有感染力的女性小说。

安妮·勃朗特是勃朗特三姐妹中最小的一个，生于1820年，1849年还不到30岁时便离开人间，葬在海边的斯卡伯勒。

在三个姐妹中，安妮常常被人们忽视，或只是作为她的两个更有名的姐姐的一个陪衬，只有50年代以来才开始受到重视，英美陆续出版了她的传记和专门研究。

比起《呼啸山庄》的辉煌和《简·爱》的激情，安妮的《阿格尼丝·格雷》显得平淡，似乎只不过是作者自己短短的一生的写照。实际上安妮在这部篇幅不长的小说里不仅创造性地利用了自己的生活经验，而且还在其中蕴涵了自己最深层的感情体验。《阿格尼丝·格雷》是极有深度、极有感染力的女性小说。

安妮是勃朗特家族那六个天才的孩子中最小的一个。她出生后不到两年母亲便去世了。姐姐们相伴相随地去了专门接纳穷牧师的女儿的慈善学校。小安妮留在家里与姨妈做伴,而姨妈是个宗教狂。安妮从小就是个内向的孩子,后来她的姐姐夏绿蒂在给两个妹妹作的"生平小记"中说安尼生性"敏感、矜持而忧郁"。安妮16岁那年一度与夏绿蒂相伴就读于鹿头学校。但不足一年便离校去做了家庭女教师。这是当时受过教育的贫穷少女唯一的出路。安妮在三个姐妹中当家庭女教师的时间最长,受的苦也最多。从1841年到1845年间,她在罗宾逊一家任教,她的哥哥勃兰威尔于1843年也到该家任家庭教师。正是他的到来以及他与女主人的感情纠葛引起了一系列灾难性的后果:解雇,名誉扫地,酗酒,堕落,死亡。所有这一切都给年轻的安妮留下痛苦的记忆,并成为她日后创作的材料。《阿格尼丝·格雷》描写了家庭女教师的苦处:傲慢的主人,娇纵的孩子,势利眼的仆人……使得初次涉世的少女备受屈辱,无所适从。这显然是根据作者自己任家庭教师的痛苦经验写成的。安妮的第二部小说《怀尔德菲庄园的房客》几乎是英国小说中最早描写男性的酗酒、暴力与堕落的大胆试验,在当时保守的社会风气下,出版后舆论界颇有微词。而显然,安妮之所以能写出那些令人触目惊心的罪孽场面,是跟她目睹哥哥的堕落分不开的。

《阿格尼丝·格雷》的意义远不限于描写家庭女教师的遭遇。安妮的这部处女作完成于1846年。1846年4月，夏绿蒂给出版者写信通报三部小说即将问世，指的就是她自己的《教师》、艾米莉的《呼啸山庄》和安妮的《阿格尼丝·格雷》。《阿格尼丝·格雷》，像许多当时的小说一样，是通过女主人来叙述的，特别适于表达女性的内心世界。一般评论往往只注意到作为家庭女教师的阿格尼丝，而忽略作为女儿的阿格尼丝。其实在这部小说中，我们首先是通过作为女儿的阿格尼丝的眼睛，看到作为一家之长的格雷先生的无能与刚愎自用，以及他为全家招来的灾难。这个问题在许多当时和稍早些时候的小说里都有所表现。奥斯丁的《理智与情感》《劝导》等都诉说着那些没有见识、没有本事的父亲们为女儿们带来的灾难。《阿格尼丝·格雷》的整个故事布局就是建立在老格雷先生的糊涂无能上。故事一开始就表明，是这位不负责任的家长的盲目投资把全家拖到赤贫的边缘。拯救家运的使命则落在理应被他保护的格雷太太身上，这个当初为爱情牺牲一切而已人过中年的女人现在不得不担起养家糊口的重担。小女儿阿格尼丝正是在这样的情况下被迫离家出外谋生的。安妮·勃朗特本人在这里好像是不露声色地对女性所做的牺牲的价值提出质疑。我们要知道，当年勃朗特太太就是丢下安逸的中产阶级生活而下嫁穷牧师勃朗特先生的，并在不到十年的时间里连续为他生下六个孩子后死在荒凉的约克郡的山村。不仅如此，在活下来的四个子女当中，唯有儿子勃朗威尔是父亲的宠儿，全家的资源都倾注于他的艺术教育上。结果他一事无成，而女儿夏绿蒂、艾米莉和小妹妹安妮则不得不为生活而四处奔波。特别值得注意的是，在阿格尼丝·格雷的故事中，只有在老格雷先生这个绊脚石去世之后，格雷太太才终于有声有色地办起女子学校来。作者似乎把自己和姐妹们长期以来所怀抱的办学理想凝聚在小说的光明结尾中，而这个光明结尾必须扫除"家长"的障碍才得以实现。这样的描写当然不是偶然的，其中显然有作者自己心声的流露。应该说《阿格尼丝·格雷》绝不是一般地利用了作者自己的生活经验，这其中还有她作为女儿在孤独压抑的家庭生活中对当时传统家庭的观察和抨击，在平易的叙述中蕴涵了女性主义的朦胧意识。

《阿格尼丝·格雷》描写了同名女主人公离家到富人家里当家庭女教师的故事。这里自然有作者对暴发的、缺乏教养的富人们的观察，有对儿童德育问题的思考，还通过一个轻浮少女的悲剧表明，金钱与权贵结合的婚姻实际上是以牺牲女性的幸福为代价的。但《阿格尼丝·格雷》不仅是在述说一个单纯善良的少女在粗俗而又冷酷的环境里苦苦挣扎，阿格尼丝的生活里还有一线光明，那就是她对当时的牧师韦斯顿先生默默的恋情。但是在当时的社会条件下，女孩子是不便于主动表达感情的：对于她们来说，只有耐心地等待，等待男士向她们求婚，而别无其他。她们的手脚被社会对女性行为的规范捆得紧紧的。这种困惑触及女性内心最神圣的秘密，就连自己也不愿对自己承认。我们在当时的许多作品中都看到了对这类情况的侧面描写，正因为它是一种难以启口的心声，一个没有名字的问题，所以也少有正面描写。如在《傲慢与偏见》中，伊丽莎白·班纳特发现自己判断错误、出于偏见而盲目地拒绝了达西先生的求婚，可是事到如今，她只有暗中懊悔，却一筹莫展。一反她一贯的聪明伶俐，伊丽莎白现在也只能默默地等。一般认为，《傲慢与偏见》的结尾比较乏味，就是因为伊丽莎白变成了一个被动的角色。最后，当达西再次求婚时，她赶快抓住机会，匆匆接受了达西的求婚，故事也就结束了。凭她的伶牙俐齿，伊丽莎白接受求婚时竟没有得到任何施展口才的机会，而只是由作者匆匆交代的。至于伊丽莎白的姐姐吉英，那就更退了一步：在被彬格莱先生冷淡疏远之后，她根本就不承认自己的痛苦失望，连连表白自己没有动心。可是一旦彬格莱前来求婚，吉英立刻答应了。这类描写在当时的小说比比皆是。或许可以称它为"等待的艺术"。它不仅损害了人物形象的完整，而且还说明了一个问题：在当时的妇女行为规范与文化氛围的压力下，这些默默苦等的女孩子不敢正视自己的心。于是，人物的困惑变成了作者的困惑。于是，女性的那种没有名字的痛苦在作家笔下只有戏法式的解决方式。因此哪怕在像奥斯丁这样第一流的作家笔下，也会出现这类令人尴尬的叙述空白。

大作家大手笔没有解决的艺术难题，恬静矜持的安妮·勃朗特竟然做到了。在默里一家做家庭教师的苦闷日子里，阿格尼丝·格雷爱上了好心而又有教养的乡村牧师韦斯顿先生是必然的。但在当时的情况下，阿格尼丝没有爱的权利，更何况她侍奉的那位阔小姐罗莎丽还正在拿着那个年轻人作感情游戏呢。阿格尼丝的内心矛盾与痛苦是可想而知的。作为这部自传体小说的女主人公，她说，"我开始写这本书时就没打算隐瞒任何事情，以便那些喜欢这本书的人得以仔细地看一看一个同类的心灵"。她又说,"但是,有些想法尽管可以让天上的安琪儿们知晓,却不能向世人公开……"其实,在她这样说的时候就已经把自己的心灵敞开给世人了。她这部自述实际上就是她的痛苦而曲折的感情历程。阿格尼丝不断地向读者表明心迹,承认她现在变得注意服饰,喜欢照镜子,"尽管端详的结果从来没有给我带来安慰"。阿格尼丝虽然在默里一家身居末位,听人使唤,但她的思想感情却海阔天空:她写诗,她幻想,她忧伤。甚至她从小接受的宗教熏陶也融入了自己隐秘的恋情。当默里小姐声称自己的"箭"已经"射穿了他的心"时,可怜的阿格尼丝的心发抖了,她的内心在呼唤:"上帝呀,制止这个灾难吧"。她想起了《圣经》里那个只有一只羊的穷人和有成千只羊的富人的故事。后来,父亲去世,阿格尼丝回家奔丧,但她不得不承认,心里挂着的还是韦斯顿先生。每次有人敲门,或者有信件到来,阿格尼丝总难免要失望,哪怕是姐姐的来信,因为没有等到她期待的音信。过后,她又自责:"难道事情已发展到这样的地步:由于信不是那个关系相对疏远的人写来的,竟会致使我在收到我唯一的姐姐的来信时也会感到失望吗?"阿格尼丝不断地自我剖析自我表白,让我们看到一个少女的心灵与妇女行为规范作挣扎的轨迹和对幸福爱情的向往,让我们看到那"等待"的"艺术"的心理内涵。正因如此,《阿格尼丝·格雷》虽然也以幸福的婚姻结束,但它不是浪漫故事,而是具有丰富的心理深度与大胆自我暴露的女性小说。

可喜的是,我们的文艺界也开始注意安妮·勃朗特的《阿格尼丝·格雷》,近几年来陆续出版了几个译本,如1991年上海译文出版社的译本和1994年南京译林出版社的译本。希望读者自己去寻找该小说中隐含的教益和宝藏。但愿读者宽容而温情地对待这个"默默无闻的人叙述的陈年旧事",因为作者安妮·勃朗特和她的人物阿格尼丝·格雷有时好像重叠起来,"把对最亲密的友人都不愿披露的事忠实地展现在读者诸君的面前"。

保守型和开放型婚姻

《傲慢与偏见》中的婚姻观

郑晓园

作者介绍

郑晓园，1987 年毕业于上海外国语大学英语系，获文学学士学位。1993 年毕业于美国俄克拉荷马州立大学，获教育学硕士学位，主修英语教学。现为上海理工大学副教授、英语专业教研室主任。

推荐词

《傲慢与偏见》关于婚姻关系的描写分成两条线：一条线是关于保守型、被动型的婚姻观念的描写，以吉英和夏绿蒂为代表。其中，吉英是作者所肯定和赞赏的，对夏绿蒂作者则有微讽和善嘲。另一条线是关于开放型、自主型的婚姻观念的描写，以伊丽莎白和丽迪雅为代表。其中，伊丽莎白是作者理想的典型，丽迪雅则是作者贬斥的对象。对小说中人物的婚姻态度或褒或贬，反映了作者的价值观念，同时也折射出社会心理的变化。

简·奥斯丁的《傲慢与偏见》描写的是英国18世纪末至19世纪初贵族地主青年宁静的乡村生活，其主线是几个贵族地主男女的婚姻。小说通过他们的日常生活：舞会、家宴、玩牌、喝茶、散步、闲谈及男女婚嫁，表现了青年一代的价值观念和思想心态。看起来，宁静、舒适、悠闲的乡村生活如世外桃源，然而，当时英国社会的巨大变革正通过不同的途径影响着"桃源中人"，激荡着他们貌似平静的思想深层。

英国1688年不彻底的资产阶级"光荣革命"，虽然确立了资产阶级对王权的胜利，但是君主立宪的政体具体表现了英国资产阶级的妥协性。18世纪中叶首先在英国发起的工业革命是近代科学革命和社会生产有效结合的结果，这使社会的物质生产形式和物质生活方式发生了巨大变革，社会结构也随之重建。现代资产阶级的政治和经济观念开始形成，现代资产阶级社会的思想和理论基础得以奠定,社会文化形态也发生了根本的突变。这种文化突变的影响,不仅在物质层面和政治意识形态层面,而且在社会心理层面(价值取向、价值评价及道德观念)都已深入乡村贵族地主的生活中。简·奥斯丁在《傲慢与偏见》中借男女主人公达西和伊丽莎白的对话很好地揭示了这一点。达西说:"一般说来,乡下人可以作为这种研究对象的就很少,因为在乡下,你四周围的人都非常不开通,非常单调。"伊丽莎白回答:"可是人们本身的变化很多,他们身上永远有新的东西值得你去注意。"(王科一译,《傲慢与偏见》,上海译文出版社1990年版,以下引文皆引自此版本)婚姻观念是最能直接表现人们的价值取向、道德心态和深层心理的。在《傲慢与偏见》里,作者正是通过不同青年的不同婚姻观念和行为来反映当时文化突变在乡村的影响,即贵族地主青年思想的变化开始和社会文化变迁的主流相合拍。

《傲慢与偏见》关于婚姻关系的描写分成两条线:一条线是关于保守型、被动型的婚姻观念的描写,以吉英和夏绿蒂为代表。其中,吉英是作者所肯定和赞赏的,对夏绿蒂作者则有微讽和善嘲。另一条线是关于开放型、自主型的婚姻观念的描写，以伊丽莎白和丽迪雅为代表。其中，伊丽莎白是作者理想的典型，丽迪雅则是作者贬斥的对象。对小说中人物的婚姻态度或褒或贬，反映了作者的价值观念，同时也折射出社会心理的变化。

吉英和夏绿蒂是没落的南方贵族地主的后代，她们没有财产。虽然都受过良好的教育，有教养，但是要维持她们的社会地位和悠闲的生活，出路只有一条：嫁个有财产的丈夫，最好是有地位的。对她们来说，婚姻首先应考虑的是社会和经济地位，而不是情感需要。她们选中的对象，彬格莱先生和柯林斯牧师符合了她们的这一需要，这在夏绿蒂身上表现得更加露骨。柯林斯牧师一方面继承了父亲的产业，同时又将继承班纳特先生年近两千镑的地产，另一方面又因贵族夫人咖苔琳的庇护、提拔而获得了教区牧师的职位。有房子，有较好的经济收入，又能进入贵族地主的客厅、牌桌和餐厅，这一切都是夏绿蒂所期望的。虽然柯林斯的极端庸俗和卑鄙是有教养的夏绿蒂所不能承受的，但是为了"给自己安排一个最可靠的储藏室，日后可以不致挨冻受饥"（第87页），夏绿蒂迫不及待地抓住了柯林斯求婚这一机会，并甘之如饴地享受着婚后舒适悠闲的家庭生活。虽然，夏绿蒂的家庭生活是"一定不把柯林斯放在心上","只要不想起柯林斯先生,便真正有了一种非常舒适的气氛"。夏绿蒂的婚姻态度反映了当时贵族地主的保守面,但她不掩饰自己对婚姻家庭生活的双重心态,一方面作为家庭主妇,对悠闲舒适的日常生活十分满意,另一方面对格格不入的丈夫表示了嫌弃。简·奥斯丁通过伊丽莎白和夏绿蒂对待柯林斯求婚的不同态度,批评了夏绿蒂。伊丽莎白斩钉截铁地拒绝了柯林斯,因为"柯林斯不能使自己幸福"。夏绿蒂则十分坦白地回答伊丽莎白,"我只希望有一个舒舒服服的家。论柯林斯先生的性格、社会关系和身份地位,我觉得跟他结了婚,也能够获得幸福,并不下于一般人结婚时所夸耀的那种幸福。"简·奥斯丁借伊丽莎白的口指责了夏绿蒂的这种庸俗保守的婚姻观:"她竟会完全不顾高尚的情操,来屈就一些世俗的利益。夏绿蒂竟做了柯林斯的妻子,这真是天下最丢人的事!"

对吉英的婚姻问题,简·奥斯丁同样是借伊丽莎白表达了自己的看法。吉英的教养、风度很好,和彬格莱先生很般配,彼此又很有感情,彬格莱先生的社会地位和财产正是吉英的婚姻所必需的。他们是伊丽莎白希望成功的一对。但是达西却因吉英家门户的低微，有一些被贵族地主看来不体面的资产阶级亲戚——律师、商人，母亲和三个妹妹的言行举止不成体统，有失身份，而极力要拆散吉英和彬格莱先生。为此，伊丽莎白对达西的态度和做法极为愤怒，最后伊丽莎白以自己的教养、风度、智慧和知识征服了达西贵族地主的傲慢、偏见，不仅重新撮合了吉英和彬格莱的婚姻，伊丽莎白和达西也克服了门户的障碍走进了婚姻的殿堂。这表明当时社会由于政治、经济的巨大变化已影响到社会文化的深层，连远离喧嚣城市的宁静乡村贵族地主青年在婚姻问题上也将情感相投作为择偶的重要条件，超越了门第和财产所形成的世俗鸿沟。贵族地主青年婚姻观念的变化正反映了社会文化深层的价值和道德标准发生了变化，社会文化最深层最稳定的部分在社会政治经济结构突变、重建过程的冲击下也开始变化、激荡。这种变化、激荡同时也伴随着旧文化传统积淀的重新泛起，在文化变革的过程中形成一种矛盾、妥协的心态。这种情况更多地体现在伊丽莎白和丽迪雅的婚姻态度和婚姻心理中。

丽迪雅在择偶婚姻问题上唯自己的情感好恶而定，而且公开表达了自己的感情。她最后选择了与没有财产没有地位的韦翰私奔的方式来追求自己的爱，实现自己对生活的理解和向往。虽然丽迪雅和韦翰结婚既缺钱又无地位，但她并不后悔。她对伊丽莎白说："要是你爱达西先生抵得上我爱韦翰的一半，那你一定会非常幸福。"丽迪雅的言行举止在贵族地主绅士的眼里是极不成体统、有失家庭面子的。伊丽莎白也为此感到丢脸："伊丽莎白觉得她家里人好像是约定今天晚上到这里来尽量出丑。"丽迪雅与韦翰结婚后，她的家庭对他们仍然相当冷淡，仍然看不起他们。然而，正是这个既无财产地位又无品行的韦翰，达西妹妹也喜欢过他，曾想和他私奔。伊丽莎白也曾钟情于他，曾经"满脑子是他的形象"，"一心盼着跟他跳舞"，为了取悦于韦翰，"穿着打扮格外用心"。三个不同类型的小姐都曾爱上过韦翰，这意味着贵族地主小姐在婚姻问题上已经把自己情感上的需要放在重要的地位。

　　如果说丽迪雅是公开将自己的情感需要作为择偶的首要条件，冲破了贵族地主关于礼仪、言行举止的种种束缚，而受到贵族地主社交圈的鄙视，那么伊丽莎白在婚姻观上的表现则是简·奥斯丁所推崇的理想模式。伊丽莎白以她得体大方的贵族教养，维持了贵族地主的体面和身份。她虽然和达西在门第、财产上有很大的差距，但她在与达西的交往中，始终坚持着人格的平等和尊严，把高尚的情操、情感的需要视为人生价值和人生幸福的一个重要组成部分。伊丽莎白曾拒绝柯林斯的求婚，曾一时钟情于韦翰，和达西从冷淡、疏远、和解，到最后结婚，这种婚姻态度的心理基础正是对个人幸福的追求，对人格尊严、平等独立的坚持，对情感需要在婚姻关系中的肯定。伊丽莎白的婚姻观反映了英国社会在资产阶级革命过程中文化变迁的两重性，即既依恋于过去的贵族地主绅士的风度和教养，又钟情于文艺复兴运动以来资产阶级关于人性和人道的思想观念。正如英国的"光荣革命"是一种保守与革命的妥协结合，而不像法国以百科全书派为代表的启蒙运动和法国大革命那样坚决和彻底。简·奥斯丁的小说《傲慢与偏见》通过婚姻关系的描写所揭示的文化深层的激荡是英国社会文化变迁过程中资产阶级与贵族地主阶级相妥协的两重性的反映。《傲慢与偏见》作为一部成功的小说立于世界名著之林，其思想意义和文学史上的地位正在于此。

悲愤的力量

读卢梭的《忏悔录》

柳鸣九

作者介绍

柳鸣九，1934年生，湖南长沙人，1953年考入北京大学西语系，毕业后在中国社会科学学部文学研究所工作，1964年转到中国社会科学院外国文学研究所，现任中国社会科学院外国文学研究所研究员、南欧拉美文学研究室主任、研究生院外文系教授、中国法国文学研究会会长、中国外国文学研究会理事、中国作家协会会员、国际笔会中心会员。2006年，获中国社会科学院最高学术称号"终身荣誉学部委员"。

推荐词

在《忏悔录》里，卢梭向自己的时代社会提出了勇敢的挑战："不管末日审判的号角什么时候吹响，我都敢拿着这本书走到至高无上的审判者面前，果敢地大声说：'请看!这就是我所做过的，这就是我所想过的，我当时就是那样的人……请你把那无数的众生叫到我跟前来!让他们听听我的忏悔……然后让他们每一个人在您的宝座前面，同样真诚地披露自己的心灵，看有谁敢于对您说：'我比这个人好'!"

在历史上多得难以数计的自传作品中,真正有文学价值的并不多,而成为文学名著的则更少,至于以其思想、艺术和风格上的重要意义而奠定了撰写者的文学地位,不是一个普通的文学席位,而是长久地受人景仰的崇高地位,也许只有《忏悔录》了。卢梭这一个不论在社会政治思想上,在文学内容、风格和情调上都开辟了一个新的时代的人物,主要就是通过这一部自传推动和启发了19世纪的法国文学,用当时很有权威的一位批评家的话来说,"获得最大的进步""自巴斯喀以来最大的革命",这位批评家谦虚地承认:"我们19世纪的人就是从这次革命里出来的。"

写自传总是在晚年,一般都是在功成名就忧患已成过去的时候,然而对于卢梭来说,他这写自传的晚年是怎样的一个晚年啊!

1762年,他50岁,他的书商阿姆斯特丹的马尔克-米谢尔·雷依建议他写一部自传。毫无疑问，像他这样一个平民出身、走过了漫长的坎坷的道路、通过自学和个人奋斗居然成了知识界的巨子、名声传遍了整个法国的人物，的确最宜于写自传作品了，何况在他的生活经历中还充满了五光十色和戏剧性。但卢梭并没有接受这个建议，显然是因为自传将会牵涉到一些当时的人和事，而卢梭是不愿意这样做的。情况到《爱弥儿》出版后有了变化，大理院下令焚烧这部触怒了封建统治阶级的作品，并要逮捕作者。从此，他被当作"疯子""野蛮人"而遭到紧追不舍的迫害，开始了逃亡的生活。他逃到瑞士，瑞士当局也下令烧他的书；他逃到普鲁士的属地莫蒂亚，教会发表文告宣布他是上帝的敌人；他没法继续待下去，又流亡到了圣彼得岛。对他来说，官方的判决和教会的谴责已经是够严酷的了，更沉重的一击又接踵而来：1765年，出现了一本题名为"公民们的感情"的小册子，对卢梭的个人生活和人品进行了攻击。令人痛心的是，这一攻击并不来自敌人的营垒，而显然是友军之所为。卢梭眼见自己有被抹得漆黑、成为一个千古罪人的危险，迫切感到有为自己辩护的必要，于是在这一年，当他流亡在莫蒂亚的时候，他怀着悲愤的心情开始写他的自传。

在卢梭悲惨的晚年，如果要举出他哪些不幸岁月中最重要，甚至是唯一的内容，那就是《忏悔录》这一部掺和着辛酸的书了。这样一部在残酷迫害下写成的自传，一部在四面受敌的情况下为自己的存在辩护的自传，怎么会不充满了一种逼人的悲愤？它那著名的开篇一下就显出了这种悲愤所具有的震撼人心的力量。卢梭面对着种种谴责和污蔑、中伤和曲解，自信他比那些迫害和攻击他的大人先生们、正人君子们来得高尚纯洁、诚实自然，一开始就向自己的时代社会提出了勇敢的挑战——"不管末日审判的号角什么时候吹响，我都敢拿着这本书走到至高无上的审判者面前，果敢地大声说：'请看！这就是我所做过的，这就是我所想过的，我当时就是那样的人……请你把那无数的众生叫到我跟前来！让他们听听我的忏悔……然后让他们每一个人在您的宝座前面，同样真诚地披露自己的心灵，看有谁敢于对您说：我比这个人好！'"

这定下了全书的论辩和对抗的基调。在这对抗的基调后面，显然有着一种激烈的冲突，即卢梭与社会的冲突，这冲突决不会产生于偶然的事件和纠葛，而是有着深刻的社会阶级根由。

卢梭这一个钟表匠的儿子,是从民主政体的日内瓦走到封建专制主义之都巴黎,从下层人民中走进了法兰西思想界的。卢梭当过学徒、仆人、伙计、随从,像乞丐一样进过收容所,只是在经过了长期勤奋的自学和个人奋斗之后,才逐渐脱掉了听差的号衣,成了音乐教师、秘书、职业作家。这就使他有条件把这个阶层的情绪、愿望和精神带进18世纪的文学。他第一篇引起全法兰西瞩目的论文《论科学与艺术》(1750)中那种对封建文明一举否定的勇气,那种敢于反对"人人尊敬的事物"的战斗精神和傲视传统观念的叛逆态度,不正反映了社会下层那种激烈的情绪?奠定了他在整个欧洲思想史上崇高地位的《论人类不平等的起源和基础》(1775)和《民约论》(1762)中对社会不平等和奴役的批判,对平等、自由的歌颂,对"主权在民"原则的宣传,不正体现了18世纪平民阶层在政治上的要求和理想?他那使得"洛阳纸贵"的小说《新爱洛绮丝》又通过一个爱情悲剧为优秀的平民人物争基本人权,而带给他悲惨命运的《爱弥儿》则把平民劳动者当作理想的人。因此,当卢梭登上了18世纪思想文化的历史舞台的时候,他也就填补了那一个在历史上长期空着的平民思想家的席位。

但卢梭所生活的时代社会,对一个平民思想家来说,是完全敌对的。从他开始发表第一篇论文的50年代到他完成《忏悔录》的70年代,正是法国封建专制主义最后挣扎的时期,他逝世后11年就爆发了资产阶级革命。这个时期,有几百年历史的封建主义统治已经到了山穷水尽的境地。封建专制主义的鼎盛虽然已经一去不复返,但专制主义的淫威这时并不稍减其厉毒。伏尔泰和狄德罗都进过监狱,受过迫害。这是18世纪思想家的命运和标志。等待着思想家卢梭的,正是这种社会现实的必然性,何况这一个来自民间的人物,思想更为激烈、态度更为孤傲:他居然拒绝过国王的接见和赐给的年金;他竟然表示厌恶巴黎的繁华和上流社会的奢侈;他还胆敢对"高贵的等级"进行如此激烈的指责:"贵族,这在一个国家里只不过是有害而无用的特权,你们如此夸耀的贵族头衔有什么可令人尊敬的?你们贵族阶级对祖国的光荣、人类的幸福有什么贡献!你们是法律和自由的死敌,凡是在贵族阶级显赫不可一世的国家,除了专制的暴力和对人民的压迫以外还有什么?"

《忏悔录》就是这样一个激进的平民思想家与反动统治激烈冲突的结果。它是一个平民知识分子在封建专制压迫面前维护自己不仅是作为一个人，更重要的是作为一个平民的人权和尊严的作品，是对统治阶级迫害和污蔑的反击。它首先使我们感到可贵的是，其中充满了平民的自信、平民的自我欣赏、平民的骄傲，总之，一种高昂的平民精神。

由于作者的经历，他有条件在这部自传里展示一个平民的世界，使我们看到18世纪的女仆、听差、农民、小店主、下层知识分子以及卢梭自己的平民家族：钟表匠、技师、小资产阶级妇女。把这么多的平民形象带进18世纪文学，在卢梭之前只有勒·萨日，但勒·萨日在《吉尔·布拉斯》中，往往只是把这些人物当作不断蔓延的故事情节的一部分，限于描写他们的外部形象。卢梭在《忏悔录》中则完全不同，他所着重的是这些平民人物的思想感情、品质人格和性格特点，虽然《忏悔录》对这些人物形貌的描写很不充分，但都足以使读者了解18世纪这个阶层的精神状况、道德水平、爱好与兴趣、愿望与追求。在这里，卢梭致力于发掘平民的精神境界中一切有价值的东西：自然淳朴的人性、值得赞美的道德情操、出色的聪明才智和健康的生活趣味等。他把他平民家庭中那亲切宁静的柔情描写得多么动人啊，使它在那阴冷无情的社会大海的背上，像是一个始终召唤着他的温情之岛，他笔下的农民都是朴实的形象，特别是那个冒着被税吏发现后就会被逼得破产的危险而拿出丰盛食物款待他的那个农民，表现了多么高贵的慷慨；他所遇到的那个小店主是那么忠厚、富有同情心，竟允许一个素不相识的流浪者在他店里骗吃了一顿；他亲密的伙伴、华伦夫人的男仆阿奈不仅人格高尚，而且有广博的学识和出色的才干；此外，还有"善良的小伙子"、平民乐师勒·麦特尔，他的少年流浪汉朋友"聪明的巴克勒"，可怜的女仆、"和善、聪明和绝对诚实的"玛丽永，他们在那恶浊的社会环境里都发散出了清新的气息，使卢梭对他们一直保持着美好的记忆。另一方面，卢梭又以不加掩饰的厌恶和鄙视追述了他所遇见的统治阶级、上流社会中的各种人物："羹匙"贵族的后裔德·彭维尔先生"不是个有德的人"；首席法官西蒙先生是"一个不断向贵妇们献殷勤的小猴子"；教会人物几乎都有"伪善或厚颜无耻的丑态"，其中还有不少淫邪的色情狂；贵妇人的习气是轻浮和寡廉鲜耻，有的"名声很坏"；至于巴黎的权贵，无不道德沦丧、性情刁钻、伪善阴险。在卢梭的眼里，平民的世界要远比上流社会来得高尚、优越。早在第一篇论文中，他就进行过这样的对比："只有在庄稼人的粗布衣服下面，而不是在廷臣的绣金衣服下面，才能发现有力的身躯。装饰与德行是格格不入的，因为德行是灵魂的力量。"这种对"布衣"的崇尚、对权贵的贬责在《忏悔录》里又有了再一次的发挥，他这样总结说："为什么我年轻的时候遇见了这么多的好人，到我年纪大了的时候，好人就那样少了呢？是好人绝种了吗？不是的，这是由于我今天需要找好人的社会阶层已经不再是我当年遇到好人的那个社会阶层了。在一般平民中间，虽然只偶尔流露热情，但自然的感情却是随时可见的。在上流社会中，则连这种自然感情也完全窒息了。他们在情感的幌子下，只受利益或虚荣心的支配。"卢梭自传中强烈的平民精神，使他在文学史上获得了他所独有的特色，法国人自己说得好："没有一个作家像卢梭这样善于把穷人表现得卓越不凡。"

当然，《忏悔录》中那种平民的自信和骄傲，主要还是表现在卢梭对自我形象的描绘上。尽管卢梭受到了种种责难和攻击，但他深信在自己的"布衣"之下比"廷臣的绣金衣服"中更有"灵魂"和"力量"，在我们看来，实际上也的确如此。他在那个充满了虚荣的时代和社会里，敢于公开表示自己对于下层、对于平民的深情，不以自己"低贱"的出身、不以他过去的贫寒困顿为耻,而宣布那是他的幸福年代,他把淳朴自然视为自己贫贱生活中最可宝贵的财富,他骄傲地展示自己生活中那些为高贵者的生活所不具有的健康的、闪光的东西以及他在贫贱生活中所获得、所保持着的那种精神上、节操上的风采:

他告诉读者,他从自己那充满真挚温情的平民家庭中获得了"一颗多情的心",虽然他把这视为"一生不幸的根源",但一直以他"温柔多情"、具有真情实感而自豪,他又从"淳朴的农村生活"中得到了"不可估量的好处","心里豁然开朗,懂得了友情"。虽然他后来也做过不够朋友的事,但更多的时候是在友情与功利之间选择了前者,甚至为了和流浪少年巴克勒的友谊而高唱着"再见吧,都城,再见吧,宫廷,野心,虚荣心,再见吧,爱情和美人",离开了为他提供了"飞黄腾达"的机遇的古丰伯爵;他过着贫穷的物质生活,却有自己丰富的精神世界。

他很早就对读书"有一种罕有的兴趣",即使是在当学徒的时候,也甘冒受惩罚的危险而不放弃,甚至为了得到书籍而当掉了自己的衬衫和领带;他博览群书,从古希腊罗马的经典著作一直到当今的启蒙论著,从文学、历史一直到自然科学读物，长期的读书生活唤起了他"更高尚的感情"，形成了他高出于上流阶级的精神境界；他热爱知识，有着令人敬佩的好学精神。他学习勤奋刻苦，表现出"难以置信的毅力"，在流浪中他坚持不懈，疾病缠身时他也没有中断，"死亡的逼近不但没有削弱我研究学问的兴趣，似乎反而更使我兴致勃勃地研究起学问来"。他为获得更多的知识，总是最大限度利用他的时间，劳动的时候背诵，散步的时候构思，经过长期的努力，他在数学、天文学、历史、地理、哲学和音乐等各个领域积累了广博的学识，培养了成为一个思想家、一个文化巨人所具备的条件。他富有进取精神，学会了音乐基本理论，又进一步尝试作曲，读了伏尔泰的作品，又产生了"要学会用优雅的风格写文章的愿望"，他这样艰苦地攀登，终于达到当时文化的高峰；他生活在充满了虚荣和奢侈的社会环境中，却保持了清高的态度，把贫富置之度外，"一生中的任何时候，从没有过因为考虑贫富问题而令我心花怒放或忧心忡忡"。他比那些庸人高出许多倍，不爱慕荣华富贵，不追求显赫闻达，"在那一生难忘的坎坷不平和变化无常的遭遇中"，也"始终不变"。

巴黎"一切真正富丽堂皇的情景"使他反感，他成名之后，也"不愿意在这个都市长久居住下去"，他之所以在这里居住了一个时期，"只不过是利用我的逗留来寻求怎样能够远离此地而生活下去的手段而已"。他在恶浊的社会环境中，虽不能完全做到出淤泥而不染，但在关键的时刻，在重大的问题上，却难能可贵地表现出高尚的节操，他因为自己"人格高尚，决不想用卑鄙手段去发财"，而抛掉了当讼棍的前程，宫廷演出他的歌舞剧《乡村卜师》时邀他出席，他故意不修边幅以示怠慢，显出"布衣"的本色，国王要接见并赐给他年金，他为了洁身自好，保持人格独立而不去接受。

他处于反动黑暗的封建统治之下，却具有"倔强豪迈以及不肯受束缚受奴役的性格"，敢于"在巴黎成为专制君主政体的反对者和坚定的共和党人"，他眼见"不幸的人民遭受痛苦"，"对压迫他们的人"又充满了"不可遏制的痛恨"，他鼓吹自由，反对奴役，宣称"无论在什么事情上，约束、屈从都是我不能忍受的"。他虽然反对法国的封建专制，并且在这个国家又受到了"政府、法官、作家联合在一起的疯狂攻击"，但他对法兰西的历史文化始终怀着深厚的感情，对法兰西民族寄予了坚强的信念，深信"有一天他们会把我从苦恼的羁绊中解救出来"。

18世纪贵族上流社会是一片淫靡之风,卢梭与那种寡廉鲜耻、耽于肉欲的享乐生活划清了界线。他把妇女当作一种美来加以欣赏,当作一种施以温情的对象,而不是玩弄和占有的对象。他对爱情也表示了全新的理解,他崇尚男女之间真诚深挚的情感,特别重视感情的高尚和纯洁,认为彼此之间的关系应该是这样的:"它不是基于情欲、性别、年龄、容貌,而是基于人之所以为人的那一切,除非死亡,就绝不能丧失的那一切",也就是说,应该包含着人类一切美好高尚的东西。他在生活中追求的是一种深挚、持久、超乎功利和肉欲的柔情,有时甚至近乎天真无邪、纯洁透明,他恋爱的时候,感情丰富而热烈,同时又对对方保持着爱护、尊重和体贴。他与华伦夫人长期过着一种纯净的爱情生活,那种诚挚的性质在18世纪的社会生活中是很难见到的,他与葛莱芬丽小姐和加蕾小姐的一段邂逅,是多么充满稚气而又散发出迷人的青春的气息!他与巴西勒太太之间的一段感情又是那样温馨而又洁净无瑕!他与年轻姑娘麦尔赛一道作了长途旅行,始终"坐怀不乱",他有时也成为情欲的奴隶而逢场作戏,但不久就出于道德感而抛弃了这种游戏。他与封建贵族阶级对奢侈豪华、繁文缛节的爱好完全相反,保持着健康的、美好的生活趣味。他热爱音乐，喜欢唱歌，抄乐谱既是他谋生的手段，也是他寄托精神的所在，举办音乐会更是他生活中的乐趣，他对优美的曲调是那么动心，童年时听到的曲调清新的民间歌谣一直使他悠然神往，当他已经是一个"饱受焦虑和苦痛折磨"的老人，有时还"用颤巍巍的破嗓音哼着这些小调"，"怎么也不能一气唱到底而不被自己的眼泪打断"。他对绘画也有热烈的兴趣，"可以在画笔和铅笔之间一连待上几个月不出门"。他还喜欢喂鸽养蜂，和这些有益的动物亲切地相处，喜欢在葡萄熟了的时候到田园里去分享农人收获的愉快。他是法国文学中最先对大自然表示了深沉的热爱的作家，到一处住下，他就关心窗外是否有"一片田野的绿色"，逢到景色美丽的黎明，就赶快跑到野外去观看日出，他为了到洛桑去欣赏美丽的湖水，不惜绕道而行，即使旅费短缺。他也是最善于感受大自然之美的鉴赏家，优美的夜景就足以使他忘掉饥餐露宿的困苦了。他是文学家中徒步旅行的发明者，喜欢"在天朗气清的日子里，不慌不忙地在景色宜人的地方信步而行"，在这种旅行中享受着"田野的风光，接连不断的秀丽景色，清新的空气，由于步行而带来的良好食欲和饱满精神"……

《忏悔录》就这样呈现出一个淳朴自然、丰富多彩、朝气蓬勃的平民形象。正因为这一个平民本身是一个代表人物，构成了18世纪思想文化领域里的一个重大的社会现象，所以，《忏悔录》无疑是18世纪历史中极为重要的思想材料，它使后人看到了一个思想家的成长、发展和内心世界，看到了一个站在正面指导时代潮流的历史人物所具有的强有力的方面和他精神上、道德上所发出的某种诗意的光辉。这种力量和光辉最终当然来自这个形象所代表的下层人民和他所体现的历史前进的方向。总之，是政治上、思想上、道德上的反封建性决定了《忏悔录》和其中卢梭自我形象的积极意义，决定了它们在思想发展史上、文学史上的重要价值。

假如卢梭对自我形象的描述仅止于以上这些，后人对他也可以满足了，无权提出更多的要求，它们作为18世纪反封建的思想材料不是已经相当够了吗？不是已经具有社会阶级的意义并足以与蒙田在《随感集》中对自己的描写具有同等的价值吗？但是，卢梭做得比这更多，走得更远，他远远超过了蒙田，他的《忏悔录》有着更为复杂得多的内容。

卢梭在《忏悔录》另一种稿本中，曾经批评了过去写自传的人"总是要把自己乔装打扮一番，名为自述，实为自赞，把自己写成他所希望的那样，而不是他实际上的那样"。16世纪的大散文家蒙田在《随感集》中不就是这样吗？虽然也讲了自己的缺点，却把它们写得相当可爱。卢梭对这位蒙田颇不以为然，因此，他带针对性提出了一个哲理性的警句："没有可憎的缺点的人是没有的。"这既是他对人的一种看法，也是他对自己的一种认识。认识这一点并不太困难，但要公开承认自己也是"有可憎的缺点"，特别是敢于把这种"可憎的缺点"披露出来，却需要极大的勇气。人贵有自知之明，严于解剖自己，至今不仍是一种令人敬佩的美德吗？显然，在卢梭之前，文学史上还没有出现过这样一个有勇气的作家，于是，卢梭以藐视前人的自豪，在《忏悔录》的第一段就这样宣布："我现在要做一项既无先例，将来也不会有人仿效的艰巨事业。我要把一个人的真实面目赤裸裸地揭露在世人面前。这个人就是我。"

卢梭实践了他自己的这一诺言。他在《忏悔录》中的确以真诚坦率的态度讲述了他自己的全部生活和思想感情、性格人品的各个方面，"既没有隐瞒丝毫坏事，也没有增添任何好事……当时我是卑鄙龌龊的，就写我的卑鄙龌龊；当时我是善良忠厚、道德高尚的，就写我的善良忠厚和高尚道德"。他大胆地把自己不能见人的隐私公之于众,他承认在这种或那种情况下产生过一些卑劣的念头,甚至有过下流的行径,他说过谎,行过骗,调戏过妇女,偷过东西,甚至有偷窃的习惯。他以沉重的心情忏悔自己在一次偷窃后把罪过转嫁到女仆玛丽永的头上,造成了她的不幸,忏悔自己在关键时刻卑劣地抛弃了最需要他的朋友勒·麦特尔,忏悔自己为了混一口饭吃而背叛了自己的新教信仰,改奉了天主教。应该承认,《忏悔录》的坦率和真诚达到了令人想象不到的程度,这使它成为文学史上的一部奇书。在这里,作者的自我形象并不只是发射出理想的光辉,也不只是裹在意识形态的诗意里,而是呈现出了惊人的真实。在他身上,既有崇高优美,也有卑劣丑恶,既有坚强和力量,也有软弱和怯懦,既有朴实真诚,也有弄虚作假,既有精神和道德的美,也有某种市井无赖的习气。总之,这不是为了享受历史的光荣而绘制出来的涂满了油彩的画像,而是一个活生生的复杂的个人。这个自我形象的复杂性就是《忏悔录》的复杂性,同时也是《忏悔录》另具一种价值的原因。这种价值不仅在于它写出了惊人的人性的真实,是历史上第一部这样真实的自传,提供了非常宝贵的,用卢梭自己的话来说,"对于研究人心可供比较的材料,甚至是独一无二的材料"。

《忏悔录》前六章第一次公之于世,是在1781年,后六章是在1788年。这时,卢梭已经不在人间。几年以后,在资产阶级革命高潮中,巴黎举行了一次隆重的仪式,把一个遗体移葬在伟人公墓,这就是《忏悔录》中的那个"我"。当年,这个"我"在写这部自传的时候,无论如何也不会想到将获得这样巨大的哀荣。当他把自己一些见不得人的方面也写了出来的时候,似乎留下了一份很不光彩的历史记录,造就了一个相当难看的形象,否定了他作为一个平民思想家的光辉。然而,他这样做的本身,他这样做的时候所具有的那种悲愤的力量,那种忠于自己哲学原则的主观真诚和那种个性自由的冲动,却又在更高一级的意义上完成了一次"否定之否定",即否定了那个难看的形象而显示了一种不同凡响的人格力量。他并不想把自己打扮成历史伟人,但他却成为真正的历史伟人,他的自传也因为他不想打扮自己而成为迄今以来一切自传作品中最有价值的一部。如果说,卢梭的论著是"辩证法的杰作",那么,他的事例不是更显示出一种活生生的、强有力的辩证法吗?

茶花女的悲剧根源

小仲马创作《茶花女》始末

张英伦

作者介绍

张英伦，1938年生，天津人。毕业于北京大学西语系和中国社科院外文研究室，历任社科院外文所实习研究员、助理研究员、副研究员。有专著《法国文学史》（合作），传记《大仲马》《莫泊桑传》《雨果传》等出版。

推荐词

话剧《茶花女》，和它的同名小说一样，是脍炙人口的世界古典文学名著。问世一百多年来，在文学史和戏剧史上始终享有肯定的地位，在许多国家里一直不绝地印行和演出。

法国作家亚历山大·小仲马（1824—1895）的话剧《茶花女》，和它的同名小说一样，是脍炙人口的世界古典文学名著。问世一百多年来，在文学史和戏剧史上始终享有肯定的地位，在许多国家里一直不绝地印行和演出。且就今日中国而言，不仅在上演着这出话剧和由意大利人威尔第和皮阿维改编的同名歌剧，而且可以欣赏到我们中国人据此改编的沪剧——六幕抒情悲剧《茶花女》。《茶花女》之深受中国人民喜爱，由此可见一斑。

不过，我们不会忘记，尽管文学史、戏剧史上那样言之凿凿地写着，尽管全世界都在催人泪落地演着，"四人帮"横行时，依然罗织罪状蛮横地宣判了《茶花女》死刑；在"四人帮"垮台后，竟还发生了青年工人因阅读《茶花女》而受审查的怪事；有的同志仅仅视其为"恋情哀歌"对爱情描写大加赞扬，却看不到其对资本主义社会的暴露和针砭……这一切说明对《茶花女》还存在着这样那样的误解和偏见。

为了澄清"四人帮"在《茶花女》问题上造成的混乱，更为了便利人们理解和欣赏这部名著，本文拟对小仲马及其戏剧创作，特别是话剧《茶花女》，做一个比较详细的介绍。

小仲马的早年生活经历

要了解一部作品，应该结合着了解作者本人，这是一个一般规律，要了解《茶花女》更应该如此。因为小仲马的生平和创作联系之密切，实在非同一般。

亚历山大·小仲马是鼎鼎大名的法国小说家亚历山大·大仲马（1802—1870）的儿子。关于小仲马的人生经历，得从大仲马青年时期的所作所为谈起。

1823年，20岁的大仲马怀着要在首都戏剧界立身扬名的壮志，从外省小镇来到巴黎。这个资产阶级革命将领的后裔、而今贫寒人家的子弟，好不容易在奥尔良公爵府邸谋到一个抄写员的差事，与友人合写的一个剧本又侥幸被某剧院采用，算是勉强站住了脚跟。就在这时，他与住在同一层公寓楼上的缝衣女工卡特琳娜·拉贝发生了恋情，开始同居。第二年7月，他们生了一个男孩。这就是日后的《茶花女》作者小仲马。

单纯、善良的劳动妇女卡特琳娜，对大仲马体贴而又忠诚。但是随着时间的推移，大仲马受世风日下的巴黎上流社会的熏染，却逐渐变了心。他觉得缝衣女工卡特琳娜的身份太卑微，不配做他的伴侣。他虽在一段时间里给卡特琳娜和他们的私生子以经济补贴，但关系日益疏远。从1827年起，大仲马在戏剧界小有名气，因沉迷于追逐名伶贵妇，索性置卡特琳娜和小仲马母子于不顾。直到1831年3月，大仲马和一个女伶同居生了一个女儿，在这女伶的要求下以法律形式承认了这个私生女，他才想到要认领小仲马。卡特琳娜为能把小仲马留在自己身边而不得不同大仲马打官司，但由于她一无文化，二无靠山，官司打输了，儿子被大仲马领走了。

这时小仲马已将满7岁。他永远记得，母子分手那天，母亲用长年辛劳的积蓄给他买了一套银餐具。三十多年后，忆起此事，他感慨地写道："每一件餐具都代表着一笔艰苦挣来的钱，意味着要熬夜，甚至通宵达旦地劳动。那个使可怜的姑娘成了母亲而后又让她独自抚养孩子的男人，是否意识到他所犯的过错呢？"正因为被大仲马遗弃的母亲勇敢地承担了养育小仲马的天职，7岁的小仲马的感情是向着母亲的。他感觉到：昔日父亲以遗弃伤害了母亲，今天又以认领给了母亲更大的伤害。亲身体验到的世道不公，已经在他幼小的心田里播下不满的种子。

小仲马与生母相依为命的七年岁月是在艰难和屈辱中度过的，然而母亲以自身的贤良、俭朴给了他最好的教育。到大仲马身边后，他许久不能适应新的家庭环境。他看不惯这里的奢侈无度。他与父亲的不时更换的"娇妻"们无法和睦相处。而他最大的安慰，是能够抽暇去看望一下孤苦伶仃的母亲。但是，他的生活环境毕竟完全和过去不同了。他受着大仲马的溺爱。放荡的父亲不但给他以不良的身教，甚至公然鼓励他："我的儿子，一个有幸姓仲马的人，应该过最豪华的生活，在巴黎咖啡馆吃饭，不拒绝任何享乐。"小仲马经不住长期的腐蚀，从18岁起，他始于"模仿"，终于情不自禁地陷入荒唐生活中去。"有其父必有其子"，一时间，小仲马的行径同大仲马一样，颇遭世人的物议。

实际生活中的《茶花女》

如果说父亲只给了儿子坏的影响，那是不公允的。由于发表了《三个火枪手》和《基度山伯爵》等一系列小说而蜚声文坛的大仲马,也启迪了小仲马的文学天赋,促进了小仲马的创作活动。放荡几年以后,小仲马开始伏案写作了。1846—1847年,他完成了一部以流浪汉的冒险为题材的六卷本长篇小说《四个女人和一只鹦鹉的奇遇》;1847年,他发表了自己前几年里写的情诗的结集《青年罪孽》;但是他的第一部成名之作还要算1848年问世的小说《茶花女》。这部小说既不同于上述纯属虚构的流浪汉小说,也迥异于他那些情场戏作的诗篇;它情真意切而感人肺腑,是作者经历了强烈震动他心弦的事件以后的产物。

这段经历开端于1844年9月。初秋的一天,小仲马与好友欧仁·德维泽从郊外骑马归来,吃罢晚饭,前往杂耍剧院看戏。他们坐的是池座。就在不远处,楼下左边临近舞台的第一个包厢里,有一位美貌非凡、装束出众、如同东方美人的年轻女子,吸引着满场的注意。小仲马不禁羡慕地向德维泽打听这女子。德维泽告诉他这就是巴黎上层交际界赫赫有名的妓女玛丽·杜普莱西,并说他可以请一位帽店老板娘引荐他们去造访玛丽。于是这天晚上,小仲马和玛丽结识了。

玛丽的真名叫阿尔丰西娜·普莱西。她家世代都是贫苦的雇农,唯有她父亲是农村巫师。父亲不务正业,脾气暴躁，经常在醉酒后打骂母亲。母亲不堪忍受，去给人家当佣工，后来主人迁回瑞士，母亲也就忍痛撇下阿尔丰西娜和比她大两岁的姐姐，去了外国。阿尔丰西娜出生于1824年，与小仲马同岁。十五六岁的时候，父亲把她卖给流浪人，流浪人又辗转把她卖到巴黎，在一家女帽店做工。一边是劳作的辛苦、生活的窘困，一边是巴黎上层交际界的酒池肉林的诱惑，阿尔丰西娜堕落了，她改名玛丽·杜普莱西，做了娼妓。因她异常美丽、聪颖，贵人公子们终日同她厮混自不消说，大诗人阿尔弗莱德·缪塞和小说家欧仁·苏等文坛名流联翩而至。她喜爱茶花，追逐者便把巴黎所有的茶花买来插满她的花瓶。玛丽过的是鲜衣美食、驷马高车的生活。清醒时，她何尝不知道自己乃是有闲阶级的玩物，然而她无法自拔。她唯有疯狂地寻欢作乐以麻醉自己的神经。

小仲马对玛丽一见钟情。他对于被社会遗弃者素有一种同病相怜的感情。他见玛丽那样疯狂地生活，简直是在慢性自杀，就劝她好自保养。玛丽见惯了虚假的殷勤，从没有受过如此真挚的爱怜。她当真与小仲马相恋起来。但是，为了满足奢侈的生活，在与小仲马相恋的同时，她还维持着同贵胄阔佬们的关系。这是小仲马在感情上难以接受的。1845年8

月30日，他给玛丽写了一封绝交信，便出国旅行去了。

小仲马的离去，使玛丽彻底失去生活的希望，更加自暴自弃。虽然有个少年的英国贵族可怜她，带她去伦敦秘密地举行了一次婚礼，但那只不过是一场游戏罢了。回巴黎后，她依然做妓女，生活益发浪荡不羁，久病的身体也更加憔悴不堪。昔日宾客盈室，而在她重病时却门庭冷落，无人光顾。1847年2月3日，在人们庆祝狂欢节的高潮中，玛丽凄惨地结束了她二十三岁的短短一生。两天后为她送葬的旧识只有两人！

小仲马游历西班牙、阿尔及利亚、突尼斯以后，于1847年1月初回到法国。他在马赛小住期间得知玛丽的死讯。待他返回巴黎时，他看到的只是绅士淑女们在拍卖场上争购玛丽遗物的令人心酸的场面。拍卖所得到的钱除了偿还债务尚有剩余，按照玛丽的遗言，余款赠给在诺曼底省农村的一个外甥女，条件是：继承人永远不得来巴黎！

《茶花女》从小说到话剧

玛丽·杜普莱西生前死后的遭遇，令小仲马久久不能平静。这倒不是因为他感到自己如何伤害了玛丽。事实上玛丽的悲剧根源也绝不在于某一个人的行为和动机，而在于她所处的这个社会。它是一种社会现象，正如他小仲马母子的悲剧是一种社会现象一样。玛丽的悲剧不但促使浪荡公子小仲马的道德观念发生了重大的变化，而且促使无聊文人小仲马严肃地考虑文学的职责。他深深地追悔自己以前的诗文只能供人作茶余酒后的消遣。他决心从此为纠正这社会的恶劣道德风尚而书写，而呐喊。一种新的创作观树立起来了，就像他日后所概括的："任何文学，要不把完善道德、理想和有益作为目的，都是病态的、不健康的文学。"玛丽的悲剧为他提供了现成的题材，也触发了他满腔的激情。1847年5月的一天，他又去郊外散步——当年他就是从那里骑马归来后第一次结识了玛丽的。晚上，他反复阅读玛丽过去给他的信笺，往事在眼前油然重现。于是他奋笔疾书，一气呵成写完了小说《茶花女》。

小说《茶花女》开始部分用的是作者自述的口气：在一个刚刚死去的名妓玛格丽特·戈蒂叶的遗物拍卖场上，小仲马买了一本小说，扉页签有阿芒·杜瓦尔的名字。几天后，有个自称阿芒·杜瓦尔的青年来找小仲马要以重金购回那部小说。小仲马有感于青年的至诚，将书慨然相赠。阿芒为了感激小仲马，向他倾诉了自己和玛格丽特的往事。阿芒的回叙构成小说主体部分： 一次，阿芒在剧院里遇见美貌的玛格丽特。他和好友随即到玛格丽特的邻居普吕丹丝家去打听玛格丽特的身世。偏巧当晚有个讨厌的贵族在玛格丽特家纠缠，玛格丽特叫普吕丹丝去给她做伴，阿芒等也被请去。阿芒赤诚的爱激起玛格丽特对真正爱情的向往。他们远离纸醉金迷、灯红酒绿的巴黎，到乡间消夏，度过了一段幸福的时日。阿芒发现玛格丽特为了应付生活开销竟然卖了自己的马车、首饰、衣物，于心不忍，打算把母亲留给他的一笔年金收入送给玛格丽特。正在这时，父亲来找阿芒，以玛格丽特身份卑贱会葬送阿芒的前程为由，要阿芒与她断绝关系。阿芒坚定不移。不料第二天，玛格丽特突然跟她最厌恶的那位贵族不辞而去。阿芒大为气恼，寻机羞辱她。他偶然同她过了一夜，第二天竟给她寄去度夜钱。然后他便出国旅行。待他归来，玛格丽特已经病死。小说以玛格丽特生前的日记结尾。通过这些日记，阿芒才得知： 玛格丽特离开他，完全是他父亲逼迫的结果。

小说《茶花女》于1848年问世，激起了强烈的反响。几天后，小仲马去找大仲马，希望把它改编成剧本，由大仲马主持的历史剧院演出。不料大仲马给他当头泼了一瓢冷水：

"不，《茶花女》不是一个戏剧题材，我永远也不会排演它。"可小仲马并不气馁。1849年，他闭居书房一个星期，连出门买纸的工夫都没有，就在能够找到的各色纸片上写成了剧本《茶花女》。勉强答应听他试读剧本的大仲马，竟深深被剧情所打动，读完剧本，大仲马变成了泪人儿。

话剧《茶花女》是一出五幕悲剧。第一幕写阿芒初访玛格丽特，一见倾心。第二幕写两人筹划离开巴黎去乡间消夏，几经波折。这两幕戏的内容都与小说中的描述无大差别。但是往下就不然了。第三幕在渲染玛格丽特慷慨牺牲，为维持她和阿芒的爱情生活而甘愿倾其所有以后，紧接着详尽地表现了阿芒父亲如何逼迫玛格丽特与阿芒绝交，而在小说中这一情节只是通过结尾部分玛格丽特的日记比较简单地追述了一下。这一处理，把阿芒父亲的干涉是造成玛格丽特爱情悲剧的主要原因这个事实更有力地展示出来，使全剧的主要矛盾得到必要的强调，同时也更加强了剧情的戏剧性变化。话剧的第四幕作了更明显的改动：阿芒写信侮辱玛格丽特的简单插曲被改成阿芒在大庭广众间公然践踏玛格丽特人格的狂暴场面。至于第五幕，得知真情的阿芒在玛格丽特奄奄一息时归来作垂死之别，则与小说完全不同。这后两幕戏把玛格丽特的遭遇表现得更加悲惨动人，而且又是作为第三幕阿芒父亲干涉的直接后果来表现的。

《茶花女》从小说到话剧的上述种种变化说明，话剧《茶花女》绝不是小说《茶花女》在形式上进行简单移植的产物，而是在思想上加以提高、艺术上加以再创造的果实。诚然，小说《茶花女》的思想和艺术成就是无可否认的。同样无可否认的是，与小说《茶花女》相比，话剧《茶花女》主题更鲜明，思想更深刻，锋芒更尖锐，布局更匀称，结构更谨严，情节更紧凑，总之，具有更强的思想性和艺术魅力。这就是读过小说《茶花女》的人们再读或再看话剧《茶花女》并不感到是无谓重复的原因所在。在两相比较的基础上，人们更会觉察和欣赏到《茶花女》话剧胜于小说的这些优点。

话剧《茶花女》令大仲马折服了。但是大仲马的历史剧院这时已经倒闭，他帮不了小仲马的忙。小仲马不得不带着手稿向一家又一家剧院求告，结果到处碰壁。戏剧家们说："这不是戏剧。"道德家们说："这不合道德。"直到1851年，才被沃德维尔剧院接受。可是在排演期间，政府又下令禁演这出戏。检察官向小仲马预言："不等第二幕演完，观众就会把座椅扔上舞台。"

经过长期的斗争，话剧《茶花女》终于在1852年2月2日在巴黎通俗喜剧院举行首场演出。用小仲马的话说，演出获得了"巨大的、巨大的成功"。谢幕时，人们热情欢呼着剧作者的名字，将鲜花——而不是座椅——扔满了舞台。朋友们连夜集会，向小仲马表示庆贺。小仲马抱歉地请他们原谅："我得去和一位妇女吃夜宵。"这位妇女就是他那同玛格丽特一样受人践弃的母亲卡特琳娜·拉贝。

时间是最公正的检察官。从1852年首场演出的那个夜晚至今的一百数十年中，公众对话剧《茶花女》的始终不衰的欢迎盛况，就是对这出戏的思想和艺术价值的最好评判。

"人注定是自由的"

存在主义文学、加缪和《沉默的人》

郑克鲁

作者介绍

郑克鲁,1939年生于澳门,广东中山人,1962年毕业于北京大学西语系,1965年毕业于中国社科院外国文学研究所硕士研究生。历任武汉大学法语系主任、法国问题研究所所长,上海师范大学中文系文学研究所所长、系主任、教授、博士生导师。1987年曾获法国政府教育勋章。有专著《法国文学论集》《繁花似锦——法国文学小史》《雨果》《情与理的王国——法国文学评论集》《法国诗歌史》《现代法国小说史》《法国文学史》等出版。

推荐词

莫尔索和西西弗一样,蔑视忏悔和死,他以冷漠的态度去对待这个冷漠的世界。加缪认为,大多数人由于信仰和习惯,拒绝看到他们自身存在的悲剧性,只有意识到世界荒谬的人才会提出:"生活为什么会这样?"

第二次世界大战后，在法国的圣日耳曼德普雷咖啡馆等地方，经常有一些青年人聚集在一起，他们穿着自己特殊的服装，唱着自己喜爱的歌曲，尤其是具有共同的思想倾向。他们被称为"存在主义者"。确切说来，他们是存在主义的信奉者。以让-保尔·萨特（1905—1980）和阿尔贝·加缪（1913—1960）为代表的存在主义文学就是在这时开始流行起来的。此后十来年，存在主义文学发展到顶峰，它的影响越过了国界，迅速扩展到全世界。

存在主义文学最早出现于20世纪30年代末期。它的创始人之一萨特在1938年发表了小说《恶心》，1939年又出版了中短篇小说集《墙》，这两部作品通过艺术形象触及了人生和存在等青年一代密切关心的问题，既流露了悲观厌世的情绪，又表达了愤世嫉俗、不满于现实的思想。再加上萨特独特的文体风格，便理所当然地引起了评论界的重视。独木不成林。存在主义文学直至加缪于1942年发表了小说《局外人》之后才进一步扩大了影响。由于这一文学流派以存在主义哲学为核心思想，因而得名存在主义文学。

存在主义文学的产生同20世纪30年代的社会经济状况密切相关。1929年至1933年爆发的世界性经济危机使资本主义世界出现一片败落景象，人们对前途充满了悲观失望的情绪。随着社会矛盾的激化，在知识分子中引起了种种思想变化。一部分人转向"左倾"，所谓"红色的三十年代"就是一部分"左倾"的作家活动的记录；另一部分人则陷于苦闷和彷徨的处境，在存在主义哲学中找到了归宿。

存在主义文学虽在30年代产生，却在40年代，特别是在第二次世界大战以后流行起来并风靡一时，原因在于这次战争带来了满目疮痍的景象，给社会笼罩上前途渺茫的气氛，尤其是年轻一代，思想十分苦闷，他们要寻找思想寄托，存在主义文学恰好迎合了他们的需求。

存在主义文学发展到这时处于一个转折阶段。前期的存在主义文学较多地倾向于阐述存在主义思潮。萨特认为，"存在先于本质"。这个界说虽然是基于本体论和现象学的观点，未能解释清楚存在与思维、现象与客体的关系，但是它的着重点是放在对存在的阐述上，目的在于肯定人的存在价值，认为人在社会上应各自占有一定地位。萨特进而提出，"人注定是自由的"，人要对自己的命运做出"选择"，这种选择本身就是"行动"。这些观点在第二次世界大战期间具有反对法西斯的暴虐统治，支持为自由解放而斗争的抵抗运动的积极意义。然而，在多数情况下，前期存在主义文学作品不太接触具体的社会问题。经过战争的洗礼，存在主义作家的文学观点有了较大的发展，这就是公开主张要干预现实。萨特在1945年创刊的《现时代》上发表了题为"争取倾向性文学"的社论，这是存在主义文学的一篇重要宣言书。该文提到巴尔扎克对1848年发生的事件无动于衷，以及福楼拜对巴黎公社的不理解和恐惧态度，认为是不足取的。他赞扬了伏尔泰对左拉受宗教迫害的愤怒抗议，以及左拉为德雷福斯案件鸣冤的大义凛然的行动。他认为作家要无愧于他的时代。他生活在他的时代当中，每句话都会引起反响。因此，作家面对现实要自我衡量一下自己的责任感。在《什么是文学》一文中，他又说："倾向性，作家知道，说话就是行动，他明白揭露就是要改变。"这样提出作家要有针砭时弊的倾向性，在当代西方作家中是并不多见的。注意社会现实问题使存在主义作家的创作出现了新面貌,他们不仅扩大了题材,而且作品的思想内容也丰富得多。萨特接二连三写出的剧本《死无葬身之地》《可尊敬的妓女》等,以及加缪的小说《鼠疫》都以描写社会现实、调子明朗为其特点,这些作品获得了广大读者的欢迎,成为存在主义文学中的优秀作品。

应该指出,加缪同萨特的创作倾向相同,但又是一个独树一帜的作家。他生于阿尔及利亚,父亲是农业工人。加缪早年丧父,生活贫困,靠半工半读才念完大学。早期他当新闻记者,编导过戏剧。第二次世界大战期间参加抵抗运动,编辑《法兰西晚报》和戴高乐系统的《战斗报》。加缪除了写小说以外,还是个戏剧家和散文家,作品有《误会》《卡里古拉》《正义者》《西西弗神话》等。

加缪的早期创作的主题是人的命运问题,或者说人同社会的关系问题。他的成名作《局外人》就是这样一部作品。这部小说描写阿尔及尔的一个法国籍小职员对人生感到极端冷漠,他在空虚无聊的状态中开枪打死了一个阿拉伯人,不愿上诉得到赦免,而宁愿死去。主人公莫尔索的形象反映了40年代的一部分青年对混乱的世界秩序所感到的精神不安和绝望心理。在他看来，这个世界是荒谬的，因为它充满不合理的事物；人与这个世界的关系也是荒谬的。莫尔索是一个"意识到一切都是荒谬的人"。加缪赞美这种人的认识和态度。他认为，正如神话中永无休止地把巨石推往山顶、巨石滚落下来又起而复始的西西弗那样，这个神话人物的工作的荒谬性正表现出他的伟大之处：他热爱生活，蔑视天神和死亡。莫尔索和他一样，蔑视忏悔和死，他以冷漠的态度去对待这个冷漠的世界。加缪认为，大多数人由于信仰和习惯，拒绝看到他们自身存在的悲剧性，只有意识到世界荒谬的人才会提出："生活为什么会这样？"他处于无言的反抗状态中，他"肯定正义，同历久不衰的不义做斗争，并创造幸福，抗议充满不幸的世界"（《给一个德国友人的信》）。他虽然"没有任何英雄行为，却是为真理而死的"（《局外人·美国大学出版社译本序》）。然而，在加缪笔下，人同社会是格格不入的，人要追索更好的命运，却茫无所向。因此，小说不免笼罩着悲观情绪。第二次世界大战后，加缪的思想发生了变化，他这样说过："为精神痛苦而哭泣是徒劳无益的，必须为它而奋斗。"（《夏天》）他认为要积极地反抗不合理的事物："我反抗，然后我们才能存在。"他在

1947年出版的小说《鼠疫》中通过一个寓言式的故事，塑造了一个不避艰险、抛却个人考虑的医生夜以继日同蔓延全城的鼠疫做斗争，最终取得胜利的正面形象。鼠疫象征法西斯势力和不合理事物。小说充满了积极进取的精神，一扫悲观气氛。加缪认为，这是"人们所能想象的关于人同恶势力做斗争，以及最终使有正义感的人起来反对现存生活，并同人们和自我做斗争的最激动人心的神话之一"（《麦尔维尔评介》）。加缪在自己的工作笔记中曾写下自己的创作意图，说是想通过这部作品写出第二次世界大战中精神上受过痛苦、作过深思的人的形象，并进而描写人们在今天的世界所受的痛苦、不得不流离失所和遭遇的种种威胁。《鼠疫》无疑是加缪的代表作之一。

诚然，加缪的思想有很多矛盾的地方。一方面，他富有正义感，反对法西斯专政，认为是"非理性的恐怖"；另一方面，他又反对"理性恐怖"，在革命面前却步，50年代在政治上出现过摇摆和右倾。但是，加缪对小资产阶级和工人的同情态度却始终未变。1957年问世的短篇小说集《流亡与王国》就是以描写这两部分人为题材的。这部集子收有6篇小说，它有一个总的主题："流亡"代表人对美好命运的追求,"王国"则是追求的目标。加缪解释说:"'流亡'用其特有的方式给我们指出了道路,我们只有通过这条道路拒绝奴役和占有。"

《沉默的人》是这部短篇集的代表作。这篇小说通过罢工失败的工人郁积的心情无处发泄,渴望寻找一条能生存下去的道路的故事,表达下层人民对自身命运的探索。50年代初,法国造桶业经历着一场变革:现代化大机器工业生产逐渐排挤了小规模的造桶业,像小说中这样凭手工技术劳动的工人面临着丢掉饭碗的威胁。不仅造桶业如此,当时,凡是小手工业者和小商人都受到竞争威胁,危若累卵。声势不小的蒲雅德运动就是为了保护小商人和小手工业者的利益而展开的。正是在蒲雅德运动的影响下,加缪写下了这篇小说。另一方面也是由于加缪早年同造桶工人有过不少接触,这段经历使他同造桶工人建立了深厚的感情。加缪说过:"我也曾经想过写出社会主义现实主义的作品。"由此看来,加缪写出反映工人生活、对工人表示深切同情,具有现实主义文学的批判精神的作品,绝不是偶然的。

在选材上,这篇小说不拘一格,颇为新颖。作者并没有选取罢工胜利的题材,也没有去描写罢工如何失败,此类题材已屡见不鲜。《沉默的人》写的是罢工失败后复工的第一天，这个描写角度首先适应了短篇小说本身的要求，因为短篇小说的篇幅较短，往往只能截取生活的一个横断面，加以集中地绘写。在《沉默的人》中，作者把主要笔墨用在工人们对罢工失败的感受和反应上，巧妙地把罢工的起因（改善生活条件）、造桶业的不景气和所受的威胁也写了进去，小说结尾又用暗示的手法点出工人们更为悲惨的失业前景。小说将深广的社会背景和思想内容集中到造桶工人颇为特殊的一天中，这样就取得了含蓄凝练的艺术效果。

《沉默的人》的另一艺术特色是对人物的心理状态进行了细致的刻画。作者从伊瓦尔早晨上班时写起，往日，远眺海景是他的习惯，近来，他却兴趣索然。由于心境不佳，他越发感到衰老的临近。整整一天他处在忍耐、屈辱、郁闷、怅惘、愤怒的状态中。虽然表面上保持着沉默，他的内心并没有屈服，愤怒就像积聚在火山口内的熔岩一样，总有一天会爆发出来。读者从中可以窥见伊瓦尔的倔强性格和美好品质。这样通过心理刻画来描写人物的思想和性格是一种相当高明的写作技巧。有的作家的心理刻画只注意人物的思想活动，却忽略了人物的性格描写。尤其是短篇小说，如果不注意塑造人物的性格，那么心理刻画便会流于浮光掠影，得不到出色的效果。

存在主义作家大多惯用心理描写，但他们的心理描写与意识流小说不同。意识流小说往往用反复出现的心理活动去刻画人物的思想，而存在主义作家则用近乎白描的手法去表现人物的思想，心理描写大半和叙述穿插在一起，例如小说中这一段：

> 他从来没有感到过上班的路这么长。他也逐渐衰老了。四十岁上，他尽管仍像葡萄蔓枝一样干枯精瘦，但他的肌肉却不那么快就恢复活力。有时，他看体育报道，三十岁的运动员就被说成老将，他便耸耸肩膀。"如果说这是老将，"他对费南德说，"那么，我就是躺在地上的败将了。"可是，他知道记者并非全错。三十岁上，气已经不知不觉短促了。到了四十岁，虽说还没有趴倒，可是早就提前准备着这一天。难道不正是为了这个，好久以来，他赶到城那头造桶厂去的路上，再也不观看大海了吗？

这段心理描写同作者的叙述议论结合在一起。第一句是心理描写，后面几句是叙述，从"可是"一句开始又是心理描写，最后一句是叙述分析。可以说，作者是用叙述议论的方式去描写人物的心境，或者是将心理描写寓于叙述之中。总之，两者水乳交融，心理描写显得非常自然。

加缪的文字素以简洁平易著称，被誉为拥有古典主义的风格。他的作品没有浓色重彩，而是淡雅素净，像水彩画一样。加缪喜用平淡无奇的语句，有时甚至到了枯燥刻板的地步，但这样的语句恰好同他所要塑造的人物和意境相符，他笔下的冷漠、无言、阴郁的人物形象正需要这样的语言去刻画。简约其实是高度的凝练。例如小说开首第一段最后几句写到伊瓦尔的背包里放着简单的食品。作者没有议论，但读者却意识到主人公的经济窘况，读到后来，还可以领会到造桶工人罢工失败的一个原因就在于生活无法维持下去。作者的笔墨是何等精练！再如作者描写工人之间的友爱关系只突出了他们吃饭时轮流喝一小杯咖啡的场面，就充分反映了出来。加缪认为自己这种简练的手法是"现实主义的叙述"手法。存在主义文学中的确有不少现实主义的因素，特别是存在主义作家发展了18世纪启蒙文学寓哲理性于文学作品中的传统。加缪的作品就善于通过浅显简短的语言表达深奥的哲理思想。《沉默的人》在风格上是朴实无华的，而思想内容却甚为丰富。当然，这篇小说不免带上哀怨沉郁的调子，是它的不足之处。尽管如此，它仍不失为存在主义文学中的一篇优秀作品。

情欲和子嗣

从莫泊桑《一个女雇工的故事》想到的

何西来

作者介绍

何西来,原名何文轩,著名文学评论家。1938年生于陕西临潼。毕业于西北大学中文系。1963年调中国科学院文学研究所,历任中国社会科学院文学研究所助理研究员、副研究员、研究员,中国社会科学院文学研究所副所长、研究生院文学系主任,《文学评论》副主编、主编,鲁迅文学院等客座或兼职教授。

推荐词

据说,屠格涅夫很喜欢莫泊桑的这篇作品,特意推荐给托尔斯泰看。但托尔斯泰看后却大不以为然,说是"由于作者对事物的不正确的态度尤其不喜欢它。作者很明显地把他所描写的劳动人民看成为仅仅是畜类,超不出性爱和母爱"。

"饮食男女,人之大欲存焉。"这是中国人的一条古训,也有说"饮食男女,人之常情"的,意思差不多。"饮食",要解决的是个体生命得以存活,得以保持正常运行的能源供应问题;"男女"要解决的则是子嗣问题,传宗接代问题,即族类的再生产问题。它们都涉及人的基本欲望:饮食涉及的是食欲,男女涉及的是情欲。人要生存,要发展,就不可能没有这些本能的要求和欲望。它们也是现在正被我们这个星球上的各色人等喊得震天响的人性、人权之类口号的题中应有之义。

初刊于1881年的莫泊桑的《一个女雇工的故事》,无疑是一篇可以从不同角度解读的力作。作品中精雕细刻的客观描写和丰富而又传神的细节,为读者提供了一幅极其真实的19世纪下半叶法国乡村生活的风情画卷,它又是立体的,甚至多少带有那么一点原生形态的特点,所以立场不同、经历不同、阅读情境不同的读者，便有可能产生不同的联想，获取不同的视角，获得不同的领悟。比如，阶级论者可以从中看出农庄主人对女雇工的残酷压迫与剥削，而长工雅克对萝丝的"始乱终弃"根本不是作为农村无产者的雇农本来会有的负责态度，倒是很有几分流氓无产者的味道；女权论者可以对女主人公软弱与妥协"哀其不幸，怒其不争"，抗议男人们的强暴、自私和不负责任；弗洛伊德论者则不妨对里面的三个主要人物分别作出不同的性心理分析，等等。不过，我感兴趣的却主要是情欲和子嗣问题。就情欲问题而言，可能与人性论者，与弗洛伊德论者为邻，乃至交叉；就子嗣问题而言，则可能更复杂一些。

情欲在这个作品中是人物命运和故事情节向前发展的重要动力之一。作家从萝丝的春心萌动写起，引出了她和长工雅克的一段没有到头的恋情。两个人都是在情欲的驱动下而接近，而相爱，而幽会的。农庄主和萝丝结婚，也同样是受着情欲的驱动，这从他强暴地占有萝丝的那个晚上，看得尤为明显。

在莫泊桑看来，情欲本身并不是一种罪恶，而是人性的一部分。人性有其自然属性的一面，更有其社会属性的一面。但莫泊桑没有作这种科学的区分，他似乎更注意人物情欲的自然属性的一面。用鸡群的交配暗喻少女的怀春，便是明证。不过，对于情欲驱使下的人物的行为及其后果，作家最终还是充分地写出了它们的社会属性和社会意义的。

萝丝由于情欲的驱动而春心荡漾，而感到体内某种东西的苏醒。但是她对雅克纯粹的生物性情欲需求却采取了坚拒的态度，打得这个迫不及待的家伙口鼻流血。她要保卫自己少女的尊严和纯洁，不允许别人随便加以亵渎。只这一打，便把情欲提升到了爱情的档次。在这里，起作用的是人物在道德上的自律。如果说情欲的最初萌动很难排除生物的生理因素，那么道德的自律则显然是社会行为的规范在起作用了。这就有了社会意义。后来她和雅克相爱了。这在她，至少是真诚的，毫无保留的。她怀孕了，雅克怕负责任弃她而去，杳无音讯。而她，仍在痴心地、痛苦地期待着，于是便形成一种人格上的反差与对照。这一点也不是仅仅靠情欲的生物属性能够说得清楚的。对于萝丝的命运，莫泊桑无疑是充满同情的。而这种同情的出发点，也主要是社会的。

据说，屠格涅夫很喜欢莫泊桑的这篇作品，特意推荐给托尔斯泰看。但托尔斯泰看后却大不以为然，说是"由于作者对事物的不正确的态度尤其不喜欢它。作者很明显的把他所描写的劳动人民看成为仅仅是畜类，超不出性爱和母爱"。他还得出结论说："不了解劳动人民的生活和利益，以及把他们看作只是受肉欲、恶、自私所驱使的半人半畜的人物，这是大多数法国最新作家，包括莫泊桑在内的主要缺点之一。"作为托尔斯泰主义的奠基人，他是道德上自我完善的狂热鼓吹者。他很重视艺术作品纯净的道德感。在这一方面，他也确实比莫泊桑更见优雅，更注意画面的干净。但是他的指责也不无偏颇。

不错，莫泊桑在这篇作品中的确写到了情欲，写到了情欲的生物性的层面，写到了人的本能的生理要求，但在总体上他所提供给读者的还是一幅社会人生的历史图景。说他的描写是"发乎情，止乎礼仪"，也许评价高了些，但无论如何应该承认他还是有所节制的，说不上有什么过于污秽的笔墨。

情欲是人性的一部分，作为本能，它也推动和影响着人的行为。以写人和人的心理为主的文学作品，不可能回避它，无视它。不写情欲，就不可能写出完整的人性。但情欲多半属于非理性的领域，属于本能的领域，是人性中带有一定盲目性和黑暗性的机制。在人的生命活动中，它受着理性的约束与制衡，否则，就会出乱子。在艺术创作中也一样，情欲描写既不可以没有节制，更不可以放纵。就是说，也不能没有理性的长堤与轨道。这种长堤与轨道主要是指，一切艺术描写都应该有益于世道人心，而不是相反，这既是操觚者的一条职业道德原则，也是一条必须遵循的美学原则。破坏了它，不仅有损于作家自己的人格，而且必然会破坏作品本来应该有的善和美。

从这一点上看，托尔斯泰对莫泊桑的批评尽管不无过分之处，但作为一种提醒，却是有价值的、必要的。时下，中国文坛上很有一些作者，出于种种非文学的考虑，甚至仅仅为了赚几个钱，而去迎合读者的低级趣味。他们在情欲的描写上不加节制，或"撒胡椒粉"，不论有无必要，都要来那么一段；或搞噱头，吊胃口，以广招徕；更有甚者，则等而下之，时涉污秽。这是一种媚俗的恶劣倾向，有害于世道人心，有悖于艺术的崇高使命，不是人性开掘和情欲描写的正道。对于这些作者，倒是得用托尔斯泰的话加以提醒。

萝丝生下了她和雅克的孩子，这是他们那一段恋情的后果。因为没有正式婚姻关系，孩子是不合法的，属于私生子。这给做了母亲的萝丝带来极大的困难，她既爱自己的儿子，又迫于舆论，迫于周围环境可能产生的压力，而不敢公开承认这个儿子。她的母爱，正是在这样的艰难条件下强烈地表现出来的。这种母爱在她身上尽管有其特殊的表现形态，但的确是一种共同的人性。人类正因为有了这种爱，或首先因为有了这种爱，才得以一代一代地繁衍下来。萝丝的母爱当然也包含了子嗣问题，但远不像后来成了她的丈夫的农庄主那么自觉，思路也很不同。

农庄主是有产者，他对子嗣问题的考虑，除了人性之常以外，还有非常现实的利害权衡，即他所拥有的财产的继承问题。他娶萝丝为妻，是续弦，很像中国人的丫鬟收房，倘若不是因为他的性无能而无法生子，即使法国人的贞操节烈观念不像中国人那么强烈，萝丝也会因为她和雅克的那个名不正言不顺的私生子而遇到极大的麻烦。莫泊桑总算给他笔下的人物设想了一个大团圆的结局，这是他的好心，当然也很可能是他的局限。

1994年6月2日于六砚斋

世界荒诞 人生无常

读罗布-格里耶的小说《橡皮》

亢西民

作者介绍

亢西民,1957年生,山西永济人,文学博士,山西师范大学教务处处长、文学院教授、博士生导师;有著作《西方小说形态论纲》《爱神和她的世界——情爱视野中的西方文学》《20世纪西方文学》《外国文学》《外国文学史纲》《莎士比亚戏剧赏析辞典》等出版。

推荐词

《橡皮》所肇始的乃是西方小说界在文学观念、创作方法以及文体风格上的一场全面、深刻、彻底的反叛运动,它是以反传统为旗帜的一种现代主义小说流派"新小说"的发端。

1953年，当法国作家罗布-格里耶的小说处女作《橡皮》问世之际，并没有在社会上引起多少人注意。随着时间的推移，罗布-格里耶一系列作品连续出版以及其"新小说"理论相继提出，人们才蓦然发现，原来由《橡皮》所肇始的乃是西方小说界在文学观念、创作方法以及文体风格上的一场全面、深刻、彻底的反叛运动，它是以反传统为旗帜的一种现代主义小说流派"新小说"的发端！今天，《橡皮》已无可置疑地被人们视作"新小说"的经典之作，它所体现的小说观念、创作方法、文体风格已经渗透到西方现代小说的血液之中，对西方小说创作产生着深刻影响。

作为"新小说"的主帅、领袖人物和理论家，罗布-格里耶在1984年访华时曾对新小说做出如此解释："从某种意义上说，小说总是新的。法国小说史实际上就是小说样式不断更新的历史。福楼拜比之巴尔扎克已是一位新小说家,陀思妥耶夫斯基比之福楼拜又是一位新小说家,而卡夫卡比之陀思妥耶夫斯基也是一位新小说家了。新小说始于20世纪50年代。以后,新小说家就没有停止过在这种形式下的新探索。在60年代、70年代,直到现在,他们都在革新创作。"由此可见,"新小说"的实质就在于对传统小说的反叛和创新;它不仅反对以巴尔扎克为代表的现实主义传统,也反对与之有血脉联系的存在主义小说传统,对于意识流、表现主义小说中的现实主义因素和哲理性它也一概加以反对、拒绝。因此,无怪乎人们把它称作"拒绝派""反传统小说派"和"反小说派"。

罗布-格里耶的处女作、代表作《橡皮》典型地反映了新小说"反传统"的特点。

小说叙述一名退休的经济学教授杜邦,在一个对全国政治经济都有重要影响的集团内担任要职。恐怖组织想通过刺杀这一集团的成员打击最高统治阶层,前面他们已经刺杀了8个,时间都选择在晚上七点半,杜邦是第9个被刺杀的对象。他们派刺客前去暗杀杜邦,刺客趁杜邦吃晚饭时,潜入他书房,准备在七点半行刺。因被杜邦发觉而匆忙开枪,击伤了杜邦左臂。杜邦受伤后被送往一家私人医院诊治，木材商马尔萨赶来帮忙。杜邦告诉他，内政部长将于次日晚上派车接他到首都避难，但他宁愿让外面相信他已死去。因此，他让医生向警察局局长罗伦报告，假称他被击中心脏，已在抢救时死亡。他还让马尔萨前往他家去取重要文件，在他离开城市时送来。罗伦接到报告，推断杜邦属于自杀。

内政部获悉杜邦遇刺之后，委派瓦拉斯前来调查，同时指示罗伦不要追究此案。瓦拉斯不赞同罗伦关于杜邦自杀的结论，到处寻找杜邦被谋杀的证据，他先后走访了杜邦的女仆、杜邦住宅对面大楼里喜欢窥探行人的巴克斯太太。他在街上无意识地转来转去，但走着走着总是走到杜邦前妻开的文具店前。他以买橡皮为借口，几次走进文具店，总要描述一下他所要的橡皮的式样、规格、性质和品牌。

马尔萨告诉罗伦，他有遭暗杀的危险，并把杜邦委托他前去取重要文件的事也告知罗伦，但却隐瞒了杜邦未死这一情况，然后，连夜全家逃走。瓦拉斯得知马尔萨的有关情况后，决定当晚潜入杜邦住宅除掉想杀死马尔萨的刺客。不料，却把前来取文件的杜邦误杀。时间正是晚上七点半。他拨通罗伦的电话，罗伦迫不及待地告诉他，根据推断杜邦教授并没有死。

《橡皮》所叙述的只是一天之中发生的事件,看似一部侦探小说,实际上,它完全是以新的小说创作方法进行的小说实验。

罗布-格里耶为代表的新小说派作家并不注重情节和内容因素,而是把主要注意力放在形式方面。他们反对传统小说编织虚构故事,以故事性吸引读者;同时也反对文学担负社会历史使命、表达和体现某种预先既定的意义,宣称:"新小说并不提出什么现成的意义",意义只能产生"在艺术作品完成后"。然而,对于一部作品来说,不管作者对它的意义是重视、漠视还是拒斥,它总拥有某种意义,这是无法否认的客观存在。《橡皮》围绕杜邦被刺事件,显示的"意义"就在于:表现在机械化、电气化的物质世界包围中,以及那些无所不能的经济政治集团统治下,小人物软弱、无奈、孤独、烦闷的情绪。他们尽管努力挣扎,想改变自己的尴尬处境,但都每每劳而无功,归于失败。小说中的杜邦教授尽管极力想逃避、摆脱他所面临的厄运,但最终依然死于非命;瓦拉斯多年寻父,却在最后亲自将生父"误杀"。由此而反映出世界的荒诞、人生的无常、个人的弱小无助,体现出经过第二次世界大战浩劫后西方资本主义社会人们的消极灰暗心理。

作为新小说"客体小说"派的代表，罗布—格里耶把对"物"的描写置于小说创作的首要地位。《橡皮》同传统现实主义小说的不同之处，是它不把人物形象塑造、性格刻画作为小说创作的中心，而是把"物"作为重点描写对象，以物来代替传统小说中"人物"的中心地位。但他所说之"物"不仅包括人们通常意义所说的"物品""物体"，还包括那些有思想有想象的生命之物——"人"，在他的小说中"人"其实也是"客体世界"中的一"物"而已。不管是杜邦二层小楼的内外、上下结构，瓦拉斯住宿的咖啡馆的店堂，还是小城回环往复的街道，由运河、码头、海堤组成的错综复杂的水道网，以至一幅画、一块橡皮、一个明信片，作者在小说里都不厌其烦地予以详细描写和交代。小说中相同的甚至一字不差的环境、景物描写，多次反复出现，特别是对咖啡馆店堂大理石桌面上一小块污点的多次描写，更是新小说的经典例证。作者描写老板在早晨摆设、擦拭整理桌椅时，看到一小块污迹：

这一小点污迹看来样子古怪，大理石的桌面上好肮脏；

痕迹显眼——好像是血。

这是第一次对污迹进行描写。因为附近不久发生了杜邦教授被刺的案件，因此，他自然由污迹的颜色联想到血。经过一番有关杜邦事件的联想之后，老板开始擦拭这块污迹：

揩布心不在焉地在那块古怪的污迹上抹了一把，这样似乎就可证明这儿不是犯罪现场，事不关己。可是两次用水揩洗，那片模糊的痕迹都没有揩掉；也许那不过是桌面上的一些洞吧。

这是作者第二次描写大理石桌面上的污迹。他思绪纷繁，围绕店员和店中的事想过一阵之后，第三次把注意力集中到污迹上：

揩布狠狠地抹一抹，再次擦去前一天残留在桌子上的污迹。

在应付过一个寻访者之后，作者写道：

老板现在又回到他那些支离破碎的东西中间：大理石桌面上的污迹，椅子上被油垢弄得有些黏糊糊的油漆，铺面玻璃上缺字的招贴。

这是第四次写到那片污迹。四次描写都有所不同，并结合了作者一定的心理活动。老板对污迹的关注，突出强调了污迹在他生活中、心中的地位。他对污迹的关注和他的职业也是有一定关系的。小说对"物"的偏执的强调，而使人被淹没在"物"的海洋中，反映出现代西方社会"物"对人的挤压和人、"物"关系的颠倒。

作者以侦探小说的形式，模拟、讽刺侦探小说；以与主要故事无关的物件阻断情节，淡化读者的情节意识。小说写到许多凶杀、侦破、调查、跟踪以及悬念、推理等内容，侦探小说具有的这些东西，这部作品无一不有，然而作者的真正目的乃是以此揶揄传统小说的刻意虚构编造情节、制造"真实幻觉"。作者还借购买橡皮这一与主要故事无关的事件，中断阻隔故事情节，用"橡皮"这一物件，擦掉故事线索的痕迹，以免读者走入传统小说故事设置的幻想世界。作者在对相同场景、相同物体描写时，还有意省略时态转换的语句，来打破故事叙述的连贯和顺畅。作者这样做的主要目的是为了避免读者受小说故事的迷惑，而是让读者跳出故事，冷静观察客观世界，从自己的角度去选择不同的情节，并思索、探究其中的意义。

小说具有"迷宫式结构"。他的小说"不仅是一座空间的迷宫，也是一座时间的迷宫"（布托尔）。他在创作中常常打破按时空顺序安排情节的传统，采用"重复法"和"时空交错法"，来建立小说的"迷宫式结构"。小说对同一场景、事物不断进行重复描写。如小说主人公瓦拉斯在小城迷宫般的街道上五次走到杜邦前妻开的文具店前，每次都以买橡皮为借口，走进文具店，不厌其烦地描述他所要的橡皮的式样、规格、性质和品牌。相同情景、相似语言多次重复，使情节不断生发扩展，从而形成一个复杂纷繁的结构网络。小说四次对大理石桌面上污迹的描写，使用的也是"重复法"。同时，小说还打破时空顺序，把不同时间、空间发生的事件，相互交错、叠加，使小说的结构显得更加复杂多变。

小说还成功使用"嵌入法"进行创作。嵌入法本是一种纹章工艺技术，是指在一个纹章中心或者一个上角，再把一个缩小的与纹章图案形状相同的图案，放置在上面。罗布—格里耶把这一技法引入小说创作，通过在小说中嵌入一个关键物件、词语，对作品的情节、结局加以暗示等方式，帮助解决打乱时空顺序后小说的内在结构问题。如小说中写到咖啡馆中的一个醉鬼说："试说说看，是什么动物在早晨杀父……""杀父"一词，即作者嵌入小说中的关键词语，用来暗示瓦拉斯误杀的杜邦教授,可能是他的生父。小说中维克多·雨果文具店橱窗中杜邦住宅的放大照片也是"嵌入"成分,它犹如一面聚光镜,对整个故事事件起到关照作用。

这是一堵什么样的墙

读萨特短篇小说《墙》

唐 韧

作者介绍

唐韧,1946年生,籍贯四川梁平。1968年毕业于北京师范大学中国语言文学系。现为广西大学中文系教授,博士生导师。

推荐词

伊比埃塔一直相信自己不怕死,对自己说"我要死得有骨气",但是,事到临头,他看见自己的身体"自行其是地流汗、发抖",他再也"不认识它了"。

米兰·昆德拉有句名言:"认识是小说的唯一道德。"(《小说的艺术》)他的意思应该是,小说如果不能给人新的认识,它就不配存在,也不能存留(发表的情况很复杂,很任意,谁都知道在印刷术高度发达、刊物如林的现代,发表对于文学作品并不等于存留)。我一向喜欢阅读阻力比较小的小说,以为现代主义小说读起来太辛苦。但是它为什么存在?又为什么存留?它有哪些不同于我以前在小说中读到过的"认识"?这就是我读萨特的《墙》时所寻找的东西。

关于存在主义,自然可以从萨特和其他学者的著作中去寻找定义和论述,但是溶解在小说中的思想应该可以更小说化地品尝到和消化掉。

萨特的《墙》在人的灵魂和躯体中间、在人的愿望和真实存在、在人的自诩和本能中间发现了一道永远难以穿越的墙，这堵墙寻常看不见，在特殊的处境中会突然矗立在人的面前，无法否认，无可奈何。

一、"视死如归"有时候是怎么样的

我们在不同的传记和小说里读到过不同的视死如归。《水浒》里的好汉和阿Q都可以算视死如归，因为相信"二十年后又是一条好汉"（好汉不死），所以他们不怕死（阿Q可能是模仿他观念中的"好汉"的，但也可能真的相信来世）；刘胡兰为了保守党的秘密、董存瑞为了解放中国视死如归，他们从决定赴死到死去时间很短，没有时间想关于死的事情，他们所展示的只是单纯的"震撼一时的牺牲"；江姐当然是提前知道自己就要死的，但是她有极其坚定的信仰，属于长期"提着脑袋干革命"的人，关于死，她早就想过不知多少遍了，死到临头，在她只是为党牺牲的必然结局，而且是有伟大意义的光荣结局。林黛玉也可以看作是视死如归，那时死对于她已比活好。上述人物的视死如归，原因固有天壤之别，我认为他们都不会像《墙》的主人公伊比埃塔对死亡来临有这样的反应。

主人公的情况是：

1. 他仅只是西班牙反法西斯运动的一般成员。没有执着的党派或宗教信仰和狂热的迷信，他的理想是"追求幸福，追求女人，追求自由"；

2. 他被宣判到执行死刑有充足时间（一夜），他必须面对生命马上就要结束的事实，而且还不得不去深深体味这个事实（萨特正是在这个设置下才能讲出他要讲的那些"依附于情节的哲学"）；

3. 和普通人一样，他有难以割舍的个人生活，有"一大堆""舍不得的东西"，有一个"为了能再见到她五分钟"而"宁愿用斧头砍掉自己的一条胳膊"的情人；

4. 作为一个解放运动的战士，他当然还有一个（通过参加运动）"勾画自我永垂不朽"的虚幻梦想，等等。

情节中也有一道物质的墙。如果由关押他们的地下室外面的人看来，这三个人的被捕和牺牲，是一个简单的视死如归的故事。他们相信伊比埃塔、汤姆（伊比埃塔不喜欢的一个战友）和一个被误杀的孩子（他只是一个战士的弟弟）都很忠诚，况且他们也不知道运动组织的核心秘密（领导人已经完全转移），不能向敌人提供什么信息，无一例外最终都能英勇就义。事实上那个小家伙甚至还像我们熟悉的小兵张嘎，咬了敌方那个比利时医生一口呢！但是墙里的事就不那么简单了。他们没有一个不被死亡吓坏了，他们一个接一个"变成了死灰色"，提前感到死的疼痛，甚至清楚地看到自己的尸体，一句话，他们万念俱灰，和我们经常看到的那些满不在乎者相差很远。

在这里萨特想提醒人们的就是，普通人无一例外是怕死的。而这一点，过去我们的确没有认真想过。我们的思路是"非此即彼"：如果有了信仰，就应当不会怕死，怕死的都是无耻叛徒。其实怕死不是可耻，而是正常的活人最正常的、无法逃避的一种心理反应。只要热爱生活，人即使情愿为事业去死，也不等于他们不怕死。一个人有许多侧面，顾及事业时可以去死，但想到自己个人生活的幸福感受，就会害怕死，不愿意死，只是为了事业他们宁愿赴他们所怕的死。懂得这一点，人就不必很虚荣地宣称自己"不怕死"。伊比埃塔一直相信自己不怕死，对自己说"我要死得有骨气"，但是，死到临头，他看见自己的身体"自行其是地流汗、发抖"，他再也"不认识它了"。

萨特告诉我们，这就是人作为有思想的生物的本质特征。根据对人的这种认识，所以存在主义作家反英雄，反对那种虚假的、夸张的英雄主义，希望人们老老实实按照人的本来面目认识人。你无法给萨特扣一顶叛徒帽子，不是连被主人公瞧不起的汤姆都英勇地死去了吗？

二、对人面临死亡的体验做出了前所未有的和令人震惊的描述

一个活人能如此真实、如此令人震惊地描写对死亡的体验实在不可思议！这在文学上的确是开创性的成就。过去我们看到的怕死无一例外都是觉悟不高的人和无耻叛徒，一般都是简单地、公式化地、鄙夷地从外部描写他们哀求、哆嗦、尿裤子等行为，或者从内部写他们留恋人间享受、娇妻美妾等卑下心理。没有人描写光荣殉事业的烈士对死亡的恐惧（犹记在"文革"中披露《瞿秋白遗书》，那些批判文章从中发现"叛徒"怕死心理的文字，其实即使那篇遗书是真的，也写得相当大丈夫了），对人在面临被处死时心理的描写也从没有如此细腻逼真。这样的描写你爱不爱看是一回事，它能令你掩卷深思是另一回事。使我震惊的有如下之处（它们实际上是对生和死的形象化的哲理阐释）：

1. 如上面所说到的，一个自认可以、也的确可以从容赴死的人，他的身体却不听指挥，不肯从容赴死。他只能眼看着身体违背他的意志发抖、流汗，他甚至不敢摸摸自己的裤

子，因为他不敢自信身体不会像汤姆那样也尿了裤子（汤姆也是一直在说"我毫不畏惧，视死如归"的）。他认识到，他与这个原本跟他"毫无共同之处"的汤姆，现在"却像同胞兄弟那样相像，仅仅因为我俩将一道去死"，活人的差别泯灭之时，人共同赴死的处境就使他们只剩下同一个品质了。

2. 萨特给死人与活人划了一个过去我闻所未闻的界限。那可怕的一夜，在地下室中的几个人中，从生存状态看，只有两种人：死人跟活人。如果从医学角度看，他们都是活人；但是主人公称那个比利时军医"那个活着的人"，原因是"他的肌肉活动自如，而且，他还可以想他的明天"，而听候处死的三个人已经是提前感到生命结束的"死人"。萨特要说的大概是，让活人去感受死是一种比死还残酷的酷刑。这话我不是没听说过，但是用这样的方式进行的让人仿佛亲历的描写却是没有见过。比如产生许多枪口对着自己的幻觉，在一夜之间这样体验被处死"总有二十次以上"，看见汤姆肥胖的身体，就想到"枪弹或者刺刀不久就要穿进这一大堆软乎乎的肉里"，就联想到情人和自己宁愿用命去保护的拉蒙·格里斯和西班牙，也已觉得毫无意义："我不再爱拉蒙·格里斯。我对他的友情在这天黎明前一刻已经消亡了,与我对贡莎的爱情、我对生活的希望同时消亡了。毫无疑问,我仍然敬重他:他是一条硬汉。但并不是由于这个原因我准备替他去死:他的生命并不比我的生命更有价值;任何人的生命都是没有价值的。"这就是"死去原知万事空""哀莫大于心死"的具体细节,是对于死人价值突然之间发生的翻天覆地的巨变——只有活人才有"价值"这观念。

正像谢冕教授说的:描述出不可见的东西才是才能。像这样哲理而又细微地认识死,在萨特之前是没有被表达过的。

三、没有背叛的叛徒

伊比埃塔背叛了格里斯吗?没有。伊比埃塔没有背叛格里吗?他背叛了。他说格里斯在墓地,本来是戏弄敌人的,但格里斯偏偏真的去了墓地而被捕,敌人也因为伊比埃塔的告密而免他一死!命运就是这样捉弄人:让一个愿意拿命殉解放事业的坚贞战士不知不觉间转化成了用组织秘密换取狗命的叛徒,让他浑身是嘴也永远无法说清楚。

萨特当然是告诉我们人无力完全按照主观意图设计自

己，人做了什么，他就成了什么样的人，不管他是因为什么这样做。对于自认是"万物之灵"的人，这是一个强烈的讽刺的警告。但是这也是一个真实的处境。这种荒谬感不仅是萨特在"二战"现实中清清楚楚感受到的人类真实处境，而是人类在不同时代的普遍处境。

最后总结一下小说为什么叫"墙"。第一，小说仿佛推开了人与人的本性（如怕死）中间的一道墙（或者说，是让我们看看视死如归者在墙里的真实情况）；第二，小说让我们看我们的灵魂和肉体之间也有一道墙，在有些时候是不可穿越的，灵魂控制不了肉体的行为；第三，小说中老提到法西斯把人们拉到"墙"前面去枪毙，这也许象征着人类在法西斯横行的年代在那堵"死墙"前面的普遍感受。

现代主义的哲学确实有其道理，它们丰富了我们对人类世界的认识，但是它们肯定也不是终极真理。人还在不断更深刻地探索自己，将来还会有不同的，也许还是与现代主义相反的新现代主义。如果说到现代主义就为止了，人类有什么必要非得这样屈辱、丑恶地活下去呢？比如，为什么在认同反恐怖的前提下，越来越多的人走上街头去反战呢，不能说人知道人类不能把握自己的命运，就该心甘情愿放弃去把握命运，就该服服帖帖去屈从命运的安排。这样的人类难道不也是真实的人类吗？

附： 颁奖辞

本年度的诺贝尔文学奖已由瑞典学院决议颁给让—保尔·萨特，"为了他那富于观念、自由精神与对真理之探求的著作；这些著作业已对我们的时代产生了长远的影响"。

这位荣誉的得主已经表示，他不希望接受诺贝尔奖。但他的拒绝并未能改变本奖颁赠的有效性。不过在这种状况下，本学院只能宣布颁奖仪式无法举行。

——瑞典学院常任秘书安德斯·奥斯特林《致辞》

"善""恶"冲突　爱恨交织

读托尔斯泰的《安娜·卡列尼娜》之"安娜病危"

草　婴

作者介绍

草婴,文学翻译家。原名盛峻峰,笔名草婴。1923年出生,浙江省宁波慈溪人。1938年开始学习俄语,同时参加新文字研究会。1941年起,先后为《时代》杂志、《苏联文艺》杂志及《时代日报》译稿。1945—1951年任时代出版社编译。1952年后为人民文学出版社、新文艺出版社、中国青年出版社、少年儿童出版社及上海文艺出版社翻译俄国和苏联文艺作品。1960年参加《辞海》编辑工作,任《辞海》编委兼外国文学学科主编。从1978年至1998年,翻译了列夫·托尔斯泰全部小说作品,包括3部长篇、60多部中短篇和自传体小说。

推荐词

这篇文章,以解剖麻雀的方式,透过"安娜病危"这一章,着重分析了安娜、渥伦斯基和卡列宁这三个主要人物复杂的性格和丰富的内心世界,赏析了托尔斯泰运用"心灵辩证法"揭示人物复杂内心活动的高超艺术成就,有助于读者正确把握作品中的典型性格,正确理解作品的思想内容,深入领略作品的艺术风味。

"**安**娜病危"是《安娜·卡列尼娜》中的一章，字数不多，却很能表明托尔斯泰的创作特色。托尔斯泰塑造人物有血有肉，人物的心理描写尤其细腻入微，令人叹服。现在就从"安娜病危"这一章简单地谈谈托尔斯泰的"心灵辩证法"。

安娜自从同渥伦斯基热恋以来，她的思想感情一直处于尖锐的矛盾之中。她对丈夫卡列宁的嫌恶越来越强烈，对他的处世为人越来越反感。她嘲弄地说："他不是男子汉，不是人，他是块木头！谁也不懂得他，只有我懂得……他不是人，他是一架做官的机器。"她爱渥伦斯基，也爱谢辽查。她把情人和儿子看得都比自己的生命更重，但她无法兼有这两种爱。这里主要的障碍是卡列宁，或者说以卡列宁为代表的整个封建贵族的帝俄社会。安娜这个心地善良、感情真挚的少妇，一方面敢于反抗宗教、道德、伦理、法律、舆论的压力，争取个性解放，追求爱情、自由和幸福，另一方面又不能完全摆脱封建习惯势力对她的影响。她憎恨丈夫，因为"他是个彻头彻尾的伪君子"，"他在谎言里生活得很不错，可以说是如鱼得水，悠游自在"。卡列宁压抑了她那天赋的勃勃生气，扼杀了她热爱生活的青春火焰。但安娜生性太善良了，因此她又怜悯丈夫，有时还会在心里替他辩护，仿佛有谁在攻击他似的。其实斥责卡列宁的不是别人，恰恰就是她自己。这样，安娜内心就一直处在既嫌恶丈夫憎恨丈夫，同时又怜悯他、替他辩护的剧烈矛盾之中。

卡列宁呢，自从知道妻子同渥伦斯基的恋情以后，精神上虽也受到打击，但他这个虚伪冷酷的人首先考虑的是怎样才能保全他的"面子"，应该维持原来那种没有爱情的家庭关系呢，还是通过法律途径提出离婚。他这个热衷于功名的"做官的机器"根本不懂得安娜的感情，认为她是由宗教和法律同他结合在一起的妻子，他只要按月付给她生活费，她就得"安分守己"地做他的"夫人"。他不许安娜再在家里约会渥伦斯基，要她对自己的行为多加检点。可是安娜违反他的"禁律"，继续同渥伦斯基来往，而且越来越频繁，直至有了孩子。面对这样的局面，卡列宁这个怯懦的官僚既没有胆量同渥伦斯基决斗，又害怕家丑外扬，有损他这个大官僚的体面，心里就不断增长对安娜和渥伦斯基的仇恨，甚至巴不得安娜早日死去，以摆脱他的尴尬处境，保全他的名誉。

卡列宁收到安娜病危的电报，最初认为这是个骗局，目的是要招引他归家。但接下去又想，要是她真的病危，那就应该回去看看，万一有个三长两短，也算尽了做丈夫的礼数，免得遭人批评，并在安娜临终前饶恕她的罪孽。这样既可以显示自己的宽宏大量，又可以获得基督教所宣扬的饶恕的幸福。不过，希望安娜死去的思想实在太卑鄙了，卡列宁起初连自己都不敢承认，直到听门房说太太平安生了个孩子，才不能不在心里承认他有这个念头。

安娜对丈夫的嫌恶原来不断加剧，可是此刻在病床上她又一味从好处去想他，盼他快些回来同他再见一面，说什么"他这人真好，他自己也不知道他这人有多好"；说什么谁也不关心儿子，只有他不会忘记儿子的生活。然而，当安娜在床上看见丈夫时，她又害怕得要命，身子缩成一团，双手举到脸上，生怕他会动手打她。接着又在半昏迷状态中一再要求丈夫饶恕她。随后她又要卡列宁饶恕渥伦斯基，并对渥伦斯基说卡列宁是个圣人，要他们两个——丈夫和情人——握手言好。本来，要调和丈夫同情人之间的矛盾，使他们两人都避免痛苦，是安娜荒谬的梦想——她曾梦见渥伦斯基和卡列宁都是她的丈夫，都热爱她。而当卡列宁涕泪滂沱地把手伸给渥伦斯基时，安娜就感到十分满意，不断赞美上帝。

卡列宁走进安娜的起居室，看见渥伦斯基掩面痛哭，他这个平日冷若冰霜的人也心慌意乱起来。等到他走进病室，看见安娜正发高烧，满口呓语，不仅没有对他见恨，而且还在赞扬他的品德时，卡列宁脸上不禁也现出痛苦的神色，激动得说不出话来。接着又跪倒在她的床前，把他的秃头伏在她火热的手臂上，像孩子般痛哭起来。安娜也搂住他的脑袋，再次请求他的饶恕，而卡列宁此刻也真的体会到了饶恕的幸福，向情敌伸出手去。三天以后，当安娜病情有了转机，她从死里逃生时，卡列宁甚至拉住渥伦斯基的手，把自己卑劣的念头向他和盘托出，并且宣扬了"把另一边脸也给人打"的基督精神。

我们看到，通过"安娜病危"这一章，托尔斯泰把人的灵魂解剖得何等深刻，把内心矛盾表现得多么细致！《病危》是这部小说的一个高潮，在这以前，作者已栩栩如生地塑造了安娜、卡列宁和渥伦斯基等人的形象。读者已经看到了年轻、美丽、热情、善良的安娜，她怎样充满生气，热爱生活，渴望幸福，在追求幸福中遇到重重阻力，但她还是努力摆脱压在她身上的封建势力的重担，勇往直前。可是当她处在生死边缘时，她的心灵又一反常态，对卡列宁的怜悯超过了对他的嫌恶，甚至把他看成是个非同寻常的好人。卡列宁面对九死一生的安娜，看到渥伦斯基悲痛欲绝的样子，他的心弦也被触动，在他身上"善"也战胜了"恶"。但卡列宁是不是从此就"良心发现"，从善归正了呢？他是不是真的变得宽宏大量，真的"把另一边脸也给人打"呢？不！等到安娜病愈，她同渥伦斯基双双离开俄国后，卡列宁又露出他狰狞的本来面目，不同意把儿子让给安娜，不同意离婚，使安娜无可奈何，只得走上绝路。安娜由于卡列宁这种敌对的态度和毒辣的手段对他的憎恨又不断加深，可说是达到深恶痛绝的地步。

通过安娜和卡列宁内心的变化，我们不禁想到车尔尼雪夫斯基对托尔斯泰创作特色一针见血的评语——"心灵辩证法"（或译"心灵的辩证状态"）。所谓心灵辩证法，就是指人的思想感情错综复杂，充满矛盾，在不同的场合、不同的境遇中经常发生变化，用托尔斯泰的语言，就是"善"与"恶"经常在人的心灵里发生冲突，爱与恨也不是一成不变、始终如一的。我们若能冷静思考一下，在实际生活中是不难找到这种例子的。但这是不是说，既然人的思想感情变化无穷，"善"与"恶"，好人与坏人就无法区分了呢？那也不是的。安娜纵使有这样那样的"罪孽"，毕竟是"善"的代表；卡列宁虽然有时也会心软，看不得人家的眼泪，甚至自己也会失声痛哭，终究是"恶"的化身。

渥伦斯基在"安娜病危"这一幕里的"戏"比较少，但我们还是可以看到这个彼得堡贵族青年的面目。他放弃功名，同安娜热恋，虽也多少夹杂着同一位绝色贵夫人谈情说爱的虚荣心，但对她的爱情是真挚的。安娜病危使他悲痛欲绝，而当他同卡列宁面面相对时，又觉得羞愧难当，以手掩面，并且向卡列宁表示内疚。回到家里后，他在精神极端痛苦的情况下甚至用手枪自杀。自杀未遂，后来又同安娜一起出国。但渥伦斯基不了解安娜对儿子的深挚母爱，也不能真正懂得像安娜这样情深如海的女性的特点。他同安娜生活了一个时期以后，对她的热情也有所下降，使安娜在精神上更感到绝望，终于自杀。

托尔斯泰笔下的人物形象生动，性格鲜明，主要就因为他不仅刻画人物的特征，而且合情合理地描写各种不同人物在不同场合的内心活动。这里有矛盾，有冲突，有发展，有变化，好人的思想不是一贯正确，感情不是始终健康；坏人也并非个个都是青面獠牙、杀人不眨眼的。正因为如此，他所塑造的人物有血有肉，使读者觉得他们虽然品德有好有坏，心地有善有恶，都是和我们生活在同一个地球上的人，既不是天上的神明，也不是地狱里的魔鬼。只有这样，他们的悲欢离合才能拨动读者的心弦，使我们对书中人物的生活遭遇发生同情爱怜或者嫌恶憎恨，他们的形象也才能铭刻在我们的头脑里。

除此以外，通过"安娜病危"一章我们还可以看到托尔斯泰的思想和他的现实主义创作中的一个显著特点。在这一章里，卡列宁和渥伦斯基这两个生活上的敌人面对着垂危的安娜失声痛哭，握手言好。本来，调和矛盾、化敌为友、"不抗恶"，是托尔斯泰的哲学理想，是他所宣扬的基督精神的反映。然而，实际生活并非如此，冤家对头不可能相互忍让，就此谅解。像卡列宁这样的"恶"人，即使一时心软，也不会真正饶恕有损他名誉的妻子和情敌；安娜就算拼命从好处去想丈夫,也不可能就此改变对他的嫌恶,冷却她对渥伦斯基的恋情。看,托尔斯泰这位伟大的现实主义作家多么忠实于生活,他绝不拿自己的"理想"去代替实际生活,而是坚持"写真实",因此他的创作能达到这样的艺术高峰,经得起时间的考验,使一代又一代的读者对书中人物产生鲜明的好恶和强烈的爱憎,而始终为其高超的艺术魅力所倾倒。

运用普通材料 塑造鲜明形象

读库普林的《童园》和《一丛丁香》

储仲君

作者介绍

储仲君,1934年生,江苏金坛人。1958年毕业于华东师范大学中文系。现为山西师范大学中文系教授。

推荐词

库普林是俄国批判现实主义作家之一,他受到托尔斯泰、契诃夫文学思想的影响,善于通过细腻的心理描写,塑造鲜明的人物性格,揭示社会矛盾,烘托环境气氛。题材广泛,几乎触及俄国社会生活各个方面,抨击沙皇专制制度的残酷与愚昧,歌颂底层人民的勤劳与善良,有很大影响。

在库普林的作品中,《童园》和《一丛丁香》是两颗小小的珠子,但却是通明透亮的珠子。

《童园》刻画了小公务员布尔明的形象。提起小公务员,我们会很自然地想起果戈理笔下的亚卡基·亚卡基耶维奇(《外套》),想起契诃夫笔下的契尔维亚科夫(《一个小公务员之死》)。这是些贫寒的、畏畏缩缩的可怜人。亚卡基·亚卡基耶维奇省吃俭用,从最必需的生活开支中省出一个个铜子,买了一件外套。外套的被窃彻底摧垮了他的精神,以致他不久就郁郁死去了。契尔维亚科夫在剧院里看戏时打了个喷嚏,唾沫星子溅到了坐在前排的一位将军的光头上。尽管将军并未介意,他却大为惊恐,一再道歉,终于惹得这位将军真的发起火来,使他惊悸而死。在布尔明身上,我们也可以看到这些特点。但是,引起作者注目的并不是这些。他透过这些现象,看到了小公务员布尔明内心深处的朦胧的觉醒。

布尔明是个鳏夫，只有一个视同掌上明珠的七岁的女儿。小姑娘因为营养不良和地下室的潮湿、窒闷得了病，"成天默默无言地坐在一个黑暗的角落里，对世上的一切一概不感兴趣"。只要于女儿的健康有益，布尔明可以"毫不迟疑地""剁下自己的一只手"，但医生说，他女儿需要的是肉汤、陈年的波尔特温酒、疗养地的新鲜空气和绿荫，所有这些都是他那点菲薄的薪金无法提供的。一个星期天，他带领女儿雇车到离家很远的市中心的公园去了一趟，这使苍白、瘦弱的萨辛卡快乐得像"复苏了似的"，但车钱大大超过了他日薪的一半，使他不可能经常让女儿享有这种快乐。这时他想到了离他住处不远的一块荒地，希望公家在这里布置一个小小的儿童花园。随着萨辛卡病情的加深，这件事越来越使他着迷。他到处奔走，请求，呼吁，成了一个名副其实的活动家。与此同时，"在他的脑子里，由于缺少阳光和空气而每况愈下的萨辛卡的形象，已经和千万个别的孩子的苍白的小脸融会在一起了"。于是，"他固执地带着自己的方案去找了警察局，找了军事机关，找了调解法庭，还找了私人慈善家。不用说，处处都把他撵了出来"。他的苦行僧般的执着而狂热的活动并没有给可怜的孩子们带来一点帮助，他的萨辛卡终于死去了。

如果说亚卡基·亚卡基耶维奇可怜，契尔维亚诃夫可叹，那么，布尔明就可敬。他念念不忘于心的，并不是一己的温饱、个人的安危，而是挣扎于地窖里和顶楼上的穷孩子们的健康，他的感情已经超出了亲子之爱的范畴，跨进了阶级之爱的领域。布尔明的奋斗也使他开始摆脱沙俄时代小公务员身上所固有的卑微的心理和怯懦的习惯，显示出高尔基所说的"带有大写字母的人"的尊严。从这种不同中，我们可以看到时代前进的足迹。库普林写这篇小说的时候，1905年的革命已在酝酿中，下层人民的不满日益加剧，即使像布尔明这种时时诚惶诚恐的人，革命的气息也在他们心中"吹皱一池春水"了。

这篇小说的结尾尤其耐人寻味。当短短的、为萨辛卡送葬的行列经过荒地时，布尔明看到有几个工人在那儿掘地，女邻居雅柯夫列夫娜告诉他说，"好像是"市议会要在这里搞一个童园。这时候，自从女儿死去后一直像失了神似的布尔明，"突如其来地喟然长叹一声，划了个十字，一阵减轻心灵痛苦的哀号再也压抑不住，从他胸膛里挣脱了出来。

'啊，谢天谢地，谢天谢地，'他一面拥抱雅柯夫列夫娜，一面说。'现在咱们的孩子们也要有自己的花园了！'"

萨辛卡死去以后才有人来改造荒地，这本身就是个讽刺。但这种马后炮式的举动并没有使布尔明感到气愤，而是使他感到欣慰。这说明，当时使他感到痛苦的不只是爱女的死亡，千万个同类儿童的命运更使他操心。萨辛卡的死使他看到拯救这些儿童的努力毫无用处，这才使他变得形同槁木、身如死灰。现在，荒地上出现的工人使他看到了希望，得到了安慰，于是他失声痛哭了。

但是，读到这里，我们却更感压抑。因为我们知道，善良而天真的布尔明不过是再一次受骗而已。市议会的举措不过是掩人耳目的官样文章，很难有什么结果。退一步说，即使这块荒地上真的造起了一座童园，对改善穷孩子们的命运又能有多大的裨益！这一点在作品中是有充分的表现的。布尔明带着改造荒地的方案到处奔走，使作者锐利的笔锋深刻解剖了社会的许多方面，如市议会、新闻机构、慈善机构等，暴露了它们的腐败和欺骗性，这就使读者清楚地看到，整个社会制度痼疾已深，绝非些许改良所能奏效。与此同时，也使我们看到布尔明的觉醒毕竟是初步的、朦胧的，使我们在同情和肃然起敬之余，又不免要轻轻地摇头。

这篇小说的情节简单，像生活本身一样朴实无华，而小说中的人物形象却那么栩栩如生，即使像医生、鲱鱼贩子乃至在公园里散步的女士等着墨不多的人，其音容笑貌也立即跃然纸上。这里显示了库普林小说的一个特点：运用普通的材料塑造鲜明的形象。这一点在小说《一丛丁香》中表现得尤为突出。

《一丛丁香》写的纯粹是一段轶事：军事学院的学生阿尔马索夫不小心在即将完成的地形测绘图上掉了一滴墨水，时间已经不允许重画，他便把墨迹改成了代表一丛灌木的图案。尽管图案画得很成功，却没有逃过一丝不苟的德国教授的眼睛，因为这里并没有灌木。学生不肯认错，教授便要求他明天一早一起去作实地考察，其结果将使阿尔马索夫几年的努力付诸东流。傍晚，阿尔马索夫垂头丧气地回到家里。他的妻子薇拉像哄孩子一样从他嘴里问出了实情。她沉吟片刻，立即像一阵风似的行动起来，跑到当铺当掉了她所有的"珍宝"，又跑到花木铺说服满腹狐疑的花匠，请他连夜派出工人随同他们到郊外栽下一丛丁香。就这样，阿尔马索夫平安无事地渡过了第二天的难关。

很难说这段轶事有什么深意，但作者却用它塑造了两个十分鲜明的人物形象。阿尔马索夫性格软弱，没有主见；他自己闯了祸，还感到满肚子委屈，回家向自己的妻子发作。他的妻子薇拉则对他十分温柔体贴，富有自我牺牲精神，而且遇事沉着、冷静、机智、果断。当她做出决定以后，行动之迅速，作风之凌厉，意志之坚定，真有指挥若定的气概，足以使昂藏七尺的须眉男子也自愧不如。显然，薇拉才是这个家庭里的真正的核心。即使在十分困难的处境中，她也绝不灰心丧气，绝不放过面前的一线希望，总是那么坚韧不拔、一往无前地为争取幸福而奋斗。如果有人认为薇拉采取的办法几近弄虚作假，那是不公正的。试问，为了完成阿尔马索夫的学业，他们夫妻俩几年来付出了多么辛勤的劳动，仅仅因为一点疏忽就要前功尽弃，这难道公正吗？薇拉只是勇敢地跟不合理的规章制度开了一点玩笑，她的行为是无可非议的。薇拉的形象是俄国作家们所一再讴歌过的光辉的"俄罗斯妇女"之一。19世纪80年代，在大部分知识分子意志消沉的时候，库普林再次讴歌这样的性格，其中的深意是不言而喻的。正因为如此，一点酒余茶后的谈资，在他笔下才会显得那么别具一格而兴味隽永。

一坛酝酿了三十年的美酒

屠格涅夫的《玛莎》简读

智 量

作者介绍

王智量，别名智量，1928年生于陕西汉中，1952年毕业于北京大学俄语系，后进入中国社会科学院工作。1978年调入华东师范大学。中国作家协会会员，曾任上海比较文学会副会长。1993年退休。译著有《叶甫盖尼·奥涅金》《上尉的女儿》《安娜·卡列尼娜》等。著作有长篇小说《饥饿的山村》。

推荐词

在这篇短短几百字的《玛莎》中，沉静、凝练、和谐共同汇成一种炉火纯青的艺术风格。这是屠格涅夫晚年的风格。在艺术创造中，缓慢、宁静是最难的事。在他的静观中，他拥有一种精神上的强度和掌握这种强度的哲人的修养。他仍像自己年轻时一样关心世界人生，但他能同时保持恬淡和宁静。在恬淡与宁静中，他聚精会神，移情于物，由表及里地揭示社会黑暗，传播一片真诚的仁爱之心。

这篇作品是以一种缓慢而沉静的笔调写出的,仿佛作者是站在生活浪涛之外静观生活,他心若古井之水,了无波澜,也毫无成见,只是在客观而自由地容纳世界、感受万物,并把它们记述下来。这种笔调有一种潜在的感染力,它使你在阅读与欣赏这篇作品时也不知不觉渐渐沉下来,在细细品味且渐入胜境中,最终获得一种刻入心灵的人生印象与观念,同时也获得一种别有风味的美的享受。屠格涅夫的作品一般都有"怨而不怒"的个性特征,但是这篇作品中的这种心如止水的境界只是他在经过了漫长一生的创作和体验之后才终于达到的。我们无论从《多余人日记》中,或是《罗亭》《父与子》,甚至19世纪70年代初写出的《处女地》中,都见不到这种境界。在这篇短短几百字的《玛莎》中,沉静、凝练、和谐共同汇成一种炉火纯青的艺术风格。这是屠格涅夫晚年的风格。在艺术创造中,缓慢、宁静是最难的事。呼喊、冲杀、"万岁！"等等可以造成一种暂时的和局部的气氛，却难以不可磨灭地透入人心。晚年的屠格涅夫做到了宁静。而这种宁静并没有使他脱离现实。在他的静观中，他拥有一种精神上的强度和掌握这种强度的哲人的修养。他仍像自己年轻时一样关心世界人生，但他能同时保持恬淡和宁静。在恬淡与宁静中，他聚精会神，移情于物，由表及里地揭示社会黑暗，传播一片真诚的仁爱之心。

《玛莎》是一篇小说体的散文诗，或者叫它微型散文诗体的小说。它有小说的情节和生活实态，有散文的坦诚舒畅，有诗的优美与凝练。屠格涅夫的《散文诗》是他一生思想艺术浓聚而析出的一堆结晶体，这篇《玛莎》是其中最晶莹美丽的一颗。

《玛莎》写了一个马车夫的故事，他死了爱妻，正在向他的乘客吐诉心头无边的哀痛。俄国文学中描写过许多马车夫形象，受压迫遭欺凌的小人物原是19世纪俄国文学重要的描写对象，马车夫更是生活中随处可见的可怜人，因此我们在波列伏伊、波哥家廷、涅克拉索夫、乌斯宾斯基、迦尔洵和契诃夫这些著名作家笔下都能找到马车夫形象。其中契诃夫的《苦恼》和《玛莎》同样是艺术上的精品，这两篇小说在情节上也有基本的类似之处。现在让我们通过对比来看它们之间艺术风格的差异。契诃夫算得上是一位喜怒哀乐不形于色的深沉作家了，但是拿《苦恼》与《玛莎》相比，其中仍有许多外露的冲动激情，契诃夫的心灵远不如晚年屠格涅夫那样宁静。在《苦恼》中，我们能够发现作者许多的精心安排。那景色的描绘，人物内心和外表的记述，一个又一个的乘客以及马车夫同伴所衬写出的姚纳·波达波夫力图倾诉内心痛苦的欲望，以及结尾时他跟自己的马谈心，"把心里的话统统讲给它听了"……所有这些全都是作者存心在渲染一个"浩大的、无边无际的苦恼"，作者在小说中表现出一种直接参与和干预现实的渴望，他似乎按捺不住他的愤怒的激情。而《玛莎》中所讲的这个几乎同样遭遇的马车夫的故事却是那么淡泊，那么不动声色，那么惨淡苍凉，契诃夫尽短篇小说所允许的一切可能手段决心要打动读者，拉你和他一同去控诉那吃人的社会，而屠格涅夫则是不动声色，静静叙述，缓缓道来，可你从他作品中所感受到的恼恨却会渗入你的灵魂，使你永难忘怀。

鲁迅先生的《一件小事》也是一篇在情节上与《玛莎》

有相似之处的小作品。然而在艺术风格上，两者之间的差别就比《玛莎》与《苦恼》更大了。写《一件小事》时的鲁迅处于创作早期，那时他心中充满着一种寻觅和追求，他随时随地都在把自己投入而绝不是撇开。从车夫撞倒行人的这件小事上，他也在极力汲取对自己有益的人生教诲，他明白地说："……这一件小事……总是浮在眼前，有时反更分明，叫我惭愧，催我自新，并且增长我的勇气和希望。"而在《玛莎》中，屠格涅夫不说这样的话，他只让读者通过作品本身的娓娓叙述去自己感受生活，形成结论。《玛莎》的风格给人无穷余味，《一件小事》的写法也自有它动人心魄之处。而相形之下，屠格涅夫的冷静和超脱便显得非常独特了。

屠格涅夫的《散文诗》总的说来，具有一种真诚、朴素、简洁、优美的共同特色，而其中不同篇章又各自成趣，在不同的侧面上发挥和展现着这基本的风格特征。比如，《乡村》像一幅永不褪色的美丽油画，它只展示空间，而不顾及时间，是一篇意味隽永的写景文；《对话》中的那两座巍巍大山向我们宣讲超越空间的无穷的大自然的哲理，这像是一篇寓言；《俄语》中那三言两语，是一种赤子之心的倾诉……《玛莎》与众不同的特点在于它淡淡的、静静的叙述。它毫无任何的曲折、波澜、伏笔、装饰，没有文学教科书中所谓的倒叙、插叙、隐喻、夸张……没有欧·亨利式的结尾，没有别出心裁的立意，没有计白当黑的布置，也没有什么"爆发力""冲击力"等等。它只是用一种最平凡的方式讲述了一个平凡人的平凡的故事。而它真诚的朴素中却有着温克尔曼所谓的"高贵的单纯"和"静穆的宏大"。屠格涅夫自己说，故事中这位没有受过教育的普通马车夫所说的几句话，具有一种"莎士比亚的力量"，他知道这力量全在于那质朴纯真的感情中，因此他不惜在心头孕育30年，直到晚年，自己认为确有把握将这种感情客观而完整地表现出来的时候，才动手写它。这篇小小的《玛莎》确实以它特有的宁静风格写出了一种震撼人心的力量。

　　《玛莎》的创作过程前后有30年。在40年代，屠格涅夫写过一篇名为"瓦尼卡"，后又改称"对话"的作品提纲，其故事梗概正是《玛莎》的基本情节：一个名叫瓦尼卡的马车夫和乘客之间一次有关自己爱妻逝世的对话，然而作家那时却只留下一篇简单的素描，没有写出作品来，作家很可能是在寻找一种艺术方式以最真实充分地表达这位马车夫那

"具有莎士比亚的力量"的情感，他不愿因为自己手下的任何欠缺损害了这种力量，但是当时他还没有找到。他把自己在生活中得到的这个艺术构思如酿制美酒一般整整酝酿了30年。直到1875年，他好像已经"胸有成竹"了，有一天，他把它口头讲给法国作家爱德蒙·龚古尔听。在讲故事以前他先对龚古尔说了那句话，"有时候一些完全没受过教育的人说出的话会具有一种真正的莎士比亚的力量"。可见这个故事的这种力量30年来一直在他心头珍藏着，到此刻他才觉得自己有把握把它表达出来。《龚古尔兄弟日记》中的记述是这样的：

> 屠格涅夫说："彼得堡有一种一匹马拉的不大的车子，花不多的钱就可以坐上；我年轻时候常用它。在这种车里，你坐在车夫背后，他的后脑勺紧贴着你……就这样，有一天我坐上车，像我对你说的，跟车夫聊起闲话来。路很远。他开始谈起他早已死去的妻子。俄国人照例都不怎么温情，而他谈起妻子时却格外地温柔。我问他：'你走进她房间的时候怎么做的？'——'我抓起她的手叫她的名字！'这时屠格涅夫用俄语说了玛

丽亚这个名字的爱称。——'呶,后来呢?'——'哦,后来我做了件非常傻的事儿!我坐在她床边的泥地上……'这个农夫做了这么个手势,好像他用手掌拍着地,接下去说:——我说:'你裂开呀,贪得无厌的大肚皮啊!'——'后来又怎么?'——'后来我就躺下睡着了。'"

这个故事是很感动人的,但是屠格涅夫这时仍然没有把作品写下来。又过了3年,到1878年4月,他才写出这一篇《玛莎》。显然屠格涅夫那时对他口头讲出的故事还不满意,他的形象思维过程还要继续深入下去,事实也是这样。拿《玛莎》和他1875年的讲述相比较,我们能够发现一些深入的发展。

首先他不再说"俄国人照例都不怎么温情,而他谈起妻子时却格外地温柔"这句话。这样说来好像他的着眼点只在于这位马车夫的柔情了。一个马车夫对妻子充满柔情这在俄国农民中也许是非典型的事例,然而他和他妻子玛莎的悲惨遭遇和苦难生活对于广大俄国人民却是有代表性的。这一改变使作品中主要的东西更加鲜明突出。

其次，在《玛莎》中，和龚古尔转述的故事不同，车夫回家是在妻子被人埋葬之后而不是以前，这是故事情节上一个最大的变动。这一点改变使作品更加撼动人心，这是作家现实主义艺术思维的具体表现。这一变动使主人公心中留下一个巨大的遗憾，因而也使他们的悲哀更令人同情，这样，当他拍着泥地咒骂那贪得无厌的大肚皮时，他话语中，"真正的莎士比亚的力量"便得到更加充分的体现。

作家还改变了他自己的形象在作品中的位置。在40年代的素描和1875年的讲述中，作家作为乘客和对话的一方，有关本身的叙述和自己的语句占了较多的篇幅，而在《玛莎》中，他把描写集中于马车夫一人，而自己只作为衬托。他的几句问话（"有什么伤心事？""你爱你老婆？""她待你好吗？"）只起着促使马车夫心灵展现的结构作用。这样一来，作品显得更集中，主人公形象更突出，主题也更明朗。

在形象塑造上，显然也有进一步的艺术上的提高。马车夫的年龄、身材、容貌、衣着、体态都一一描述，使人物跃然纸上，他心中的忧愁也写得绘声绘色，这在40年代的素描和1875年的故事中都是缺少的。

并且，作家为作品增加了一个这样的结尾：

下雪橇时，我多给了他一个十五戈比的小钱。他双手捏着帽向我深深一鞠躬——便以细碎的步子踏着平铺在空寂的街道上的雪，缓缓走去，这时，街上笼罩着一层正月严寒天气的灰蒙蒙的迷雾。

这段文字在意境上颇有中国古代诗词中"吴王宴罢满宫醉，日暮水漂花出城"，或"今宵酒醒何处，杨柳岸晓风残月"的韵味。它增强了作品的抒情性，进一步展现了主人的小人物地位与心态，并且给你在掩卷之后平添无限遐思和满腹愁肠，使作品获得更多的与宁静风格相一致的美感。

作家对作品所做的最后一个加工是在作品的题目上，在屠格涅夫亲手誊清的一份《散文诗》前51篇目录中，这一篇的名称原是"马车夫"，仍然是30年前那篇素描的标题。这是符合作品内容实际的，然而作家却认为它掩盖了作品深层的含义。最后他把它改为《玛莎》。这一改变毫无疑问是重要的。它使读者的注意力不仅仅停留在这个马车夫身上，而是通过他更及于他所爱的妻子，从而领略到作家十分珍视的他们之间那份人间真情。否则，哪会有马车夫那几句话中的"真正的莎士比亚的力量"呢？

从以上分析中我们看见，对于这样一篇不到一千字的作品，屠格涅夫下过多少认真的工夫！这篇作品前后三十余年的形成过程，是一次典型的现实主义艺术创造和形象思维的过程，其中有许多值得我们的作家学习的地方。但是，当我们注意到作家上述这些加工改变的同时，也必须注意到作品中他始终留意保存并极力增强的东西，那宁静恬淡优美的叙述风格。

从早年的《猎人笔记》开始，屠格涅夫一直关心着俄国广大人民的命运。他也从来就了解人民，同情人民。数十年"社会历史编年史家"的创作生涯使他和俄国人民的心灵更加贴近。《玛莎》可以说是屠格涅夫垂暮之年继续关心人民疾苦的最佳证明。屠格涅夫这位"忧国忧民"的伟大作家在这篇小小的作品中，以他恬淡静穆的优美风格把他的满腔激情和忧患意识表达得淋漓尽致。这篇作品的批判力量是深厚而强大的，因为它的思想高度与艺术上的美达到了水乳交融的崇高境地。作为读者，你会不仅领悟到他针对那罪恶社会而表现的憎恶，还一定会同意他对这位年轻马车夫与他的妻子玛莎的夫妻真情所做的热情赞美。作品的"真正的莎士比亚的力量"正是来自于这种人间真情。《玛莎》是屠格涅夫为纯朴而伟大的普通人所写的一支颂歌，愿天下人人都能有如此真诚的情感和美好的心灵。

《玛莎》一向受到中国文学界的重视，中国新文学是在外国文学尤其是俄国文学的影响下发展壮大的，这期间不能说没有屠格涅夫的许多作品包括这一篇小小的《玛莎》的功劳。在我国外国文学的介绍过程中，《玛莎》是时间较早也较受重视的一篇。1915年，刘半农先生首先以"半侬"的笔名在上海《中华小说报》上用文言文译介了这篇作品，这以后直到现在，已经有过十余种译文出现。现在青年读者们大多注意阅读西方现代文学，这当然是好事。但我仍然执着地提倡阅读如《玛莎》这样的古典名作，这不仅因为过去是现在的来源，现当代文学是从古典文学这条河中流出来的，而且更因为，古典名作中那不朽的关怀是人类文化取之不尽的宝藏，我们切不可轻易地忽略它们，而是应该继续欣赏和学习。

剿除我们内心的黑暗势力

重读《罪与罚》

崔卫平

作者介绍

崔卫平,1956年生,江苏盐城人。1982年南京大学中文系本科毕业,获汉语言文学学士学位。1984年南京大学中文系研究生毕业,获文艺学硕士学位。1984年年底起在北京电影学院文学系、社科部、基础部任教。1999年任教授。

推荐词

我们回避不了这样的问题:文化反思。可是,这种反思如果不从我们自己身上的文化反思起,不反思我们自身,何尝叫作"反思"呢?所谓反传统、所谓新文化的建立,如果不从我们自己身上剜除那种黑暗势力,让光明的力量在我们心中站立起来,我们所做的一切又于事何补呢?

一

为自己的生存寻找一个更好的理由,这种想法本身是动人的,或许也是高尚的。人们有权要求更公正地对待自己,要求享配一个更为恰如其分的命运和结局。生命在封闭的、日常性的状态下感到郁闷,感到窒息,感到需要打开一条生路。

假如这种公正也适应于其他人,假如冲破窒息不以窒息另外一些生命为代价,假如这条生路并不是一条血路,不是那种对于同胞的夺路而逃的占先,假如动人的东西也是仁慈的……

二

大学生拉斯柯尔尼科夫获得了那种被称作理论上的存在——他经历了思索。这使他有别于一般人,能够从一旁冷眼地、嘲讽地、阴沉地看待这个世界。一些很久以来烦恼他的问题终于在一个时期内骤然增强、迅速成熟并凝聚起来，具有一个"可怕的、怪诞的、空想问题的形式"：他有权犯罪。他决心杀死一个丑恶的、放高利贷的老太婆，用她的钱摆脱自己被迫辍学的恶劣处境，并且（也许是更主要的）使蛰居乡下的母亲得到幸福，把当家庭教师的妹妹从贪淫好色的地主手中解救出来。即使从"大众利益""对人类的人道主义责任"的立场考虑也是这样。为什么不呢？一方面，"是一个愚蠢的、不中用的、卑微的，凶恶的和患病的老太婆"，连她自己也不知道为什么活在世界上，她活着只对别人有害；也许再过一个月她就死掉了。而另一方面，"年轻的新生力量因为得不到帮助而枯萎了"，大学生饥寒交迫，年轻的姑娘被逼上街头。拿老太婆那些恶毒地盘剥来的钱，可以"使成千上万的人走上正路，几十个家庭免于贫困、离散、死亡、堕落和染上花柳病"。对于这么一个完全不配活在世上的生物，只要稍稍搬动一下，就能为新的崭新的生命开辟道路，为大众乃至人类造福。"一桩桩轻微的罪行不是办成了几千件好事吗？"拉斯柯尔尼科夫受到一种崇高的信念的鼓舞。更重要的是这是一种最近才开始被谈论的新的真理。拉斯柯尔尼科夫为自己选择了最先跃入未来的姿势,在他身上发生的一切只能以未来加以判断。他属于一般的人们远未领悟的那批最新的福音制造者、奇迹制造者。

——以新的真理的名义。在他高高举起的斧头落地的一刹那,一种新的原则、由这原则创造的新的世界诞生在血泊中。

三

拉斯柯尔尼科夫无畏。他勇于蔑视,勇于以一种简洁的二项对立来划分人:虱子和凶手,或平凡和不平凡。平凡的虱子的生存没有一个高出于自身的理由。天生保守、循规蹈矩,带着自己低等生命的病菌又到处传播这种病菌。大多数的情况就是这样。他们之中不会有人觉悟,不会发表新的思想,不会产生虱子的唯一真理:消灭虱子。这项工作只能由另外一些先知的人物来担任。凶手只是另外一种意义上的,真理的立法者、未来的洞察者。他们看准了将来的社会不应当由虱子来掌握。为了引导社会正确前进,这些人必得成为一种非同寻常者:他们不仅宣布虱子的真理,同时在一个虱子的世界里负责破坏、犯法、革除。一个创造新世界的人是不怕弄脏自己的手的。"为了实现自己的理想,他们甚至有必要踏过尸体和血泊。""老太婆只是一种病","我从所有的虱子中挑选出最不中用的一只,杀死了它"。

虱子中总安插了一批最不中用者。纯洁的凶手首先占有的是这种不平凡的见解。

在这个意义上,虱子就是那些不懂得新的语言、新的思想的人。

四

——远不只是从现在。什么时候语言、新的文法、修辞摇身变成了生活的主角?善良的人们啊,你可曾想过了?

五

甚至没有信仰也没有那么可怕。可怕的是信仰不完全。信仰的人在中途背叛了它。

乌托邦的理想是高贵的,受乌托邦鼓舞的热情是神圣的。它们出自对人自己的充分信任、人的尊严感和对人类的祝祷。热爱人类的人不能不热爱乌托邦。比如马克思。1982年拉美优秀作家马尔克斯在他的诺尔贝授奖仪式上,想起了他的导师威廉·福克纳30年前在同样的地点、同样的日子说过的一句话："我拒绝人类的末日的说法。"随后,他本人也坚定地表示:"我们有权利认为,着手建造一个之与抗衡的乌托邦还为时不晚。"在人类艰苦卓绝的奋斗中,乌托邦永远出现在人们追求光明的远景上。

可是,另外一些标明自己是出生于乌托邦的人,或者确实是为乌托邦的热情所点燃的人,却不能够在这条道路上走得足够的远。也就是说,对他们自己的理想不够彻底。他们同时还受了另外一些思想的影响,诸如强权意识(这是马克思完全不具备的)。在追求理想的某一刻上,他们会出人意料地突然掉过头来去追求现实,追求仅仅属于他们自己的现实——非常实在的自己的权力、权威。"权力只给予敢于俯身去拾取的人,这只需要一个条件,仅仅一个条件。只要胆大妄为。"拉斯柯尔尼科夫兴奋了,"谁比所有的人更胆大妄为,谁就比所有的人更正确"。——从优秀的乌托邦到暴徒的狂念只有一步之遥。稍稍走过这一步,理想顿时化为虚无!化为"妄为"的漂亮的借据,化为媚俗、恶俗。所谓既惑人、又令人生畏,原因就在这里。在同一个时刻伸出两只手占取了现实和理想两把交椅,并随时随地准备用现实去亵渎、去侮辱理想,又转而用理想来抽现实的耳光。时而振振有词，时而庸俗不堪。

我也属于害怕的人们中间的一员，的确心悸得很。为理想，也为现实。

我说不出。

六

理想取决于产生理想的人的内在能力、全部的精神素质。

新人？超越的人？能够"逾越……某些障碍"、跨过尸体者？为所欲为而直取天下者？主人？新言论的拥护者？

尽量快地洗涮昨天的人？改头换面者？自诩的政治家？

我弄不懂这些。

可是我逐渐明白了什么叫作"旧势力"。一切的旧势力——包括尚未出生的——其共同特征都是压制，或者是伴随着压制、携带压制而前来。压倒别人，压倒多数，压倒一切。脸上总有着那种斗鸡般的表情，向着弱者寻衅，最好是踢开！

我将尽早地让我的孩子明白这些。让她在她未来的生活中，学会识别什么是真正的黑暗势力，学会和人自己身上的黑暗势力做斗争。她和她的小伙伴们将去寻找真正的光明。

在她远未开始的人生旅途中，我宁愿她一直把自己唤作"旧人"，一个有根有基的迟钝的人。

七

"我同大家一样是只虱子呢，还是一个人？我能越过，还是不能越过？我敢于俯身去拾取权力呢，还是不敢？我是只发抖的畜生呢，还是有权力……"

令拉斯柯尔尼科夫苦恼的正是这些问题。他不能做出决定。他无法辨认自己。他不能够从自己身上取得肯定性。他要做出一件惊天动地的事情来，才能够让他自己了解自己。

这是一种奇特的虚荣心，是真正处于贫困、虚无的人共有的那种特别的心理，其中包含了对于他本人的最大的轻蔑、不信任和自卑（差不多和产生法西斯的小市民心理相似）。

是不是可以认为，这些首批"逾越"者莫不是首批被压倒者？被现代权威和现代迷信最先压碎的虫？当然主要是因为自身素质的脆弱，心甘情愿地匍匐在各种"现代"皇位之下。

我们原可以心平气和一些的。每一个人同所有的人一样，不比其他人多，也不比其他人少……对于你本人来说，更是一分不多一分不少恰恰是你自己。如果你跟不上你的伙伴，正如那位寂寞的美国人梭罗所说的，也许你心中听到的是另一种鼓点、另一种节拍。

何必把自己看得一无所有、一钱不值？何必给自己涂上油彩竭力去追赶和甩掉？何必把自己弄成自己所不屑的那种东西？又何必把自己不当作东西，尽情使自己去证明某个不存在的什物？

对自己太有感情是可笑的，对自己毫无感情是可怕的。一个不能对自己真正公正仁慈的人，怎么能够对他人也公正仁慈？！

水正处在你的心中。愿你在你自己心中有水的地方游泳！

八

拉斯柯尔尼科夫陷入了犯罪心理。终日神情恍惚、昏迷、错乱。种种纷呈的、奇怪的思想感情折磨他的心灵。他变得无法同别人接近了，任何接触都让他感到受辱或有辱对方；他无力发展起同人们的正当关系，他拿不出人类身上固有的感情、对亲人和朋友的爱之类的力量。与此相反，对越是爱他的、关心他的人他只有越是表现得忘恩负义、冷漠暴躁。当他的母亲和妹妹——没有一天不在念叨他的、他的保护者和被保护者,远道而来并因此充满欢乐时,"他木然站在那里,像个死人。一阵难以忍受的、突然涌起的感觉像一阵霹雳似的向他袭来。他没有张开两臂去拥抱她们: 他做不到了"。在他栽倒在地板上重新醒来之后,"阔别了三年后的团聚和这种亲切的谈话语气",简直令他"受不了"。如果他不说出那件事,他又能谈什么?如果他不能倾吐衷曲,那么他说出的一切都只能是谎言和掩盖。他立刻由此领悟到:这将意味着他再也不能跟任何人谈什么。在杀死那个老太婆之后,他把自己内心里属于人的内容也给杀死了——良心、正义、感情。他把他自己秘密地处决了。这时才是他真正害怕的时刻: 他将永远陷入孤独,将从此失去与人类的一切联系。亲切、善良、诚实远远地离开了他,他从哪儿还可以找到和他的同胞的相似之处,相沟通之处?他将在他生活的每个角落中寻不出属于人的灵魂和天性的内容,他无法再过上正常的人类生活、真是罪孽啊,在他剩下来的日子的道路上,等待着他的唯有大大小小的数不清的谎言和掩盖,他将全力制造一个因撒谎而日益膨胀的巨大的虚空。

他决心自首了。人类的天性、人间的法则、内在的神告之声战胜了。一个脆弱的有罪的灵魂在汲取了养育人类千百年的源泉中得到力量，得到鼓舞。他宁愿加入囚犯的行列，在服苦役中死去，只要能重新回到人们中间，令他记起普通的，平凡的，有着潮湿街道、积雪和落叶的那种生活。他最后把目光停留在悲惨不幸的姑娘索尼雅身上。

"她总是怯生生地向他伸过手去，有时甚至根本不跟他握手，仿佛害怕他会拒绝她似的，他总是好像厌恶地握她的手，仿佛见到她，总是觉得不愉快似的。她来看望他的时候，他有时顽固地一言不发。有时她非常害怕他，怀着沉痛的心情回去了。可是现在他们的手分不开了；他倏地瞥了她一眼，一句话也没说，埋下眼睛尽望着地上。只有他们两个人，没有人看见他们。这当儿看守掉转脸去了。

"这是怎样发生的呢，他自己也不知道；可是突然仿佛有个什么东西攫住了他，仿佛把他扔到了她的脚边。他哭了起来，抱住了她的双膝。在开头一刹那间，她吓得要死，面无人色。她跳开了，望着他，哆嗦起来。但是，在那一刹那间，她立刻全都明白了。在她眼睛里闪射出无限幸福的光辉；她明白了。她已经毫不怀疑了，他爱她，无限深挚地爱她，这个时刻终于到来了……"

九

我们回避不了这样的问题：文化反思。可是，这种反思如果不从我们自己身上的文化反思起，不反思我们自身，何尝叫作"反思"呢？所谓反传统，所谓新文化的建立，如果不从我们自己身上剜除那种黑暗势力，让光明的力量在我们心中站立起来，我们所做的一些又于事何补呢？（哲学如果不能从生活本身中产生智慧，不表现出对生活、对于人的关怀，那还叫什么哲学呢？）

首先得接近我们自己，然后是接近他人；再然后才是接近祖国、世界、人类。

十

假如对自己有一个更高的要求，假如这并不意味着比别人享受更多的权利……

三张牌的秘密

读普希金的短篇小说《黑桃皇后》

汪介之

作者介绍

汪介之,1952年生,安徽庐江人。1986年6月毕业于吉林大学研究生院俄语语言文学专业,获文学硕士学位。现任南京师范大学文学院教授、文学研究所所长、比较文学与世界文学专业博士生导师。

推荐词

《黑桃皇后》的艺术感就为许多俄罗斯作家所折服。陀思妥耶夫斯基曾经说过:"在普希金面前我们都是矮子……我们当中可没有这样的天才!在他的想象中有着什么样的美,什么样的力量啊!不久前我重读了他的《黑桃皇后》。这才是想象。"法国作家梅里美也认为,普希金的《黑桃皇后》和《上尉的女儿》都是"十分出色的"作品。

亚历山大·普希金（1799—1837）首先是作为一位不朽的诗人而载入文学史的：他是"俄罗斯诗歌之父"，"俄罗斯诗歌的太阳"，伟大的俄罗斯"民族诗人"。但他同时又是一位杰出的小说家。他为世界文学宝库所贡献的，不仅有大量韵味无穷的优美诗章，还有辉煌的诗体长篇小说《叶甫盖尼·奥涅金》、作为俄国现实主义散文之开端的《别尔金小说集》、以"纯净与率真"（果戈理语）称著的中篇小说《上尉的女儿》，以及至今仍保持其艺术魅力的著名短篇《黑桃皇后》。

《黑桃皇后》（1833）可以说是普希金小说创作中最具有可读性的作品之一。小说主人公格尔曼是19世纪二三十年代彼得堡的一个青年军官，"一个俄国化了的德国人的儿子"。他经常出入赌场，但一般只是看着别人玩牌，因为他虽然希望发分外之财却不愿牺牲自己有限的和"必需的"

钱。一次，他偶然从同伴那里听到关于一位老伯爵夫人的轶事，得知她掌握"稳能赢钱的三张牌"的秘密，便决心把这一秘密打听到手，为此他甚至准备去做这位年已87岁的老夫人的情夫。通过追求老夫人的纯情养女丽莎，他得以进入伯爵夫人府邸，却在逼问秘诀时把老夫人吓死。不可思议的是，后来伯爵夫人的亡魂却把那三张牌告诉了睡梦中的格尔曼。凭着这一秘密，他在赌场两番得手，第三次却因抽错了牌而彻底输光，于是他疯了。

这似乎是一个充满浪漫色彩的传奇故事。作品写的是阴谋策划、冒险行为和真正的孤注一掷；同时插入频送秋波、坠入情网、深夜幽会的场面，表现欲火烧身、诱惑与疯狂。虽既不故弄玄虚，也不人为制造紧张气氛，却充满预感与征兆、悬念与意外、幻觉与梦境、报应与劫运感。格尔曼是一个赌徒、骗子和冒险家，"起码有三件罪恶压在他的良心上"，酷似浪漫主义小说中常见的主人公。为了满足自己对非分之财的欲望，他穷追少女丽莎，却无半点是出于爱情。他深夜带枪潜入伯爵夫人卧室，从恳求到威迫，从甜言蜜语到凶相毕露，吓死老妇人后却能不动声色地再去见丽莎，到拂晓时又在率真痴情的丽莎的帮助下经暗道顺利溜走……这一幕幕场景，足以构成一部历险传奇。从丽莎的角度看，她被这个魔鬼般的青年军官弄得"既是害怕，又是着迷"。从第一次看见他还不到三个礼拜，就同意与他夜间幽会。在发现这颗一度使她陶醉的灾星所拼命追求的其实并不是她本人而是金钱时，她曾失声痛哭，后悔万分。可是，当格尔曼在伯爵夫人的葬礼上摔倒时，丽莎也难以自持，随即昏倒在地。这又像是一个浪漫气氛浓郁的感伤故事。情节本身的奇异变幻，是《黑桃皇后》具有艺术魅力的一个重要原因。

小说的魅力还来自普希金设置的一个从一开始就抓住读者、贯穿全篇的悬念，即小说第一部分便提到的"稳赢的三张牌"的秘密。当格尔曼决意探出这一秘密时，读者似乎也想跟着看个究竟。待伯爵夫人被惊吓而死，这个秘密看来也就永远无从知晓了。出乎格尔曼（以及读者）意料之外的是，老夫人阴魂未散，好像有意要成全他，还是说出了那神秘的三张牌：三点、七点、爱司。此时格尔曼显然既没来得及细想这一切到底是梦幻还是事实，也毫不怀疑这一秘诀的可靠性，便急切地要上赌场一试了。果然，在初开赌戒、面对有名的老赌棍时，格尔曼出手顺利，连续两个晚上，先后以三点、七点赢了庄家。第三晚，他将牌押在爱司上，似乎已是稳操胜券、势在必得了。可是没想到（读者也同样没想到），他翻开牌，看到的却不是爱司，而是黑桃皇后（十二点）。格尔曼彻底地输了！秘密的三张牌所造成的这种跌宕起伏、升降开合，紧扣读者心弦，造成强烈的戏剧性效果。

但是普希金显然言犹未尽。在格尔曼最后一次翻开那张致命的牌时，他在一刹那觉得黑桃皇后眯起眼睛对他冷笑了一下，这使他吓得大叫起来："老太婆！"因为黑桃皇后的这一表情动作他曾在伯爵夫人的葬礼上见过。原来，伯爵夫人死后，格尔曼虽毫无后悔自责之意，却担心死去的老夫人将给他带来灾祸（这也许是一种不无根据的预感），于是就去参加她的葬礼，祈求她的饶恕。当他在灵柩前跪下，伏地良久，又走上灵台的台阶鞠躬时，他突然觉得死者好像眯起一只眼、带着嘲笑瞅了他一下（这是俄国人在嘲笑别人时常有的表情）。格尔曼当即被吓得摔倒在地。黑桃皇后的表情与躺在灵柩中的老夫人的表情是如此酷似，以致格尔曼认为黑桃皇后就是死去的伯爵夫人。读者读小说至此，不免产生疑问：究竟是格尔曼自己最后抽错了牌，还是老夫人的亡魂在暗中起作用呢？普希金似乎没有直接解释这个问题，可是细心的读者一定会注意到，在作品正文开始之前的题名之下，就引有一句话："黑桃皇后表示暗中使坏。"也就是说，普希金早就把"底牌"亮给读者了。读者不得不惊叹作家构思的巧妙，不能不在读毕作品之余仍回味再三。

然而，假如《黑桃皇后》仅仅是一部以情节取胜的作品，假如普希金仅仅是以精巧的构思和丰富的想象构制了一个曲折离奇的故事，那么，他的这部作品也许早就消逝在忘川了，就像他的同时代人马尔林斯基等当年所制作的那些浪漫主义中篇一样。普希金的独到之处在于，他敏锐地感受到了俄罗斯生活中刚刚开始出现的某种新变化，并及时地将其反映于自己的作品中。《黑桃皇后》写的是彼得堡上流社会的赌徒生活，但主人公格尔曼这一形象却远不是一般的赌徒，也不是那个时代俄国贵族阶级的典型代表。在他身上，集中了坚强的意志、强烈的贪欲、冷酷的心理和冒险精神。但极强的欲望和热烈的幻想并未使他有丝毫的放纵，他能够克制住自己，得以成功地避免通常年轻人所易犯的错误，给同伴留下了沉着而节俭的印象。不过，这一切只是由于他尚未找到具体的行动方向。一旦看准目标，他就完全是另外一番模样了。他精于盘算，绝不鲁莽行事，但抓住机会后，则敢于冒险，大胆行动，百折不挠。他敢于并善于利用一切手段来达到自己的目的，引诱、哄骗、蛮缠、恐吓等，无所不用其极。无论在何种场合，他都毫不忸怩，全无心理障碍。他的贪欲、冒险精神和非道德化倾向，正是资本原始积累时期新型资产者的典型特点。他的一系列行动，似乎是正在形成中的俄国资产阶级的精神面貌的一种艺术演示。经由格尔曼这一形象，《黑桃皇后》在俄国文学中率先传达出资本主义关系行将出现于俄罗斯的历史信息。在格尔曼这一"金钱骑士"身上，涵纳着丰富的时代内容。

普希金借作品中的另一人物之口，说格尔曼"侧面像拿破仑，灵魂像靡非斯特"，这一说法绝非偶然。作家显然是联系历史人物和文学形象，从有胆量、有魄力的冒险家与"恶"的化身的意义上给予读者一种暗示。另外，小说中关于格尔曼系德国血统的交代也不是随意的、可有可无的。历史告诉我们，俄国资本主义的兴起是在接受西欧、首先是德国影响之后的事情，"俄国化的德国人"无疑是较早受到资本主义精神浸润的。普希金在这里显示出他对历史真实和历史动向的深刻洞察。

就这样，在沙皇专制的俄罗斯内部资本主义即将开始崛起的重大现实，便通过格尔曼这一迥异于俄国贵族的性格而得到了艺术表现。在这一中心内容之外,《黑桃皇后》还多方面地反映了19世纪二三十年代的俄国社会生活。例如,女主人公之一丽莎的养女身份和她的遭遇,就是那个时代一般养女命运的真实艺术写照。她饱尝了"别人的面包苦,别人的台阶难攀登"的滋味。伯爵夫人的古怪、任性和吝啬加深了丽莎的不幸。无论是斟茶时多放了糖,出游时天气不好或道路难走,还是朗读小说时发现作品本身有错误,老夫人全怪罪到丽莎头上,她成了真正的受气包。丽莎的受折磨、受冷落和孤寂感,既决定了她易于受格尔曼引诱,又客观地映现出无数养女的共同境遇与心理。这一形象可以说是托尔斯泰的长篇名著《复活》中喀秋莎的前身。又如,《黑桃皇后》写格尔曼在伯爵夫人葬礼上因产生幻觉、惊恐而摔倒在地时,曾有这样一段文字:

> 来宾中发出一阵低声的议论。一个瘦削的宫中高级侍从官,死者的近亲,凑着他身边的一个英国人的耳朵说:这个年轻人是她的私生子。英国人听了冷冷地回答说:哦!

这位高级侍从官无疑是捕风捉影,无中生有,可是说起自己捏造的"新闻"来，却一副煞有介事的样子。普希金以一段简短的文字，活画出人性中一种带有一定普遍性的特点：把"想当然"作为一种认定，随后立即散布自己推想出的结论。作家不仅熟知俄国人的心理，也相当了解人类天性的某些共同特征。

创作《黑桃皇后》的时候，普希金早已完成了由浪漫主义向现实主义的转变，但这并不意味着他在成为现实主义作家之后，就排斥浪漫主义手法了。在《黑桃皇后》中，便明显地显示出幻想与现实的交叉、浪漫特色与写实方法的融合。因此，高尔基20年代在谈到《黑桃皇后》《驿站长》等小说时就说过，普希金是"将浪漫主义同现实主义相结合的奠基人；这种结合，至今还是俄国文学的特色，它赋予俄国文学特有的色调和特有的面貌"。

普希金的小说，一般是以简洁为其基本风格特征的。这一点表现于情节结构上，就是高度的凝练集中、故事紧凑、艺术概括性强，往往在不长的篇幅中涵纳深刻的社会内容。《黑桃皇后》正是如此。简洁体现在形象塑造上，则是大都用"勾勒法"、白描手法刻画人物，通常不写精神感受，不作心理分析，主要以言行来表现人物的内心面貌。《黑桃皇后》中对丽莎等形象的描写，就具有上述特色。如作品写丽莎第一次从别人那里听说那个拼命追求她的年轻军官名叫格尔曼，而且是一个"非常出色的人"时，只提到丽莎"什么也没有说，但是她的手脚却变得冰冷了"，一句话即显示出丽莎的异常激动和不免紧张的内心状态。另如作品在写老伯爵夫人发现有人深夜潜入她的卧室，并向她逼问三张牌的秘密时，仅仅写了"她的脸上反映出强烈的内心活动"；写赌场上的那个老赌棍被格尔曼两次赢钱，第三晚又面临一场决斗时，也只是说他"开始分牌，他的手在发抖"。在前后两种情况下，伯爵夫人和老赌棍分别有何心理活动，小说均未展开描写，只简要点出两人各自的表情动作，却又清楚地显示出其内心波澜，真可谓惜墨如金而言简意赅。是为普希金小说的一贯风格。

但《黑桃皇后》中对格尔曼的形象刻画却似乎打破了作家惯有的方式。格尔曼的心理活动过程，包括他在听到三张牌的故事后最初的震动和接下来的冷静盘算，他从老夫人亡魂那里得知秘密后的着迷状态和跃跃欲试，都写得详尽而细致。普希金其他小说中少见的内心独白在这里出现了。同时，为着突出格尔曼的性格，作品中还写到梦境和幻觉。这些特色也同样对后来的俄国文学产生了明显的影响。如果说，普希金的简洁为屠格涅夫、契诃夫等作家所继承和发扬光大，那么，他写内心独白和梦境幻觉的表现手法，则为莱蒙托夫、陀思妥耶夫斯基等社会心理小说家积累了初步尝试的艺术经验。

《黑桃皇后》的艺术感就为许多俄罗斯作家所折服。陀思妥耶夫斯基曾经说过："在普希金面前我们都是矮子……我们当中可没有这样的天才！在他的想象中有着什么样的美，什么样的力量啊！不久前我重读了他的《黑桃皇后》。这才是想象。"法国作家梅里美也认为，普希金的《黑桃皇后》和《上尉的女儿》都是"十分出色的"作品。直到今天，人们仍像列夫·托尔斯泰所提倡并实行的那样，常常研读包括《黑桃皇后》在内的普希金的散文作品，从中汲取灵感、激情和艺术养分，一如对待诗人的那些经久不衰的诗作。

倔强的性格 美丽的心灵

读阿·托尔斯泰的短篇小说《俄罗斯性格》

张文郁

作者介绍

张文郁,1934年生,山西原平人,1957年北京俄语学院研究生班毕业,分配到山西大学外语系任教,现为山西大学外语学院教授。2006年荣获中国翻译协会资深翻译家荣誉证书。

推荐词

《俄罗斯性格》是俄罗斯著名作家阿·托尔斯泰于1944年创作的一篇优秀之作。这篇小说发表后,对当时在前线的苏军官兵及后方的苏联人民为神圣的反法西斯战争而英勇战斗起了巨大的鼓舞作用。

短篇小说《俄罗斯性格》是俄罗斯著名作家阿·托尔斯泰于1944年创作的一篇优秀之作。这篇小说发表后，立刻引起了强烈的反响，对当时在前线的苏军官兵及后方的苏联人民为神圣的反法西斯战争而英勇战斗起了巨大的鼓舞作用。当时战士们纷纷给作者写信，讲述这篇作品在他们战斗及生活中的影响，甚至宣誓要把法西斯匪徒消灭干净，直至自己生命的最后一刻为止。其中有一位叫阿尔佐夫的上士给阿·托尔斯泰写信说："读着您写的短篇小说《俄罗斯性格》，我哭了。我们有多么出色的人哪！……这一切都可以用几个词来形容——苏联人民是好样的，是勇士一样的人，热爱人民的人，有艺术修养的人。正如马克思形容公社社员那样，有了这样的人民，可以向'太空发动攻势'。"

阿·托尔斯泰出生于一个贵族的伯爵家庭，先祖是彼得大帝的勋臣，父亲是世袭贵族。阿·托尔斯泰生于1882年，中学毕业后，进彼得堡工学院机械系学习，1907年他踏上文坛，在创作道路上经历过从象征主义转向批判现实主义、再走上社会主义现实主义的重大转折，曾一度由于不理解十月革命的伟大意义，1918年他出亡国外，侨居巴黎，1921年迁居柏林，此时，他与高尔基多次接触，在其影响下，开始对社会主义祖国有了新的认识，1923年，决然与白俄流亡者决裂，返回祖国。

阿·托尔斯泰从1907年踏上文坛，到1945年逝世，创作生活持续了三十八年，据不完全统计，他一生创作了十部长篇巨作，十四部中篇小说，近百篇短篇小说，二十部戏剧电影作品，两部诗集，上百篇政论及文艺评论，还不包括他根据外国作家作品改编的剧本及收集整理的俄罗斯民间故事童话等。

尤其是他创作的不朽传世名著《苦难的历程》三部曲及长篇小说《彼得大帝》和剧本《伊万雷帝》丰富了世界文学宝库，为作者博得了世界声誉。阿·托尔斯泰是继高尔基之后苏联文学界的元老，而且在老一代作家中声誉最高、成就最大。

在卫国战争中，他写下了七十多篇政论文章和数十篇以《伊凡·苏达列夫的故事》为总标题的短篇小说集。他的文章和小说充满了对祖国对人民的热爱和对法西斯匪徒的刻骨仇恨，有力地鼓舞了苏联军民与法西斯匪徒的英勇斗争。《俄罗斯性格》亦是《伊凡·苏达列夫的故事》中的一篇。阿·托尔斯泰是在1944年从《红星报》列缅卡尔波夫中校那里听到的一个十分动人的故事，他根据这个故事创作了震撼人心的短篇小说《俄罗斯性格》。

《俄罗斯性格》的情节并不复杂，字数也不过只有六千，既没有惊天动地的场面，也没有奇异跌宕的结构，但是小说却感人至深，动人肺腑。作者在小说一开头就开门见山地提出了"俄罗斯性格"这一主题："俄罗斯性格！这个题目对一个篇幅不长的短篇小说来说，未免过于庞大了，可是有什么办法呢！而我正是想和你们谈谈俄罗斯性格呢。"

以数千字的篇幅容纳这么一个大问题，确实是很不容易的，然而，阿·托尔斯泰以其对时代精神的理解，特别是在长期战争年代他亲临战场、耳听目睹了千百个英雄人物的事迹，以其高度的艺术概括，写出了发人深省的《俄罗斯性格》。

究竟什么是"俄罗斯性格"呢？作者通过人物的塑造、细节的描写、内心活动的揭示来展现出真正的俄罗斯性格。作者在小说中塑造了四个人物，而以德里莫夫和卡佳这两个人物为最主要。伊戈尔·德里莫夫是这一短篇小说中最主要的人物。战前，他是"伏尔加河岸一个乡村的集体农庄庄员"，他尊重父母，热爱未婚妻，是一个"品德优秀、生活严谨的人"，战争爆发后，他和苏联其他青年一样，走上了前线，虽然他也"佩戴金星勋章，并且半个胸脯挂满了奖章"，但是，"关于讲到战功的事，他并不喜欢夸夸其谈"，他以"强壮的体魄和英俊的面容而出众"，当他从坦克的炮塔中爬出来的时候，人们会"看得非常出神，而且羡慕不已，简直是尊战神"。作者通过这些细节的描述，在小说一开始就给读者刻画出一个英武勇敢的年轻战士形象。接着作者通过一次激战的叙述，将德里莫夫的英武形象具体化了，使我们看到他是怎样勇敢无畏地抗击着法西斯匪徒。不幸的是，就在这次激战中他身负重伤，尽管他活了下来，但经过一次又一次的整形手术，面目已经全非，变成了"丑八怪"，连递给他一面小镜子的女护士看到之后，也转过身去，哭了起来。面对这一现实，伊戈尔·德里莫夫并没有丧失生活的勇气,他甚至说:"经常有比这更糟糕的事情呢","这个样子是可以活下去的",于是他找到将军,请求批准回到团队里去,坚决要求重上前线。作者通过这一段的描写,更加深刻地揭示了德里莫夫的高尚情操,尽管他成了残废,"英俊的面容"变成了"丑八怪",但是他怀着对祖国和人民的爱和对敌人的恨,毅然不顾自身的不幸,要求重上前线,这种倔强的性格也正是典型的俄罗斯性格。作者写到这里并没有停笔,而是进一步挖掘他那美的心灵。接着小说描写主人翁德里莫夫在返回部队前获得了二十天的假期,"为了完全恢复健康",同时,因为离家已有三年,他打算利用假期回家去探望一下父母和未婚妻。当他来到家乡,从窗外看到年迈的母亲,他不忍心"让她受惊,绝不能让她那张年老的脸绝望地战栗起来",于是他假托战友的名义来代替自己回家探亲,他这样做,以极大的毅力克制住见亲人不能相认,见未婚妻不能亲吻,为的是不让双亲伤心,不愿给未婚妻带来不幸。特别是当未婚妻看到他之后,"仿佛有人向她的前胸轻轻击了一拳似的,她向后退了几步,心里感到害怕",他立即决定提前离家,而且"为了不再看见她那可爱的脸上有对自己丑相的反应",他"再没有抬起头来去看卡佳"。尽管"他感到非常沮丧苦恼的是这里发生的一切",但他毅然决定:"至于卡佳呢,这根扎在心中的刺他会从心里拔掉的。"德里莫夫能够克制住自己内心的痛苦,为了不给未婚妻带来不幸,做出果断的决定,这样的性格是何等的倔强,这样的情操何等的高尚,这样的心灵又是何等的美丽,这也是只有具有共产主义道德、经过战争的锤炼的战士才能够做得到。

但是,故事到这里并没有结束。我们再看看作者在这篇小说中塑造的另一个人物——卡佳。作家阿·托尔斯泰在描绘卡佳这个人物时,使用的笔墨不多,但却在读者面前树立起一个忠于爱情的高大形象。卡佳未出场前,就通过德里莫夫的口说出:"她是一个非常可爱的姑娘,既然她说了她要等我,那一定会等我回去的,即使我只留下了一条腿,她也会等着的。"这两句话已然说明了卡佳是个忠于爱情的少女,及至她听说有人带来未婚夫的问候,她急急忙忙跑来了,而且对来人(她不知道来者是谁)说:"我日日夜夜都在等着他……"及至后来知道了那个"丑八怪"就是自己的未婚夫时,她毫不犹豫地伴随着德里莫夫的母亲来到部队。卡佳这一人物的性格、精神境界,是通过小说的最后一段对话来体

现的:

> "卡佳,"他说,"卡佳,你干吗也来了呢?你答应等待的是过去的我,而不是现在的我……"
>
> "伊戈尔,我决定永远和你生活在一起,我永远忠实地爱你……别让我离开你……"

卡佳的这种倔强的性格、美丽的心灵不正是典型的俄罗斯性格吗?当然,在描述卡佳形象时,作者借德里莫夫的战友(也是故事的叙述者)的口对卡佳外形的美作了一番表述,说她总是这样一副神情:"容光焕发、温柔可爱、愉快活泼、美丽善良。当她一走进来,整个小屋里就充满了金色的光辉……"他还讲道:"说老实话,也许别的什么地方还有漂亮的姑娘,但绝不会像她这样的美,而且我个人从来还没有见过这么美丽的姑娘。"是的,阿·托尔斯泰塑造的卡佳这一形象是美的,但主要的不是外形的美,而是她内心的美,心灵的美。

阿·托尔斯泰在这篇小说中通过人物的塑造、细节的描写,将"俄罗斯性格"的深刻内涵揭示了出来,也正是作者在小说结尾所讲的:"是的,这就是俄罗斯性格!看来,一个人是平凡的，但是，当严峻的灾难降临的时候，他的身上就会产生一种伟大的力量，这就是人的心灵的美。"作家这样首尾呼应的叙述更加突出了主题，深化了主题，使读者久久难忘。

　　读了《俄罗斯性格》这样的作品，我们的心灵无疑也会受到一种震撼，受到一次净化。短篇小说《俄罗斯性格》对后人的思想、创作，无疑是很有启示的。

父子情仇

布宁短篇小说《乌鸦》赏析

谷 羽

作者介绍

谷羽，1940年生。退休前为南开大学外语学院西语系教授，有译著《俄罗斯名诗300首》《普希金爱情诗全编》《克雷洛夫寓言》等出版。

推荐词

春天，少男少女初次相见。夏天，他们已经亲吻拥抱，开始热恋；彼得节前一天，他们偷偷幽会，被父亲发现，盛怒的父亲把儿子赶出了家门；秋天，儿子在彼得堡外交部谋到职位；冬天，他在剧院里看见他所初恋的少女已成了他那位"乌鸦"父亲的娇妻。在这篇小说中，人物形象刻画、个性化的人物语言、层次分明而又富于表达力的叙述语言，都充分显示了布宁观察生活的细微以及驾驭文学语言的非凡功力。

伊凡·阿列克谢耶维奇·布宁是俄罗斯第一位荣获诺贝尔文学奖的作家。他的短篇小说构思新奇，剪裁得体，语言洗练、生动，善于运用精心选择的生活细节来刻画人物形象、展示人物性格。他那娴熟而高超的艺术技巧历来受人称道，被推崇为短篇小说大师。

让我们一道来解读他的短篇名作《乌鸦》。

一位在省城身居要职、多年丧偶的官员，雇用了其下属一位小职员的女儿、刚刚中学毕业的姑娘，到自己家里当仆人，照料他八岁的女儿。官员的儿子，从莫斯科政法学堂毕业回到家里。两个年轻人一见钟情，彼此相爱。老谋深算、冷酷无情的父亲，把儿子轰出了家门。儿子后来发现，他自己的意中人，竟然成了父亲年轻美貌的娇妻。这一场父与子的情感冲突与纠葛，涉及爱情、婚姻、家庭伦理与道德，新颖的情节无疑具有深深的吸引力。

小说是用第一人称、以儿子的口吻叙述的。

"我的父亲真像一只乌鸦。"这开篇第一句就写得出人意料。语句的震撼力源自它违背常情。短短一句话包含着怨恨、仇视，语气决绝，离奇乖谬。读者受到吸引，不免产生好奇心，想弄个明白：为什么这个人这么厌恶他的父亲呢？究竟是什么造成了父子之间的隔阂与冲突？用一句话就抓住读者的心，正是这篇小说的一个成功之处。

小说的时间脉络非常清晰。可以说有春夏秋冬四个层次。春天，少男少女初次相见。夏天，他们已经亲吻拥抱，开始热恋；彼得节前一天，他们偷偷幽会，被父亲发现，盛怒的父亲把儿子赶出了家门；秋天，儿子在彼得堡外交部谋到职位；冬天，他在剧院里看见他初恋的少女已成了他那位"乌鸦"父亲的娇妻。故事情节虽然按时间顺序发展，但叙述有详有略。春天和夏天的情节，描绘得细致周详，秋天和冬天的情节，则记述简约。可以说，素材的选择和运用十分得体。

在这篇小说中，人物形象刻画、个性化的人物语言、层次分明而又富于表达力的叙述语言，都充分显示了布宁观察生活的细微以及驾驭文学语言的非凡功力。我们不妨引用几个片断作为例证：

"我的父亲真像一只乌鸦。""他身材不高，敦敦实实的，有点儿驼背，一头粗硬的黑发，人长得很黑，长方脸，胡子刮得光光的，大鼻梁；他的这副长相，和乌鸦可像极啦，特别是当他穿上黑色燕尾服时，那就更像了。"寥寥几笔，勾勒了一幅肖像，既滑稽，又生动，极具特色，字里行间隐含着挖苦、嘲讽、怨恨与敌视。

我们再来看看这位"乌鸦"怎样说话。他对少女叶莲娜说道："你父亲在我们那里拿的薪水每月总共只有七十五卢布，除您之外，还得养活五个孩子，一个比一个小——这就是说，您得受一辈子穷。话又说回来，幻想又有什么不好呢？幻想可以使人振奋，给人力量和希望。再说，有些幻想会突然真的成为事实……最近库尔斯克车站有个厨子，买彩票中了个大奖，一下子得了二十万卢布——一个糟厨子，下等人！"老谋深算的"乌鸦"话中有话，他在引诱那姑娘想方设法做个上等人。当他提到厨子时，那口气是何等轻蔑！从中不难看出他的自负与傲慢。当着叶莲娜的面，"乌鸦"这样奚落他的儿子："瞧，这个年轻人想必也在做梦。他梦想有朝一日老子死了，他就发了……叫我看来，他将来会成为一个头号的败家子……"数落儿子让姑娘听,用意何在?儿子恨他,绝非无缘无故。把儿子轰出家门时,他说:"你明天就到我萨马拉乡下别墅去……如果你胆敢违抗,那我将永远剥夺你的财产继承权。不仅如此,我明天就请省长立即派人把你遣送到乡下去。……你动身之前,休想再见到她。"几句话把这个父亲专横跋扈、冷酷绝情的个性表现得淋漓尽致。难怪他儿子刚谋到职位,就给他写信,永远拒绝他的财产继承权,也拒绝他的任何帮助。

布宁的叙述语言从容质朴,细密而有条理。以描写少男少女的亲吻为例:

"我握着她那软绵绵垂在胯前的手,恳求般凝视着她的脸颊,她呢,脸色苍白起来,张开双唇,挺起胸脯,叹了一口气,也仿佛恳求似的转过泪水盈盈的明亮眸子,面对着我;于是,我搂住她的肩膀,平生第一次陶醉在少女冰凉嘴唇的温柔之中……"这是初吻。

"从此,我们没有一天不在时时刻刻地寻找机会作短暂幽会——或是在会客室里,或是在大厅里,或是在走廊里,甚至在父亲的书斋里(他到傍晚才回家),装出好像偶然撞见似的,拼命地、长时间地、永不满足地、忍不住地长吻着。"这是长吻、热吻。

"她抬起泪光闪闪、泪水盈盈的脸，猛然抱住了我，狂吻起来。"这是不顾一切地狂吻。

每一次亲吻都不相同，都有细微差别，都印证着他们相互之间感情的急速升级与进展。

让我们再来看看小说中前后文字的呼应。春天，"乌鸦"喝茶时曾对姑娘说过这样的话："可爱的叶莲娜·尼姑拉耶夫娜，金黄头发的女孩子适合穿着黑颜色或大红色的衣服……您的脸庞配上马利·斯图亚特穿的那种齿状硬领的黑缎长裙，裙上缀满小钻石，一定非常好看……"到小说结尾处，节令已是冬天，"乌鸦"已辞去官职，带着年轻美貌的娇妻到彼得堡作寓公，老夫少妻去剧院看戏，只见"她颈上挂着一个红宝石十字架，闪着幽暗的红光；她那细细的、稍稍胖了起来的胳膊，裸露在外边；左肩上有一枚红宝石扣环，别在艳红的天鹅绒坎肩上"。大红色的衣服与艳红的坎肩，小钻石与红宝石，有着内在的联系，从中不难看出作家思维的缜密、文笔的严谨。

为了同一个姑娘，父子反目成仇。在时间不长的较量中，有钱有势的父亲占了上风，把儿子逐出家门，如愿以偿地娶了少女为妻；双手空空、徒有真情的儿子，败下阵来，只能落荒而逃。但是从伦理道德的角度着眼，父亲并非是胜利者。他不仅受到儿子的鄙夷，也会受到每一个知情者的轻蔑。当儿子看到那个曾经对他说过"世界上任何力量都不能把我俩分开"的女子，怡然自得地陪伴在乌鸦似的老头子身边，大概，他就不会再为初恋的失败而痛苦，他也不会觉得有什么遗憾。这样的姑娘还有什么可爱之处？不过，乌鸦是乌鸦，可乌鸦的儿子却未必一定是乌鸦。从这位少年断然出走独立谋生的个性来看，他倒更像是一只鹰。他会展翅飞翔，寻找属于自己的天空。

古老的主题 别开生面的处理

评欧·亨利的《爱的牺牲》

柳鸣九

推荐词

欧·亨利的作品一般都具有两个明显的优点：语言和故事富于情趣，作者对资本主义社会中善良的普通人怀着热爱与同情。《爱的牺牲》也是典型的欧·亨利式的。通篇都带着讽刺、嘲笑和揶揄的口气，在这一点上，它比作者其他的短篇更为明显。

欧·亨利是一位具有鲜明风格的短篇小说家。所谓风格，只不过是作家整个作品总的情致和面貌，并非每一篇作品都毫不例外地带上的戳记。如果可以这样理解的话，我们不妨这样来概括这位作家的风格：他往往是以幽默讽刺甚至玩世不恭的语调，叙述一个引人入胜而其结局又大出读者所料的故事，以揭示现实世界的不合理，表现小人物的辛酸和他们的品格精神中闪光的东西。你看，在《警察和赞美诗》中，他以这样幽默的笔调写主人公冬天那种饥寒交迫的辛酸："苏贝对于冬令蛰居方面并没有什么奢望。他根本没有想到地中海的游弋，或者南方催人欲眠的天气，更没有想到维苏威海湾的游泳。他衷心企求的只是到勃莱克卫尔岛上去住三个月。三个月不愁食宿，既能摆脱玻瑞阿斯和巡警的干扰，又有意气相投的朋友共处，在苏贝的心目中，再没有比这更美满的事了。多年来，好客的勃莱克卫尔监狱成了他的冬季寓所。"而在小说的最后，他又安排了一个出人意料的情节，苏贝为了被抓进监狱得以过冬，在街上肇事胡闹，却总被警察放过，达不到目的，而当他流连在教堂外，听到宗教赞美诗，产生了一种神圣的感情，决心重新做人时，却被警察当作不法分子抓进了监狱。还有什么比这令人拍案叫绝的结局，更能揭示资本主义现实对积极向上的道德精神的敌对与扼杀？在《最后的藤叶》中，他用明显的讽刺揶揄的口吻介绍那个一生不得意的老画家："他耍了四十年的画笔，还是和艺术女神隔着相当距离，连她的长袍的边缘都没有摸到。"然而，小说的最后，作家却让读者看到了出自这个画家手笔的杰作：那片栩栩如生的藤叶，一片以画家的生命为代价，并凝现了这个"暴躁的小老头儿"舍己为人高尚品德的藤叶。你怎么会想到，从欧·亨利对这个老头的才能和脾性所做的讽刺性的描写中，竟会突然闪现出一个有着高尚心灵的艺术家？而这描写原来还深深地掩藏着作者对这个人物的崇敬与挚爱？

　　由于以上所讲的缘由，欧·亨利的作品一般都具有两个明显的优点：语言和故事富于情趣，作者对资本主义社会中善良的普通人怀着热爱与同情。

《爱的牺牲》也是典型的欧·亨利式的。通篇都带着讽刺、嘲笑和揶揄的口气，在这一点上，它比作者其他的短篇更为明显。短篇的开头就机智而幽默，以调侃的语调提出了一个问题，似乎是有关艺术家对艺术的态度的问题，造成了悬念，接着就是对一对青年艺术家贫困生活的描述了。你看，艰难的生活被作者描述得多么轻松："他背井离乡到了纽约，束着一条飘垂的领带，带着一个更为飘垂的荷包"，年轻夫妇居住条件的恶劣被描写得多么"豁达"："家庭只要幸福，房间小又有何妨——让梳妆台坍下来作为弹子桌；让写字桌充当临时的卧榻，洗脸架充当竖式钢琴；如果可能的话，让四堵墙壁挤拢来，你和你的德丽雅仍旧在里面。"在这种生活中，当然就产生了贫困与艺术的矛盾。这种矛盾是以辩证的方法层层展示的：即使这对青年对献身艺术有着很大的决心，但是，贫困生活的冷酷却比他们的决心更为"顽强"，于是，"没多久，艺术动摇了"。虽然有了"动摇"，不过看来"动摇"得很有限，女方为了"以免断炊"，不去学琴了，而去"教音乐"，但这区别似乎又并不大："我一面教授，一面也能学一些"，不仍是"永远跟我的音乐在一起吗"？而且，这样做也是为了使自己的爱人能继续献身艺术。当然，这实际上还是一种"了不起的牺牲"，但作者不是一再提醒读者："当你爱好艺术的时候，就觉得没有什么是难以忍受的吗"？这样，他就把这个年轻女子那种为艺术而献身的精神突出显来了。男方也是如此。他也不愿意牺牲妻子的艺术生命，眼见妻子放弃了学习去挣钱而自己"却在艺术领域里追逐"，于是，他也作了分担：再不到绘画名师那里去学艺了，而到"中央公园去画速写"，以便制作成品出售，这比他原来的献身艺术当然倒退了一步，但是，似乎毕竟还是没有放弃绘画艺术，这样，他那种热爱艺术的精神也突出出来了。

艺术与贫困的矛盾不是得到了调和吗？看来他们两人都没有放弃艺术，而又维持了生计，生活似乎还相当美满。然而，最后的真相由于偶然的事故暴露了出来。原来，年轻的妻子为了使丈夫不完全放弃艺术、仍然能够"到中央公园去速写"，自己却完全放弃了艺术，到一家洗衣作坊里去熨衬衣；而年轻的丈夫呢，他为了使妻子不完全放弃艺术，仍然能够去"教音乐"，自己却完全放弃了艺术，到洗衣作坊里去当烧火工。双方都生活在各自的想象中，以为自己的牺牲使对方的艺术生涯多少保存了一些，冷酷的现实却是，他们谁也没有保存住自己的艺术生涯，不过，他们那种自我牺牲的热情却在那冷酷的现实之上放射出了人性美的异彩。至此，读者才看到，原来作者所要表现的并非男女主人公对艺术的热情，而是这一对男女那种令人感动的爱情，那种没有什么牺牲是难以忍受的爱情。

"爱情"的含义从来都是极为丰富的，在那些丰富的含义中，"自我牺牲"往往是其中之一，有不少的事例表明：如果缺少那种为获得和保持爱情而付出的艰巨的努力，爱情就显得分量轻了一些，于是，在作家们的笔下，"爱情"与"牺牲"往往就形影不离了。例如，在中世纪以爱情为题材的骑士文学中，骑士们不仅要以自己"典雅的风度""高贵的品德"去赢得贵妇人的青睐，而且，追求并获得对方欢心的过程，就是接受严酷考验、做出自我牺牲、履行"爱情的服役"的过程，不少骑士都去进行战争冒险，出生入死地建立战功，以此作为爱情的"献礼"。其中法国圆桌骑士叙事诗中，有两个堪称崇尚自我牺牲精神的骑士典型：伊万与朗罗斯。为了自己心爱的贵妇，前者历尽艰难险阻，后者甘愿坐在牛车上当众受辱。这类例子是男子的"自我牺牲"。女子的"自我牺牲"似乎更不在少数。比较早，在《十日谈》里，卜迦丘写了一个青年少妇爱上了家里一个年轻的仆人，这个聪明而谨慎的仆人为了考验少妇的诚意，竟给她出了三个难题。她牺牲了丈夫的利益，自己也把尊严、身份、人格完全抛弃，简直是以对于一个少妇地位来说是极为屈辱的方式，才获得了对方的信任。当然，为了爱情而勇于作自我牺牲的女性，莫过于法国19世纪作家贡斯当的小说《阿道尔夫》中的爱蕾诺尔和《红与黑》中那一对女主人公：德·瑞那夫人与玛特尔小姐了。爱蕾诺尔本身就是一团感情，为了爱，她什么都可以不顾，什么都可以牺牲。她先是把自己的一切献给了一个处于逆境的贵族，不仅分担过他的灾难与贫困，为他生育了两个孩子，而且，长期忍受了这个贵族并不与她正式结婚而始终没有合法身份的屈辱，而后，她在阿道尔夫的爱情中又作出了巨大的牺牲，牺牲了自己的家庭和孩子，遭受了社会的鄙视与指责，最后付出了生命的代价。《红与黑》中那个德·瑞那夫人与此也有点相仿，当于连进了监狱，眼见性命难保时，她摆脱了社会偏见和习俗加在自己身上的羁绊，公开到监狱里去与于连相会，牺牲了家庭的体面、个人的名誉，只求与情人共同度过那最后的时光，情人被处死了，她自己也在亲吻了孩子之后离开了那个世界。玛特尔的"自我牺牲"更是轰轰烈烈，她不怕丢了自己的老子、那个法兰西大臣德·木尔侯爵的脸，不怕有损自己"家族的光荣"，竟公开去替情人收尸，坐着马车，带着二十个教士，举行了一次奇特的豪华的葬礼，向聚观的群众抛掷了数千枚银币……

例子当然不胜枚举，这只不过是为了说明，欧·亨利的这篇小说所提出的问题——"爱的牺牲"，原来是文学中爱情主题的一个极为重要的方面，也是人类"爱情"观念中一个很感人的内容。

当然，在"爱的牺牲"这一点上，热爱着的情人虽然都有相同的表现，但在"爱的牺牲"的内容方面，却还是有些不同，就以上的例子而言，贵族骑士为了爱情所做的自我牺牲可谓毅勇之至，真有些英雄气概，但略加分析，它实际上是对骑士风度的一种标榜，是构成这种骑士风度、骑士荣誉的一个组成部分，而这种风度又是获取贵妇人欢心的一种必不可少的条件和手段。在表现市民意识的文学作品里，那种牺牲精神，则是一种欲情所推动的急不可待、奋不顾身。在禁欲主义统治的时代里，文学作品中这种反其道而行之的纵欲倾向是很自然的。到了浪漫主义的作品里，"爱的牺牲"的热情显然是作为一种难得的感情而被理想化了。本来嘛，浪漫主义者喜欢搞理想化，这样，"爱的牺牲"在他们的作品里就表现得格外感人，并能引起一种令人心肠欲断的悲剧效果，爱蕾诺尔就是这样一个形象。也正因为斯丹达本人有些浪漫主义气质，所以，他笔下的德·瑞那夫人的"爱的牺牲"，也就具有一些浪漫主义色彩。至于玛特尔，她作为一个贵族小姐，为了自我表现，更是自觉地在追求那种为了爱而牺牲的浪漫情调了。

在回顾了"爱的牺牲"这个主题在文学史上的表现后，我们就不难发现，欧·亨利以现实主义的描绘把这个观念表现得再集中、再明确不过了，他通过幽默的叙述，对这个观念几乎是作了最确切、最"经典性"的概括："当你爱的时候，就觉得没有什么牺牲是难以忍受的"。他讲的不是一个浪漫的故事，而是资本主义社会中现实的日常生活，因而，这种人间难能可贵的感情，就被他表现得平易近人，令人感到亲切，感到它就在周围，就在身边，而不是在浪漫主义的云端里。而且，这里既不是贵族也不是资产者的故事，而是资本主义现实生活中两个普通的小人物的相爱，因而，他们那种出于"爱"而作的"牺牲"，也就格外真挚、无私、纯净。这也许可以说就是欧·亨利处理这种古老主题时别开生面的所在吧。

栩栩如生　寓情于景

读海明威的短篇小说《桥畔的老人》

朱炯强

作者介绍

朱炯强,1933年生,浙江海宁人。1961年毕业于复旦大学。历任杭州大学欧洲研究中心副主任、英语国家文学研究中心主任,浙江大学教授。现任浙江大学外国文学研究所名誉所长、英语国家文学和澳大利亚研究中心主任。中国外国文学学会理事。

推荐词

作者运用白描手法,通过他那朴实无华的文字和淡淡几笔的写景,烘托出了一个孤身老头在战火纷飞、人们竞相逃命时他所特有的内心世界,从而揭示了战争的罪恶,使人读后感到真切不隔、栩栩如生,也耐人寻味、发人深思。

欧内斯特·海明威（1899—1961）是现代美国著名的小说家。他的文体和风格，脍炙人口，在欧美独树一帜，特别是他的《永别了，武器》（1929）和《老人与海》（1952）更是风靡一时。1954年，为了表彰他"精通叙事艺术"，他被授予诺贝尔文学奖。

海明威擅长用极其精练的语言，尤其是简洁得像"电报式"的对话，清新、自然地塑造人物形象，并通过着墨不多的写景，情景交融地烘托出主人公的内心世界。在海明威笔下的一页页画卷上，往往见不到浓墨重彩，也较少有广阔的社会生活的画面，而是素描式地，把生活在狭隘小天地里的孤独人物勾画出来，使他们具体、生动地跃然纸上，让读者来体味蕴藏在他们心灵深处的内心活动和含蓄地反映出来的社会意义，从而形成了海明威独特的艺术风格和创作手法。

《桥畔的老人》这篇不足二千字的短篇小说，充分体现了海明威的这种创作特色。

故事一开始,映入读者眼帘的是一幅生动的画面:在车水人流蜂拥过河的画面底色中,一个满身尘土、疲惫不堪的老人,孤零零地坐在桥畔的路旁。这寥寥数笔,既真实地描绘出了大敌将临、人们仓皇逃命的战时景象,更鲜明地衬托出了这个形单影只的孤老头的人物形象。

他一直这样坐着,他已筋疲力尽,寸步难行了;但他此时此刻的内心世界又是怎样的呢?

海明威先用一个"笑"字来剖白。

当一个在桥头负责侦察敌情的士兵走上前去,问他是从哪里来的时候,老人憔悴的脸上露出了一丝笑容。

这"一丝笑容"反映了老人内心对故乡的感情。尽管战祸临头,但一提到自己的故乡,他由衷地流露了笑意。这"一丝笑容",实际上也道出千千万万战时的人们对故乡的眷恋之情。

但海明威并不停步于这种共性的刻画,这位语言大师的笔锋马上向老人的内心深处划下去了。他通过士兵与老人间短短的十多句日常用语的对话,和盘托出了老人心灵深处的一切。

原来这个76岁的老人，孤苦伶仃，无依无靠。平时，他饲养的一只猫、两只山羊和四对鸽子，是他相依为命的伴侣，也是他心灵的归宿。现在，纷飞的战火逼得他背井离乡，仓皇离家，而盘踞他全部心灵的，还是这些曾和他同命运、共呼吸的禽畜。他既为自己被迫和它们分离而极度内疚，更为它们可能遭到的悲惨结局而忧心如焚。

在老人和士兵的十多句对话中，"我一直在照管些家畜"这句话的多次出现，绝不是简单的重复，而是老人在生活中失去最后的慰藉时所发出的悲痛和绝望的哀鸣，是他那本已十分脆弱的心灵，被战争辗得粉碎时所发出的回响。这种哀号之声，本身就是对战争的控诉和讨伐。因此，《桥畔的老人》实质上是一篇反战的檄文；但这样的反战檄文是海明威笔下所特有的，是独具一格的。

故事的尾声又是另一幅情景交融的画面。曾经是车水人流的浮桥上，现在已经悄无人影、车声了，在阴霾密布、云幕低垂，一片灰暗的画面底色之中，仍然是这个尘土满身的老人，瘫倒在这桥畔的路旁，嘴里还在唠叨着："我一直就是照管家畜的。"

作者就是用这种白描手法，通过他那朴实无华的文字和淡淡几笔的写景,烘托出了一个孤身老头在战火纷飞、人们竞相逃命时他所特有的内心世界,从而揭示了战争的罪恶,使人读后感到真切不隔、栩栩如生,也耐人寻味、发人深省。

精练的语言、清新的画面和深刻的寓意构成了《桥畔的老人》的艺术特色;而透过这篇短小精悍的小说,即使我们约略地了解了海明威创作手法的概貌,也让我们鉴赏了焕发在字里行间的艺术之光。

《桥畔的老人》不愧为一篇寓情于景的佳作。

虚虚实实　耐人寻味

福克纳《纪念爱米丽的一朵玫瑰花》

钱满素

作者介绍

钱满素,1946年1月生于上海,哈佛大学美国文明史博士,南京师范大学外国语学院特聘教授,博士生导师,中国社会科学院外文所研究员。主要从事美国文学文化研究,有著作《爱默生和中国——对个人主义的反思》《美国文明》《飞出笼子去唱》等出版。

推荐词

一个恐怖故事既有悲剧的深刻,又有喜剧的幽默,可悲中渗透着可笑。错位脱节产生的不协调和怪诞被福克纳用冷峻的笔调夸张得恰到好处。据说福克纳对原稿进行了大刀阔斧的删节,才落得现在这副凝练的模样,含而不露,虚虚实实,耐人寻味。

在通常的情况下,一个人逝世了,于是竖起一块纪念碑。爱米丽小姐却与众不同,她过世了,"一个纪念碑倒下了"。福克纳虽然自称不爱谈观念,但他对历史的辩证法却有着天然的敏感,总能在"无意"之中揭示出些深刻的真理。比如说,有些人的逝世标志着一个时代的结束,而有些人则在一个时代已经结束后还牢牢地死守着它,这种爱米丽式的人物便成了纪念碑本身。

南北战争结束了,北方一举摧毁了南方的奴隶制。这对建立在奴隶制基础上的南方种植园经济以及一整套强调种族肤色、家族门第的意识形态来说,无异于釜底抽薪。一个时代结束了,这是从殖民时期就开始的那个旧南方的结束。回顾历史,这是明摆着的事实,但是战败的奴隶主阶级却不能接受这一事实。他们可以承认战争的失败,但虽败犹荣,绝不愿承认自己全盘输尽。他们把自己的失败看作是外力的干涉、命运的不济，甚至是南方遭到的诅咒。他们怀恋从前的好日子，自我封闭，继续无视现实，顽固地按原先的方式在一个早已变迁了的时代中生活。

福克纳无时无处不在点出爱米丽小姐这种时代的错位。她的住房是19世纪70年代的风格，"房子虽已破败，却还是执拗不驯"，在这条当年最考究的街道上"岿然独存"。只有这幢房子顶住了代表工业化进程的汽车间和轧棉机的"侵犯"，象征着昔日的辉煌。由此，爱米丽小姐便成了传统的化身。为了报答她的这一功绩，南方便把她视为自己的义务。既然在精神上已经让爱米丽小姐领先了一着，每一回合自然都要败在她的手下。

故事是倒叙的，从爱米丽小姐的去世开始。但从时间上说，第一个回合是买毒药。爱米丽拒绝按照法律要求说出买砒霜的目的，然而药剂师却不得不乖乖地将砒霜送到她家，并代为注明"毒鼠用药"。谁知毒死的竟是一只硕大无比的特种"鼠"，于是乎引出了关于怪味的第二回合。对一位淑女家发出的难闻气味，南方绅士是绝不便当面询问的，镇上当局只能派人于午夜之后摸黑潜行，偷偷在淑女家四周撒上石灰，谋杀案的第二个罪证也因此得以掩盖。第三个回合便是税务，当新的一代开明派终于掌权后，他们还是斗不过传统。他们想取消老一辈允诺给爱米丽的免税特权，把她重新纳入正常公民的范畴。或者从象征的意义上说，他们准备抛弃对传统的义务了。然而传统并不那么容易受人处置，连行政和法律的权威也动摇不了它。爱米丽小姐寸步不让，他们又败下阵来，只能听之任之，等待传统寿终正寝、自然消亡。

爱米丽小姐"度过了一代又一代"，她"高贵，宁静，无法逃避，无法接近，怪僻乖张"——这就是南方战败后近一个世纪所摆脱不了的传统。这个传统得以苟延残喘，靠的是顽抗现实。爱米丽屡战屡胜，使人奈何她不得的妙法就是视而不见、充耳不闻、断然不承认现实。父亲死了，她否认。问她买砒霜的目的，她避而不答。寄给她纳税通知，她退回。当面问她，她让人去找一个死了十年的老镇长。爱米丽小姐是强硬的，始终昂头挺胸，像尊偶像。但人们毕竟深信"她已经堕落了"。毫无疑问，她象征的传统当年也曾建立在扎扎实实的基础上，不过那还是黑奴成群的棉花王国。现在王国已经崩溃，传统也有名无实，只剩下还来不及垮掉的表象在那里装模作样、虚张声势。等那表象也哗地倒下，才暴露出它包裹隐藏着的原来是一具骷髅。

有趣的是，这具骷髅正日日夜夜想卡死北方佬。想卡死他，是因为他侮辱了南方。爱米丽小姐属于高贵的格里尔生家族，本不屑于与北方佬来往降低自己的身份。不幸命途多舛，家道中落，只得纡尊降贵，屈身求爱，准备下嫁一个北方工头。谁料这个男人偏偏是个喜欢男人的男人，虽然乐意和她一起兜风，却无意成家。一屈再屈，淑女也起杀心。尽管也曾有过拥抱，尽管枕上也留下了他脑袋压过的痕迹，还有他那一绺铁灰色头发（请注意他头发变成铁灰色的年代），她还是杀死了这个她降不服的男人。她杀死了他，但只能偷偷地在家里干，干完了还得封存起来，一辈子守着这具腐败的尸体。爱米丽小姐活生生地为他殉葬，终于熬得"肿胀发白"，活着便成了"泡在死水中的一具死尸"。南方是输定了。

撑一个虚架子着实是累人的，做破产的绅士难，做落难的淑女更难。爱米丽小姐作为女人的一生，由于他父亲的乖戾僵硬而三番五次地"平添波折"。他赶走了一个个来向女儿求婚的年轻人，弄得爱米丽年过三十，仍待字闺中，只能像抓最后一根稻草那样"死死拖住抢走了她一切的那个人"。淑女的一言一行都必须符合一定的章程,所谓"贵人举止"。她和工头驾车出游引起了全镇人的评议和干预,她们先是可怜她,随后又转为愤怒,视之为全镇的羞辱。她们推出作为精神领袖的牧师,又找来作为家族代表的堂姐妹,一起来向她施加压力。淑女尽管悲从中来,但也只能一意孤行,别无退路。她,爱米丽,既然不能为自己而活,便只能将自己变作一块活的贞节牌坊,为那"淑女"的名声而活了。

福克纳的小说实属一流,这一篇又是他短篇中的精品。它首次发表于 1930 年的《论坛》,是福克纳在全国性杂志上发表的第一个短篇小说,由于它的精彩,立即获得成功,赞誉之声从此不绝。一个恐怖故事既有悲剧的深刻,又有喜剧的幽默,可悲中渗透着可笑。错位脱节产生的不协调和怪诞被福克纳用冷峻的笔调夸张得恰到好处。据说福克纳对原稿进行了大刀阔斧的删节,才落得现在这副凝练的模样,含而不露,虚虚实实,耐人寻味。它"实"在精心描绘了几件表现爱米丽性格的事件,具体到一张皮套子开裂的旧椅子:"等他们坐了下来,大腿两边就有一阵灰尘冉冉上升,尘粒在那一缕阳光中缓缓旋转。""虚"又虚到那么多问题从未解答： 爱米丽为什么要毒死荷默？她是怎么安排的？她和牧师又说了些什么？总之，读者对爱米丽的一切了解都不过是道听途说的暗示，无从确切知道她的内心活动。事件一个接一个逐步把故事推向高潮，直到尸体暴露，那绺令人毛骨悚然的铁灰色头发终于把读者镇住，只觉得回味无穷。真的，就其表面故事而言，本篇也是一个处心积虑且一举成功的谋杀案呢。

笼罩在神秘气氛中的爱米丽小姐很像是福克纳心目中的南方传统，她终于倒下了，但哪怕她是个杀人凶手，也依然带着"几分悲怆肃穆"，恭敬地给她献上一朵玫瑰花还是说得过去的。

丰富·深刻·独特

评海勒的《第22条军规》

仵从巨

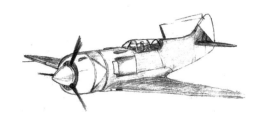

作者介绍

仵从巨，1951年生，1978年入陕西渭南师专（今渭南师范学院）中文系学习，1995年获上海师范大学文学硕士学位，1999年晋升为教授。现任山东大学威海分校新闻传播学院院长，博士生导师。

推荐词

小说全部的喜剧性与悲剧性均产生于作者以庄重语调叙述滑稽怪诞事物、以滑稽嬉笑的语调叙述痛苦惨烈事物所造成的巨大反差之中。语调表层是声音的起伏变化，深层则是情绪、思想与态度。

1997年年末，英国甚有影响的《柯林斯词典》别出心裁地搞了个"百年百词"——从1896年至1997年的百年间以每年一词来涵括一个世纪的历史。而"Catch-22"（"第22条军规"）引人注目地成为1961年的标志。对于一部小说，这无疑乃至高褒奖。事实上，Catch-22这个词已从当初的小说中语言进入社会语言、进入英文辞典，甚至成为美国最高法院对无法结案又无法归档的案卷的一个"署词"。

一个词何以辉煌若此？当然是因为《第22条军规》这部小说。然而这部当今被视为经典、译为二十多种文字、行销千万册以上、1970年改拍成电影的风靡世界的杰作，问世前后却颇为坎坷：作者投稿二十余次遭拒、艰难问世后为人诟病，訾议蜂起。但又诚如一句老话：是金子必会发光。当人们在十年之后终于领悟了它的丰富、深刻与独特，理所当然地视其为可与《伊利亚特》相匹配的现代经典,成为美国大学生的必读书。

初始之困惑何来?很大的一个原因在于它在整体上给人造成了混乱感与梦魇感:荒诞的事件、混乱的时序、矛盾的语言、莫名其妙的人物令人茫然又愤然。这是因为人们的文学脾胃还习惯于以"有序""因果""理性"的观念去把握小说,岂知作品取而代之的却是"无序""偶然""非理性"(荒诞)的观念。之所以会产生这种"混乱""荒诞"的阅读印象恰是因为现代派小说追求"有机形式主义"(形式成为内容、内容融入形式):你感到的形式上的混乱恰是你所生活的世界。然而小说在内在脉络上又保持了某种"有序":笔者在对每一人物做卡片并逐页做出索引后发现,主要人物的故事多是前有来龙后有去脉的,只是作家在呈示这一故事时把它主动地破碎化了,犹如雕塑家把一尊刚完成的雕塑作品打碎,让碎片自由飞溅四方,但既无多余之物又无空缺之物,这"乱糟糟的一摊碎片"恰恰是艺术家新颖独特的雕塑。此举在小说艺术中是冒着对材料随时"失控"的危险。但约瑟夫·海勒举重若轻,如履平川,天才地驾驭了他的故事与人物。故而,在阅读中你需要的不是马上"弄明白"而是先"看下去"。当读完并重读时，人物与故事会在潜念中渗入意识并如显影液中的底片渐次明晰。自然，它要求你是一位现代的、敏感的、可能的读者。

《第22条军规》令人困惑还在于对充斥小说的荒诞事件解读不易：丹尼卡医生未死却被世界视为死者；飞行员马德分明已死却被认为活着；富可敌国的迈洛作为美国空军飞行中尉和"迈—明"联合公司的大老板竟与德军签订轰炸美国空军基地的合同并认真履约；畸零人梅杰因计算机有误鬼使神差地成了上校；谢司科普夫少尉因善于操练与检阅竟乘火箭般被升为将军；情报官布莱克荒唐透顶的"忠诚宣誓运动"致使人人自危；克莱文杰因笃信原则与真理而无法回答"你什么时候没有说过什么"这无法理喻的问题；战士邓巴求长寿的秘诀竟是寻找烦恼（人在烦恼中感到时间漫长因而使生命在感觉中延长）……但这些"谜语"在细读与破译之后便令人解颐且豁然：丹尼卡与马德故事意在表明只承认"文件"的文牍主义（卡夫卡说现代人的镣铐是由公文纸做成的）；迈洛的故事意在表明"资本"与"自由贸易"在世界的至高无上与所向披靡；梅杰的故事意在表明"科技"与"偶然"于人的支配；谢司科普夫少尉的故事意在表明官僚

政治中僵固的平庸者的平步青云乃一定律；布莱克与克莱文杰的故事则是对50年代"麦卡锡主义审判"的影射嘲讽。

自然，这部小说的精髓或传神之笔乃是无处不在又捕捉不着的"Catch-22"——第22条军规：飞行员在神经错乱时可提出申请免于飞行任务，但飞行员如提出申请则证明神经正常不能拒绝飞行。这个悖论的"圈套"网住了包括主人公尤索林在内的每一个人。他（们）面对卡恩卡特这个因36岁已是上校而洋洋得意又因已36岁只是个上校垂头丧气的权力狂一次又一次为邀功受赏提高飞行次数的现状而深感无路可逃。在尤索林眼中，这个世界"疯了"；在世界眼中，尤索林是个"疯子"。这位反战主义者、存在主义者、不惜一切求生至上的"反英雄"式人物的喜剧式悲剧命运的意义在于他的清醒（"谁让你去送死，谁就是你的敌人"）、他的思考（"荣誉、祖国、神圣、正义"是骗人的鬼话）、他的反抗（"用开小差难难卡恩卡特们"，于此的一个社会反应是：70年代许多美国青年仿效尤索林逃往加拿大以拒绝越战）、他的社会性（"他是已不能产生英雄的当今荒原时代无信仰、无理想、无道德的个人主义者的象征，是受制于社会官僚政治的个性在两难情况中无由逃逸的存在"）。至于

"Catch-22"这个词则在三个层次上获得了形而上学的意义：对不可理喻的军事官僚机器的象征，对专横冷酷的社会官僚机器的象征——"世界是一个庞大的体制。在这个体制当中，它叫你干什么你就得干什么。"它更是对人类与世界面对的一种神秘、异己力量的象征：个人与人类总是处于两难境地，无由摆脱被钳制的命运。只要略微思考一下个体与社会、制度与机能、和平与战争、科技与人性、环境与发展、精神与物欲的现状与关系，便不难体味Catch-22成为世界语言的奥义。

《第22条军规》提供的不只是"意义"，更是"艺术"。海勒有言："想说一些东西远不及我想如何去说它重要。"它在结构上的别出心裁、它对变形（使事件、语言、人物等的反常化）的极端化使用、它的象征化手法等都可谓经典与神来。当我们读到"即使在默默无闻的人中，他也肯定比其他的人更加默默无闻而引人注目。凡是见过他的人，都对他多么平淡无奇获得相当深刻的印象"这样的句子，会对它因矛盾修辞法产生的语言张力感到愕然与刺激；当我们看到作者把一个全身被白色绷带包裹着的伤兵永远张开的嘴巴描写为"边缘有些磨损的洞口"，并把一具跳楼自杀血肉模糊的尸体比喻为"像只装满草莓冰激凌的毛呢口袋"时，我们会对以嬉笑对待惨烈残酷痛苦事物的悲观绝望的"黑色幽默"稍有体味。十分有必要特别提及海勒的语调。可以说，小说全部的喜剧性与悲剧性均产生于作者以庄重语调叙述滑稽怪诞事物、以滑稽嬉笑的语调叙述痛苦惨烈事物所造成的巨大反差之中。语调表层是声音的起伏变化，深层则是情绪、思想与态度。在语调中潜藏着作家的痛苦、悲观与抗议。但正如一位美国论者所说：海勒悲观但不绝望。因为心灯不灭的海勒还是让尤索林逃走了——当一个世界还有去处时它仍是有希望的。这也就有了尤索林34年之后的故事：1995年海勒又写出了小说的续集《最后一幕》（*Closing Time*）且再成热点。尤索林、迈约又在纽约与我们会面了，令人深怀谢意的中国译者也在刚刚过去的1997年将它译介给我们。关心尤索林从前与现在命运的读者自可了一心愿了。

创造了天才的"Catch-22"的海勒是一位写得慢、写得苦但写得精彩的小说家。他为数不多的小说还包括《出事了》（1974）、《上帝知道》（1984）等。它们也已先后译为中文且为众多读者熟知。我们不能说海勒在美国小说史上的位置可敌索尔·贝娄、诺曼·梅勒、托马斯·品钦，但我们尽可以说，"Catch-22"这一小说神品可敌任何一部现代经典，甚至可说无出其右者。小说家的海勒活到这个份上，大可微笑着安睡了！

不幸起因于不能承受孤独

读爱伦·坡的《人群中的人》

叶 英

作者介绍

叶英，四川德阳人，1990年9月至1993年6月就读于四川大学外文系英语语言文学专业，获文学硕士学位，2002年8月至2007年5月就读于美国圣路易斯大学美国研究系，获博士学位。现任四川大学外国语学院教授、博士生导师。

推荐词

小说中人群中的个体虽然形形色色、五花八门，但他们都有一个共同之处，那就是孤独。他们身在人群，走在摩肩擦背的人流之中，却无时无刻不感到孤独，无时无刻不感到寂寞。他们谁都想从人群中获取点慰藉，谁都想从人群中得到点温暖。然而，在这个社会中，人与人之间的隔膜是那样的深，人与人之间的沟通是那样的难。人人都惧怕孤独，人人都希望摆脱孤独，但人人都拒绝被了解。他们渴望爱，渴望被人关怀，但又不愿意付出爱，不愿意付出关怀。他们同病但并不相怜。这便是悲剧所在。

对于许多读者来说，《人群中的人》这个短篇也许算不上爱伦·坡最有名气、最具代表性的作品。但正如美国研究爱伦·坡的专家欧文·波格斯（Irwin Porges）所言，《人群中的人》是坡最不同寻常的小说之一。这篇小说以其对人性的深刻剖析和研究、对现实生活的细致观察和反映而独树一帜，在坡众多的作品中闪烁着奇异的光彩。

众所周知，坡的作品大多以死亡、恐怖为题材，以无名的国度、遥远的山谷或破败的宅第为背景，讲述一些神秘、怪异，令人毛骨悚然、不寒而栗的故事。而这篇小说中既没有对死亡的描写，也没有对恐怖的渲染，故事的背景也并非虚无缥缈。小说叙述了伦敦大街上一位老人拒绝孤独的故事。这位老人总是喜欢与人群待在一起。每当人群消散，他就跻身于新的人群。人群使他振奋，人群使他轻松，人群给他注入新的活力。老人不吃不喝、没日没夜地追逐人群，他是人群中的人。这个故事乍听起来荒谬怪诞，细细品味却意蕴深长。

显而易见，故事中的这位老人不属于任何现实世界。同坡创造的许多人物一样，他是一个寓言式的角色，是一个象征。他无名无姓，无职无业，浑身上下笼罩着一种神秘的色彩。他"谨慎、吝啬，贪婪、沉着、凶残、得意、快乐、紧张、过分的恐惧——极度的失望"。而他身上最彰明卓著的便是强烈的孤独感，一种挥之不去的孤独感。这种孤独感使他像溺水的人扑向救命的稻草一样，一次次扑向人群。他害怕孤独，但又拒绝被人了解。作者说他是罪孽深重的象征。其实，他是人群的象征，是人类的象征。他的孤独不是他个人的孤独，而是人群中每一分子的孤独，是现实世界中每一个人的孤独。

小说一开始便透过叙述者"我"的眼睛，将读者的注意力引向街上熙来攘往的人群。起初，这种观察是散漫的，对人群的研究也是表层的。"我"只把人们作为群体来观看，看到的只是匆匆而过的行人，不断增加的人群，乃至人头涌动的海洋。继而，"我"的注意力变得专注起来，开始注意到人群的细节，开始饶有兴致地研究那形形色色的身姿、服饰、神态、步法、面容以及那些脸上的表情。这时，人群不再是一个群体，而是构成这一群体的每一个分子，每一个阶层。他们中有悠闲自在的世袭贵族；有忙于事务的社会中坚；有附庸风雅、拾上流社会之牙慧的低级职员；有精明强干、老成持重、矫揉造作的高级职员；有衣着漂亮的第一流的扒手；有铤而走险的骗子恶棍；有目光敏锐的犹太商贩；有身强力壮的职业乞丐；有面容苍白、身体虚弱、离死神不远的可怜人；有质朴的、劳累了一天却得不到任何欢乐的年轻姑娘；有各种类型、各种年龄的街头妓女；有衣衫褴褛、偏偏倒倒的醉汉；还有卖馅饼的、搬行李的、运煤炭的、扫烟囱的、摇风琴的、耍猴戏的、卖艺的和卖唱的，以及各类蓬头垢面的工匠和精疲力竭的苦工。所有这些人汇成了大街上沸沸扬扬、闹闹哄哄的人群，也汇成了19世纪上叶的西方社会。老人的出现是对人群的集中体现。他是人群的化身，是人群共性的反映。而人群则是坡那个时代现实世界的缩影。

人群中的个体虽然形形色色、五花八门，但他们都有一个共同之处，那就是孤独。他们身在人群，走在摩肩擦背的人流之中，却无时无刻不感到孤独，无时无刻不感到寂寞。他们谁都想从人群中获取点慰藉，谁都想从人群中得到点温暖。然而，在这个社会中，人与人之间的隔膜是那样的深，人与人之间的沟通是那样的难。人人都惧怕孤独，人人都希望摆脱孤独，但人人都拒绝被了解。他们渴望爱，渴望被人关怀，但又不愿意付出爱，不愿意付出关怀。他们同病但并不相怜。这便是悲剧所在。在人群中，我们看到满脸奴才相的犹太商贩以敏锐的目光打量着周围的行人；我们看到身强力壮的职业乞丐瞪眼怒视比他们更名副其实的同类；我们看到离死不远的病者可怜巴巴地望着每一张脸庞，寻求一种偶然的慰藉、一种失落的希望；我们还看到年轻质朴的姑娘悲愤地躲避着歹徒恶棍的盯视，却连更直接的伤害也没法避免……

这个社会是如此黑暗，人际关系是如此冷漠，生活于其间的人是如此无望。这便是坡为我们展现的现实世界——一个灰色的、像夜一样阴沉的世界。人们常常批评坡的作品脱离现实，逃避生活。但《人群中的人》却是对现实生活最深切的关怀，最直接的反映。小说反映了在现代社会中人性的压抑和扭曲，社会的冷漠与无情。小说的题记开宗明义："不幸起因于不能承受孤独"。但这种孤独溯其根源却是来自于社会，来自于资本主义的现代文明。这种文明犹如"卢奇安笔下的那尊雕像，表面是帕罗斯岛的白色大理石，里面却塞满了污泥烂淖"；犹如"华丽的衣裙包裹着的令人作呕而无可救药的麻风病患者"。小说充分证明了坡是一个多么伟大的社会观察家和批评家。通过叙述者"我"对人群的细致观察，坡毫不留情地揭示了资本主义社会欣欣向荣的外表下阴暗丑恶的实质；通过"我"对老人的跟踪和研究，坡淋漓尽致地剖析了现代社会中人们那种既不能承受孤独又人为地制造孤独的扭曲心态。在这篇小说中，坡对所谓的上流社会极尽讽刺挖苦之能事，对社会底层的劳苦大众寄予深切的同情，但对人与人之间的冷漠却流露出十分的无奈。当然，坡的这种悲观情绪与他自己穷愁潦倒、命途多舛的一生不无关系。

这篇小说最突出的艺术特点是象征的运用。小说中的老人既是人群中的一个个体，也是人群总体的代表。小说从人群的群体关系入手，深入到人群中的个体，然后又从个体，抽象出一个整体的印象。老人便是这个印象的具体体现。可以说，在老人身上，凝聚了人群所有的特点：他孤独、谨慎、吝啬、贪婪、凶残、得意、快乐、紧张、过分的恐惧以及极度的失望。这一大堆特点在一个人身上毫无疑问会显得"混乱而矛盾",但对于整个人群来说却自然而贴切。小说的标题"人群中的人",一方面隐含了老人的孤独,说他离不开人群,另一方面也暗示了老人的代表性,说他是人群的象征。这种把抽象的概念具体为一个人物的手法,是坡很独特的一个艺术特点。在他的作品中,我们常常可见到这种手法的运用,如死亡被刻画为一个戴着面具、披着裹尸布的人物(《红死病的面具》),瘟疫被描绘成一群奇形怪状、发出死尸味的怪人(《瘟疫王》),美被勾勒为一位婀娜纤弱的绝色女子(《丽姬娅》)……而此处又把孤独勾画为一名神秘莫测的老人。老人作为人群的象征,使人群的阴暗面昭然若揭,一览无遗。

小说中的夜也是一个象征。它象征现实世界的黑暗。在夜色的笼罩之下,一切都被打上了悲惨、贫困、绝望和犯罪的烙印。夜使人倍感凄凉,夜使人更加孤独。坡惯于描写地下的、阴暗的和黑夜里的事物。他的人物大多被放置到一个特定的、非自然的环境之中,产生一种梦与非梦、现实与非现实的效果。这大概是因为在坡的眼中,这个世界本身便是一个梦魇不断的世界，一个疯狂、颠倒的世界。这篇小说也不例外，人物被放置在夜色这个特定的环境之中。尽管故事发生的地点是在伦敦，伦敦的大街小巷也被刻画得那样逼真，但夜却不仅仅是现实中的夜，它还是被赋予了象征意义的夜。夜随着人群的出现而降临，夜随着故事的发展而深入。夜色笼罩着人群，夜色笼罩着世界。夜在这里对于烘托主题起着不可或缺的作用。

在这篇小说中，坡也充分展示了他制造悬念、渲染气氛的天才。整篇小说几乎没有什么情节，但却扣人心弦。故事的主人公老人那颇具戏剧性的亮相，那与众不同、充满矛盾、令人费解的神情，那总体说来破旧不堪但却质地精良的服装和那偶然闪露在二手货大衣的裂缝之间的钻石和匕首，无不为他这个人物抹上一笔浓浓的神秘色彩，无不激起人强烈的好奇之心，使人生出无限的猜测和想象。读者情不自禁地随着叙述者"我"的脚步，跟踪在老人身后，想探清老人那胸膛之中究竟书写着怎样疯狂的历史。而老人在大街上、人群中反反复复、来来回回、漫无目的但坚定执着地挤来挤去使悬念有加无已，使疑团越来越大。就在读者心中的疑团增至最大限度时，故事却戛然而止，给读者留下无限思索的空间。小说第一人称的叙述方式也有助于悬念和气氛的渲染，它使读者有亲临现场、身临其境之感。

总的说来，这篇小说结构紧凑、巧妙，语言简洁形象，充满现实主义的细节描写。虽然小说的基调是悲观的，但小说对现实的批判却是积极的。反复玩味这篇小说，读者从老人身上似乎可以领悟到一点什么。也许，孤独与生俱来，人人都免不了孤独。但面对孤独却有两种态度，一种是消极的，像老人一样追逐人群，逃避孤独；一种是积极的，摊开自己的人生之书，让人与人之间多一分理解，这也许会使我们在这孤独的世界里感到一分慰藉。

意境优美 寓意深刻

读黑塞小说《笛梦》

钱 虹

作者介绍

钱虹,笔名金巩,南京市人。1982年毕业于华东师范大学中文系,后在该校获文学硕士、文学博士学位。任同济大学文法学院副教授、教授。

推荐词

1946年黑塞被授予该年度诺贝尔文学奖前夕,瑞典文学院的一位权威人士认为,他的诗作是现代德语文学中"唯一十全十美的东西",其他的院士也主张奖掖黑塞"在逆境中生长起来"的优美诗作。

《笛梦》是一篇充满象征意蕴与浪漫情调的小说。它既是一篇小说,但更像是一首意境优美、寓意深刻的抒情诗。它的作者黑塞(1877—1962),出生于德国施瓦本地区卡尔夫镇,后来迁居瑞士。1923年加入瑞士籍,但他一直用德语写作。1946年,在黑塞被授予该年度诺贝尔文学奖前夕,瑞典文学院的一位权威人士认为,他的诗作是现代德语文学中"唯一十全十美的东西",其他的院士也主张奖掖黑塞"在逆境中生长起来"的优美诗作。集抒情诗人与小说家于一身的黑塞其小说充满与众不同的浓郁诗情和浪漫气息,也就并不令人惊奇了。从某种意义上来说,他的小说,属于融抒情、象征、隐喻为一体的诗化小说。

一般而言,小说作为一种以叙事为主的文体,应当具备故事情节、人物塑造和矛盾冲突等基本要素。《笛梦》具备了这些小说的要素,有情节,有人物,也有矛盾冲突的场面。然而,《笛梦》最吸引人的地方,倒并不在于这些小说的常规要素。就其艺术特点而言,它甚至远没有一些小说常见的紧张曲折、扣人心弦的故事悬念,跌宕起伏、一波三折的情节魅力,它的故事、人物和矛盾冲突都显得过于简单和单一:"我",一个未谙世事的少年,一心要涉足远方他乡,在"走向世界"的路途中,既留下了年轻姑娘布里吉特美丽亲善的难忘回忆,也遇到了灰眼汉子关于世事苍凉、前途艰险的神秘警示,最后终于明白了那汉子揭示的真理:"既要开创世界,就必须勇往直前"。

显然,《笛梦》的重心并不在于它的情节、人物,而在于它独特的抒情色彩和浪漫情调。且不说小说中从头至尾以歌贯穿:从欢快优美的情歌到忧郁神秘的悲歌,不同的"歌手"唱着各自的人生之歌。作为"德国浪漫派最后的一个骑士",黑塞的小说充满对于人生、爱情、生命和成长的哲学命题的严肃思考和诗性描述。《笛梦》的结尾,也颇有鲁迅小说《故乡》的抒情兼哲理的韵味:"既然无退路可走,那么就让我沿着这条神秘的河流,穿过黑夜一直往前驶去吧。"这已分明是让读者在朗读抒情诗了。

《笛梦》中的象征意蕴往往体现在许多现代主义诗作常

见的具有隐喻意味的意象上。例如《笛梦》，顾名思义，似乎总该围绕"笛"而展开，然而恰恰相反，在小说一开头，父亲为儿子远行而制作的骨制小笛就被"我"谢绝了，并且此后在文中再也没出现过。但这支笛毕竟是"骨"制的，它使人联想起"骨肉""骨血"之类与亲情、血缘相关的意符。因此在故事层面，它虽被"我"摈弃，但在心理层面，这支"笛"却深深地隐藏在"我"的潜意识中，因为，它凝聚着父亲对儿子远行的一切关爱与祝福，"他想，只要我一吹响这可爱的笛子，那么我凡事就会称心如意"。这笛子，无疑成了亲情和乡情的象征物。所以到了后来，对于"航行复航行"的异乡游子而言，美丽的"布里吉特、我那老父以及故乡只不过是一场逝去的梦"了。"笛"与"梦"，首尾贯穿，彼此印证。因此，读《笛梦》这样的小说，只有沉入作者构筑的优美与深邃互为表里的艺术世界中去，用你的心和你的想象力细细解读，深深思索，才能有非同凡响的发现。

用夸张、怪诞的形式揭示丑恶

读卡夫卡的小说《变形记》

何满子

作者介绍

何满子（1919—2009），原名孙承勋，1919年出生于浙江富阳一个大家族。著名杂文家。1949年以前历任衡阳《力报》记者、南京《大刚报》记者、天津《益世报》驻南京特派员。1949年以后，曾任《上海自由论坛晚报》总编辑、大众书店编辑、震旦大学中文系教授、上海古典文学出版社编辑、上海古籍出版社编审。有著作《艺术形式论》《论〈儒林外史〉》《汲古说林》《中古文人风采》《中国酒文化》《中国爱情小说中的两性关系》等出版。

推荐词

现代派艺术中的各种流派，虽然各自标举着不同的创作原则，仿佛千姿百态，五花八门，但从创作方法的内容来说，各个流派之间很难找得出实质性的差别，它们都带有以艺术家的主观认识（理想、幻想、内心体验）来曲折解释客观世界的倾向；不妨说，这些流派都是19世纪浪漫主义的本源上派生出来的支流。由于《变形记》是被当作现代派小说的奠基石和经典来看的，因此，分析了这篇小说也就在一定程度上说明了现代派艺术的特征。

今年（1983年——编者注）是弗朗兹·卡夫卡（1883—1924）的一百周年诞辰。在西方现代派文艺走红一段时间并开始露出衰竭征兆的今天，人们却到处在提起卡夫卡，近年来国内介绍西方现代派文艺都离不了要引述他和他的代表作《变形记》。确实，通过《变形记》这篇小说，可以理解现代派艺术的许多方面的特征；它不仅是卡夫卡本人的代表作。也是一个世纪以来西方现代派小说的代表作之一。

卡夫卡被列为现代派文艺中的表现主义一派，然而从他的艺术风格来说，你也可以称他为象征主义、野兽主义、荒诞派、黑色幽默，等等，说他是什么都没有错。现代派艺术中的各种流派，虽然各自标举着不同的创作原则，仿佛千姿百态，五花八门，但从创作方法的内容来说，各个流派之间很难找得出实质性的差别，它们都带有以艺术家的主观认识

（理想、幻想、内心体验）来曲折解释客观世界的倾向。不妨说，这些流派都是19世纪浪漫主义的本源上派生出来的支流。各种流派的成员也很不稳定，往往有些作家，今天是抽象派，明天变成了达达主义，后天变成了超现实主义，大后天又变成了别的什么流派。各种流派之间的主要差别，也只是表现技法的变换和创新。正因为它们在创作方法上没有实质上的差异，所以可以统一在"现代派"这个名称之内，而就其艺术倾向而言，称它们为"现代浪漫主义"，倒更能说明问题一点。

浪漫主义是一种用强烈的主观意识曲折反映客观世界的创作方法，浪漫主义作品之所以也能成为一种有感染力的艺术，是因为它的某些主观认识在一定程度上符合了客观法则，能够一定程度地反映出生活的真实。换句话说，浪漫主义的艺术性的来源，就在于它在某些部分、某种程度上符合了现实主义的法则。评价现代派艺术作品，也可以拿现实主义法则来做标尺，符合现实主义法则的，就产生了认识价值和艺术价值；反之，就是虚伪的，缺乏艺术感染力的糟粕。

现在就来用"现实主义的法制=艺术的基本法则"来检验一下卡夫卡的小说《变形记》。由于这篇小说是被当作现代派小说的奠基石和经典来看的,因此,分析了《变形记》,也就在一定程度上说明了现代派艺术的特征。

资本主义社会中千千万万个小职员之一的格里高里·萨姆沙清晨醒来,发现自己变成了一只大甲虫,他有了甲虫的生理习性而保持着人的精神特征。事情的后果是显然的,他不但不再能作为社会的一员去应差、赚钱、养家,而且成了社会和家庭所憎厌的真正的可怜虫。对了,可怜虫。这就是小说作者所要表述的资本主义社会某些弱者的命运。甲虫具有人的心智,他为自己的境遇——不齿于人类的虫豸——而心痛欲裂,但他终于无能逃脱被社会乃至家庭骨肉所厌恶、摈弃的命运。这个弱者所变成伪甲虫的命运,也就是没有变成甲虫的千千万万弱者的命运。卡夫卡用夸张的、怪诞的形式说出了资本主义制度下人与人之间炎凉冷酷的关系的真相。

人变成甲虫,是象征,或者说是一个寓言,表明格里高里·萨姆沙已被社会所摈弃。如果干干脆脆撒开了这个寓言的怪异的外幕,小说就是告诉我们,这个可怜的小职员在资本主义奴役下,已经成了一个变态的、不再能和别人交际的失去了人格的人。他已不再能赚钱谋生,成了被所有的人所厌弃憎恶的废物和累赘。小说就萨姆沙已经落入了这样的命运写起，写他如何梦想能保住饭碗，如何发现父母、妹妹落入困境，凄惶尴尬，女仆辞职而去，房客都要退租。总之，他成了家庭的不幸的根源，全家非得把他弄走不可，他的唯一出路就是离开这个世界，他终于离开了这个世界，死了。

卡夫卡只写了这个可怜虫落入了这样的命运之后的遭遇，却没有写他为什么会落入这样的命运。他写了落入这种命运的人的惊心动魄的悲惨处境，却避开了这个人之所以落入这种命运的更为惊心动魄的斗争过程。这样，作家把一个长期、复杂而剧烈的社会斗争抽象化而移入了主人公的内心体验；造成其命运的斗争史只在他的内心活动中得到点滴的、概念化的反映。主人公落入这个命运之前的性格，他在被社会的敌对势力所迫害以及他对这种迫害所采取的反应——如何抵抗，如何几经挫折以至终于败北的情景——读者全无所知。读者只接受了作者所规定的这个社会关系所造成的一个结果。因此，读者可以凭自己想象的补充大致理解这个迫使小人物落入悲惨命运的社会环境，而不能掌握在这个环境中落入了如此悲剧命运的主人公的具体性格。读者至多可以凭臆想猜测到这个人物大致属于什么类型，但关于他的个性，却没有鲜明的印象。

经作品所表现出来的东西，就可以逆探到作家头脑中的东西，即他的艺术思维的特点：卡夫卡只重视人注定要被这个社会制度所伤害、所挤扁、所摈弃的现象，这种现象作为他对现实的判断，已经成了固定的意念，他在作品中只以表现这个意念为满足；至于造成这个意念的具体的社会关系，倒不是他所努力去发掘、去把握的对象了。一旦这种意念占据了他的艺术认识的主要位置，他就不知不觉地和意念所来自的现实生活渐渐远离，终于在作品中也不能把它表现出来，这样，他的人物就只具有演述他的意念的抽象的性质了。

因此，《变形记》这篇小说所感动人的，便只是作家对生活判断的那个意念，即存在于作家认识中，并且因此传达给读者那个悲惨阴沉的印象，那个可怖而又可诅咒的社会的印象。这个歪曲人的资本主义社会制度是可诅咒的，现实主义艺术要表现一个小人物的命运时，也会达到同样的结论，即批判资本主义世界的吃人的本质。在这点上，现代派作家的卡夫卡达到了和现实主义相通的结论，造成了相近似的艺术效果，《变形记》的艺术价值就是从这里取得的。

然而如果是现实主义艺术，哪怕也是从人的命运已经被决定了以后开始着笔，也一定会表现出人物所以达到这个命运的必然过程。也即是说，在人物既定的命运实现以后的叙述中反映出人物的全部历史，即他的性格以及围绕这一性格的社会关系。这里并不是说，现实主义作家一定要用倒叙、追述等手段来完成社会关系的展示，而是在人物命运实现之后的情节叙述中自然而然地把社会关系、人物性格的图景提供到画面上来。不这样是不可能的。因为现实主义就在于作家所注视的是人物性格以及构成这种性格的社会关系。马克思和恩格斯评论巴尔扎克时，就盛赞巴尔扎克对社会关系的深刻理解。

作品所表现出的对社会关系的深刻理解，便是造成作品的认识价值和艺术感染力的源泉。现代派作家所着意表现的，是他对社会关系的固定了的主观意念，换句话说，是用艺术家脱离了现实的主观认识去解释客观世界，因为哪怕不切实际的主观认识也不是凭空具存的，它也是现实中所产生的，或多或少也能反映出一些现实的真相。所以，即使是现代派作家，也能多少反映现实生活的某些部分或某些方面的真实，从而使作品取得一定程度的艺术价值。像卡夫卡这样认真、严肃、忠实于艺术的现代派作家，就能够较多地达到和现实主义相符合的境界,从而取得较高的艺术价值。同时在表现技法上也有他独特的风格,作品因此产生了某种新颖的吸引人的艺术魅力。

现实主义作家即使在描写悲剧的人生现象时,也会具有一种促使人和不合理的现实抗争的奋发的精神:作为资本主义没落期的精神现象的西方现代派艺术,在描写人生的不幸时,大抵只会给人以颓丧、绝望、消沉的阴暗情调的感染,卡夫卡的《变形记》在这方面也堪称现代派艺术的代表。这样的作家是值得悲悯的,他们生活在这样不幸的时代和社会条件中,他们对这个丑恶社会的描写,是他们对不合理的现实的沉痛的抗议,历史将记载着包括卡夫卡在内的优秀的现代派艺术家的悲愤,在这点上,卡夫卡也是不朽的。

跨文化的"万里长城"

卡夫卡的《中国长城建造时》解析

曾艳兵

作者介绍

曾艳兵,中国人民大学文学院教授,博士生导师。

推荐词

卡夫卡自己认为,《中国长城建造时》是他最重要的作品。这篇小说也被认为是他最有影响的一部作品,譬如它对博尔赫斯就产生过重大影响。我们一眼就看出小说的想象性和虚构性特征,再也无法将小说中的长城看作是中国的万里长城,而只能看作是卡夫卡创造的文本的"万里长城"。

雄伟的万里长城，是中国人民的自豪和骄傲，是中华民族精神和文化的象征，"你知道长城有多长，它一头挑起大漠边关的冷月，它一头连着华夏儿女的心房"，因此，描绘万里长城的建筑过程、探索修建长城的原因和意义，不仅是中国作家和学者应该做、乐意做、也必须去做的一件大事；对于西方作家和学者来说，也是一个具有无限魅力和意义的课题，对这一课题的探讨和解答便意味着对古老而神秘的中国进行一次勇敢的精神探险，对西方认识自我提供一个具有重要参照意义的"他者"形象，对东西方文化相互理解和沟通的必要性和可能性进行一次文化测试。1917年卡夫卡写作他的短篇小说《中国长城建造时》时，大概还没有完全清醒地意识到这些意义和作用，但在将近过了一个世纪之后，这种意义和作用已越来越明显地在他的作品中凸显出来了。

卡夫卡自己认为，《中国长城建造时》是他最重要的作品。这篇小说也被认为是他最有影响的一部作品，譬如它对博尔赫斯就产生过重大影响。另外，自从卡夫卡放弃了用第一人称撰写《城堡》后，这就成了他用第一人称写的最长的一篇小说，尽管其中叙述角度也有一些变化。叙述者"我"与作者卡夫卡是如此的不同，以至于我们一眼就看出小说的想象性和虚构性特征，再也无法将小说中的长城看作是中国的万里长城，而只能看作是卡夫卡创造的文本的"万里长城"。

卡夫卡没有到过中国，也不懂中文，更没有同中国人交往过，他对中国的了解和认识来源于西方。他读过某些中文典籍的德文译本，研究过某些学者对中国的论述，读过某些作者撰写的有关中国的游记、日记、报道和评介性著作，以上这些就是卡夫卡认识中国和建构中国的基础。他笔下的"中国万里长城"就是以这种互文性文本为地基而建造的。"文本是未完成的客体，是符号和文化实践。正像博尔赫斯在论及卡夫卡时所说的那样，文本不仅创造了它的先驱者，还创造了它的继承者。"正像博尔赫斯是由卡夫卡这样的先驱者创造的一样，卡夫卡也是由他的先驱者们创造的。

当时西方人眼中的中国，譬如幅员辽阔、人口众多、历史悠久、文化灿烂、循环的观念、森严的制度、伟大的长城、无穷的宫殿、至高无上的皇帝和任人宰割的老百姓等，甚至烟锅、笛子、辫子、绣袍，以及中国人的稀疏的胡须、若有所思的表情等，在卡夫卡的小说中均有所表现。"除了海尔曼编辑的中国诗集，以及赫尔德尔、黑格尔、施莱格尔等人对中国的历史性描绘外，我还要特别提及迪特玛的两部旅游记《环球旅行》（1911）和《新中国》（1912）。这些互文性著述，对于卡夫卡重新建构他的有关中国的文本，都是必不可少的。"

欧洲人最早提及中国长城的据说是罗马史学家阿·马尔塞林，大约在公元4世纪，他便这样描述过中国长城："在东方和距两个斯基泰地区以远的地方，有一用高墙筑成的圆城郭将塞里斯国（即中国）环绕了起来……"这里的"高墙"和"圆城郭"就是指的长城。只是马尔塞林的这段话在很长的一段时间里并没有引起欧洲人的重视和注意。直到12世纪以后，葡萄牙历史学家巴洛斯在他的《每十年史》中对中国长城有较为详细的介绍：

> 这座长城，由前述的那位中国人画在描绘中国全土的地图上。……关于这座长城，以前就有所听闻，以为它并不连续，它是行进在中国人、鞑靼人的土地中间，依山脉而成的通路。而据这幅地图，则它是全部连接的，不由极为惊奇。

意大利人马可·波罗被认为是"沟通东西交流的第一人"，他"第一次向欧洲人揭开了奇异的东方世界之谜，在他们面前展开了地大物博、风姿多彩的中国"，1298年马可·波罗在中国生活了17年之后回到欧洲，他写了一本游记《东方见闻录》。这部后来更名为"马可·波罗游记"的书以后成了脍炙人口的"世界一大奇书"。这部书后来被译成几十种语言，出现了一百四十多个抄本，在欧洲流传甚广。书中对蒙古这个马背上的游牧民族的辉煌业绩给予了生动而又翔实的描绘。当时这个"永远不固定地住在一个地方"的少数民族在统一中国后，又凭借自己的辉煌武功征服了欧亚大部分地区，整个世界为之震惊。"忽必烈汗比以前所有的汗更伟大、更有势力。事实上，即使将前五个汗都加起来，也不如他那样强盛，并且我还要说得夸张些，即使将世界上一切基督徒的皇帝与君主集中起来——并额外加上萨拉森人——也没有这样的势力,或能达到忽必烈那样的功勋。"罗马教皇莫诺森四世对于这个咄咄逼人的游牧民族大感不安,曾极力劝诱欧洲一切民族共起御辱,并以拯救基督教的名义,使之免于灭亡。这便是蒙古游牧民族留给欧洲人的最早的印象。在卡夫卡的小说中这样描绘游牧民族:"一张张狰狞的脸面,张得大大的嘴巴、长长的獠牙,眯缝斜视的眼睛像是已经瞄准了猎获物,马上要抢来供嘴巴撕裂、咬啮似的。"马可·波罗书中还提到了元朝京城大都的城墙和宫殿:

> 新都整体呈正方形,周长二十四英里,每边为六英里,有一土城墙围绕全城。城墙底宽十步,愈向上愈窄,到墙顶,宽不过三步。城垛全是白色。城中的全部设计都以直线为主,所以各条街道都沿一条直线,直达城墙根……城区的布局就如上所述,像一块棋盘那样。整个设计的精巧与美丽,非语言所能形容。

整个城墙共开设了十二座大门,每边三座。每座城门上和两门之间,都建有一座漂亮的建筑物(箭楼),每边共有五座,楼中有大房间可收藏守城士兵的武器。至于守城士兵的数目,大约每座城门是一千人。大家不要因为有这么多驻军,就认为是在防御某种敌人的入侵,实际上这只不过是为了表现大汗的光荣与威严而设置的禁卫军。

这种城墙复城墙、宫殿复宫殿的情景与卡夫卡小说中有关皇帝的谕使的一段描写颇为相近。稍后的西班牙人门多萨也在他的《中华大帝国史》中介绍过中国的长城:"这个国家有一道长五百里格的工事即城墙,始自坐落在高山上的肃州城,从西向东延伸。"门多萨与卡夫卡一样,他的有关中国的文本是建立在西方已有的有关中国的文本基础之上的。17世纪初意大利天主教耶稣会传教士利玛窦在中国生活了将近30年后写了一本《中国札记》,书中也提到了中国的长城:"中国人修建长城作为与鞑靼分界,并用以防御这些民族的入侵。""这个国家在北部则有崇山峻岭防御敌意的鞑靼人的侵袭,山与山之间由一条405英里长的巨大的长城连接起来,形成一道攻不破的防线。"其中"著名的长城终止于中国西部边疆的北端"一句,与卡夫卡小说的开头"万里长城止于中国的最北端"几乎一模一样。

以上是西方人建造的文本的中国"万里长城",卡夫卡便是在此基础上再造"长城",但是,他所建造的长城也有现实生活的影子,这便是著名的布拉格城墙。在布拉格的劳棱茨山的半山腰上有一道被称为"饥馑壁"的奇妙的城墙。据说1340年饥馑袭击布拉格时,当时的国王卡勒尔四世为了给饥饿的民众找活干,在没有任何目的的情况下,大兴土木,修建了这座城墙。正因为如此,当时这座城墙留下了许多此后再也无人问津的洞穴和缝隙,这就像卡夫卡笔下那座永远也没有修建完成的中国长城。

万里长城在中国存在了两千多年,这方面的历史记载和民间传说多如牛毛。据历史记载,中国的长城始建于春秋战国之际,后来历朝皆有所修缮或扩建,到明朝时共有二十多个诸侯国家和封建王朝修建过,其中以秦、汉、明三个朝代成就最为显著。其时,长城的长度都超过了五千公里。在中国历史学家看来,长城的用途不外乎三点: 1. 防御北方民族的扰掠,保护国家安全和人民生产生活的安定;2. 开发屯田,保护屯田和保护边远地区生产的发展;3. 保护通信和商旅往返的安全。

卡夫卡对中国的万里长城有所耳闻,对有关的记载和传说有着浓郁的兴趣,但他显然不会通过小说创作的形式,再现中国古代修筑万里长城的历史；他甚至也不会以借古喻今的方式来影射中国的现实政治，虽然他对中国的现实也不无关注。那么，卡夫卡何以要创作一部描写中国万里长城的小说呢？卡夫卡"并没有把自己的理论同历史联系起来，而是与他的内心活动和他对中国文明的意义的感受结合在一起"（史景迁语）。长城是中国的象征，中国又最能体现东方的韵味和特征，因此，认识了长城也就认识了东方。"东方"，作为西方人借以认识自己的"他者"形象，原本就是由西方人创造的。他们通过将东方形象的文本化，创造了一个纯文本的东方，以代替现实中一直存在着的东方。戳穿这一东方形象的主观性、虚构性和文本性特征，显然可以使一向专横傲慢的西方人警醒，认识到西方人认识东方的局限性和任意性，从而开始寻找一种在平等对话基础上的理解和认识东方的可能性，这无疑是具有深远意义的。并且，这种思路和胆识已经超越了当时绝大多数西方的知识精英，与当下走红的后殖民主义批评家在许多地方倒显得不谋而合。卡夫卡正是从这里超越了他同时代的许多作家，使他的作品即使在今天也显得有强烈的现实意义。

　　解构西方人制造的东方形象，最好的切入点莫过于解构西方人关于万里长城的形象了。西方人既然建造了一座文本的万里长城，那么，这座长城是通过什么样的叙述策略和方式得以完成的？如果所有的历史叙述都是历史的，那么，西方人建造的长城就被还原为一种叙述，而非一种历史事实，卡夫卡从这里颠覆了西方传统的历史叙述模式，尤其是那些东方主义者对东方历史的叙述模式。

首先，小说叙述者的身份模糊不清，他是否有资格和能力承担叙述历史的重任是颇有问题的。有关叙述者"我"的身份，小说中写道，"我生长在中国的东南方"，"我清楚地记得，我们在孩提时候，两脚刚刚能站稳，就在老师的小园子里，命我们用鹅卵石建造一座墙，记得当时老师如何撩起长袍，朝这堵墙冲来，当然一切都推倒了，由于我们的墙造得太单薄，他把我们训斥得这样严厉，以致我们号哭着四散跑回父母的身边"。"我很幸运，当我以二十岁的年龄通过初级学校最后一关考试的时候，长城的建筑刚刚开始。""我"年轻的时代，毗邻的一个省爆发了起义，"一个途经那个省的乞丐把一张传单带到我父亲家里。那天正好是节日，宾客挤满了我们的房间，牧师坐在中央，钻研着那张传单……"这哪里是中国的万里长城，分明是卡夫卡自己的经历和想象。中国万里长城建造时,所谓初级学校是不可想象的。传说中国夏朝已有学校,但没有证据。以后甲骨文中多次出现"教""学""师"等字,卜辞中有"学多□父师于教",表明殷朝已有了学校。但当时的学校并非纯粹的教育机关,其目的主要在于"明君臣之义,长幼之序"。周朝设有专职的教育官师氏,教育的职责是教授音乐、射箭、道德和礼仪,受教育对象是极少数的贵族子弟。所谓"学在官府",官吏就是教师,非官吏不能做教师。这类学校与卡夫卡所说的初级学校没有什么共同之处。春秋以后,孔子创设了私立学校,主要是通过对话的形式讲学,根本没有什么"最后一关的考试"。那种严酷的考试制度其实暗喻的是卡夫卡中学毕业前所经历的一系列考试,正是这些考试给卡夫卡留下了刻骨铭心的记忆:

> 我曾以为我是绝不会通过小学一年级的学习的,但我却成功了,甚至得到了一笔奖学金。我肯定我不能通过升中学的考试,但又成功了。这回我断定在中学一年级必然失败,但是,我没有失败,我一次又一次成功地向前走。

但是，成功激发起来的并不是信心，相反，我始终坚信，我成功得越多，结局就越惨。在内心深处我经常看到那可怕的教师秘密会议的场面（中学只是提供了一个最完整的例子，这些教师全都来对付我），他们开会讨论这一奇怪的、骇人听闻的案例，他们探讨我这个最无能，至少是最无知的人怎么会从中学的一年级溜进了二年级，然后又进了三年级，并如此类推。现在大家的注意力都集中在我身上了，我当然马上会被开除掉，这将给所有摆脱了噩梦的正义者巨大的满足。

1893年卡夫卡参加了中学的入学考试，这被他看作是一系列公开审讯的开始。这一年同卡夫卡一起进入布拉格德语中学的学生有83人，而经过一年又一年的考试淘汰，8年之后，坚持参加了中学毕业考试的只剩下24人。对于卡夫卡来说，"每次考试，从一开始到最后，都是末日审判的预演。一次考试及格，并不能给他带来什么安慰；所有这些只是意味着，他又一次在法庭上蒙混过关了，并且，这只不过是在他无尽的罪孽的总数上又多加了一条。"1901年，卡夫卡参加了大学入学资格的最后考试，在卡夫卡看来，这是一次血战,为此他经历了无数个不眠之夜。最终他通过了考试,但没有什么值得夸耀的。据说卡夫卡的同学贿赂了希腊语教师的仆人,在考试前得到了试卷,卡夫卡也从中受益。这一年卡夫卡18岁,年龄非常接近小说中的叙述者。另外,小说中提到的一些细节,譬如牧师在祭坛上宣读一份诏书,牧师钻研传单等,也不可能发生在中国境内,这种叙述背景的非真实化便消解了叙述内容的真实性。

至于叙述者"我"的姓名、性别、职业和经历,小说中均没有多少交代。"在当年建筑长城期间和自那以后直至今天,我几乎完全致力于比较民族史的研究。"从这里读者大约可以猜出,"我"是一位学者,整日在琢磨一些与比较民族史相关的问题:譬如长城为何要分段建筑?建造长城是为了给巴别塔打地基吗?万里长城是防御谁的呢?既然我们从未见到过北方民族,那么,我们为什么还要离乡背井去修长城呢?为什么中国的某些民间和国家的机构特别明确,有些又特别含混?京城和皇帝是一回事吗?这里的"我"更像是一位欧洲的学究,而不是一位中国的书生,因为中国古代书生从来不会提出以上问题。叙述者作为一个非中国人,由他来叙述他"亲身经历"的中国长城的建造过程,这实在有点滑稽可笑。叙述者身份的不真实取消了他所叙述的历史事实的真实性。

其次，一切有关历史的叙述都是历史的。小说中叙述者曾试图客观地叙述万里长城的建造过程，但是，由于历史及其传说总是无法得到证实，历史学家叙述历史总是带有自己的主观性，以及叙述者自己知识和视野的局限，因此，他最终不可能获得成功。当叙述者试图解释万里长城何以分段建造时，卡夫卡对一向受人尊敬的历史传统进行了嘲讽：

> 我的考察仅仅是历史性的；从早已消逝了的雷雨云层里已经发不出闪电了，因此我可以寻找一种分段而筑的说明。这个说明要比当时人们借以满足的那一种有过之而无不及。我的思考能力的界限是够狭小的，但这里需要驰骋的领域却是无限的。

在19世纪的历史学家看来，所谓历史就是将过去发生的事客观地重新建构起来，就像它本来如此一样，历史学家尽量不掺入他个人的意见和情绪。历史的每一时期都有它自身的价值和意义，这些历史学家反对历史进步和目的论的普遍历史观念。这种历史的客观主义中断了过去和现在、历史时期和它的后果之间的联系,试图通过不带情感的考察,重建昔日历史。但这在小说的叙述者看来是不可能的,因为"我的考察仅仅是历史性的","我的思考能力的界限是够狭小的",他不能客观地将自己投射到历史中去,他自己的历史与他将叙述的历史其实是紧密相关的,他对历史的理解和不理解其实早就被他自己的历史决定了。

再次,历史的叙述无法逃避叙述的盲点。为了摆脱历史客观主义的局限性,"我"致力于比较民族史的研究,相信"有一些问题可以说非用这个方法搞不透彻"。于是"我"发现,"我们中国人有些民间的和国家的机构特别明确,而有些又特别含混"。"最为含混不清的机构莫过于帝国本身了。当然,在京城,就是说在朝廷范围内对这个问题是有所了解的,尽管也是现象多于事实。在高等学校教国家法和历史的老师也自以为他们在课堂上讲的这些事情是千真万确的,并继续把这些知识传授给学生。"比较人类学将某种固定的模式拿来对复杂多变的人性进行生搬硬套,并将由此获得的结论一代代传授给他们的学生,因此,他们不可能获得历史的真实。比较人类学家面对非常复杂的独特的个体常常是束手无策,无所作为。这些历史学家坚持认为,述说一个民族的历史并不一定本民族的历史学家最有发言权,因为其他民族的历史学家由于所处的位置与所述说的对象拉开了距离,因此他对外族文化和历史的考察便更具有洞察力。这样一来,西方的历史学家对东方的历史似乎更有资格加以评说。但是,"在卡夫卡看来,无论是从内部,还是从外部,谁也无法解释清楚东方的神秘"。

当然,任何历史的叙述都有自己的叙述立场和叙述角度。20世纪初中国的情形与奥匈帝国有着非常相似的地方,譬如其专制统治、政治腐败、经济衰落等;而德国进步的知识分子则将德国威廉帝国的终结比做大清帝国的衰落。卡夫卡便是在这种背景和心态下接触到各种有关中国的文本,因此他对中国的思考和描写不可能不受到某种影响。卡夫卡对中国当时的各种改革与进步的思想和力量视而不见,注意到的只是失去了效力的皇帝和帝国机构、宫廷阴谋、叛乱和战争、谣言迷信,以及信息闭塞和混乱等,与这种历史背景便不无关系。

复次,取消历史叙述的确定时间和空间,将历史还原为一种纯粹的叙述。任何历史事件都必然发生在具体的历史时间和空间里,如果对历史的叙述失去了对叙述时间和空间的具体性，那么，它所叙述的内容就只可能是叙述本身，而不可能是历史。

在卡夫卡的小说中，故事发生的时间混沌一团。叙述者显然不是以编年史的方式来叙述故事的，这里既有秦朝的影子，因为那时"长城的建筑刚刚开始"，并且，建造长城的目的在于"防御北方民族"；又有汉朝的繁盛、明朝的衰落和清朝的腐败。作者有意将具体的历史时间抽空，剩下一片空间的叙述；将中国几千年来建造长城的时期和朝代打乱、混合，从而将历史上的长城消解为历史性的长城。时间的凝固表明了中国历史的止步不前，以及中国现实的封闭、落后，这成了对中国历史的一种精神把握，而非历史的描绘。这种对中国历史的精神把握显然笼罩在西方的东方主义者所设置的历史迷雾之中。

小说中的空间是无限的，从北方到南方，从西方到东方，整个中国几乎都包括在内。"我们的祖国是如此之大，任何童话也想象不出她的广大，苍穹几乎遮盖不了她——而京城不过是一个点，皇宫则仅是点中之点。""我们在千里迢迢的南方，都快到达西藏高原了。"从京城"纵使有消息抵达我们这里，但已经太晚了，早已失去时效了"。正是空间的无限使得帝国的机构与人民之间无法沟通信息，重重阻碍导致了帝国的封闭和落后，而封闭和落后又中断了时间的连续性，使时间凝固为一片沉寂。这样，卡夫卡对历史的叙述便终于远离了历史，变成了一篇关于历史的寓言。

万里长城历来被认为是中华民族的象征，建构长城就是建构中华民族的精神。因此，卡夫卡以长城为切入点来解读中国的民族精神，并由此探讨东西方文化相互沟通和理解的可能性与必要性，实在是十分敏锐和深刻的。

关于建造长城的原因，"此乃整个长城建筑的核心问题"，因此，对于这一问题的探讨也就成了卡夫卡小说的中心问题。关于长城的建造，历来被认为是为了防御北方民族，但是，卡夫卡却颇有异议。他认为，长城的分段建筑法表明了其方法和目的的矛盾。"它造得并不连贯，又如何起防御作用呢？甚至，这样的长城非但不能起防御作用，这一建筑本身就存在着经常性的危险。"因此，叙述者认为，长城分段建筑原因众多：

其一，建造长城为的是使那些精疲力竭的建筑者保持信心和活力。"当他们还沉浸在庆祝一千米长城会合的兴奋之中时，就已经被派到老远老远的地方去了"，"他们第一次看到了他们的国家是多么辽阔,多么富庶,多么美丽,多么可爱。每个国民都是同胞手足,就是为了他们,大家在建筑一道防御的长城,而同胞们也倾其所有,终身报答。"在建造物质的长城的过程中人们已在心灵建造了一座更为坚固的团结奋斗的长城,真正的长城在长城建成之前就已经完成,这便是建造长城的真正目的。

其二,建造长城是为了给同样古老的建筑——"世界七大奇观"之巴别塔打地基。叙述者之所以提到这一点,是因为"在该建筑动工之初,有一位学者写了一本书,对这两项建筑做了详尽而精确的比较"。"巴别塔之所以没有最后建成,绝不是由于大家所说的原因,或者至少在这些公认的原因中没有最重要的那几条。""巴别塔的倒塌在于基础不牢"。于是,学者断言:"在人类历史上只有长城才会第一次给一座新巴别塔创造一个稳固的基础。"这样,长城便与《圣经》建立了某种联系,中国文化与西方文化有了某种沟通的可能。

其三,长城"分段而筑乃领导者有意为之"。因为,领导者如果真的愿意,他们就会去克服对构成长城连贯而筑的那些困难,而这对于那些领导者,却并不困难。因此,长城"分段而筑仅仅是一种权宜之计,并没有实际意义",其结论是:"领导者存心要干某种没有实际价值的事——奇妙的逻辑!——一点不假,而且他们还从其他方面为自己找理由。"所以,对于普通老百姓来说,重要的就不是如何理解构筑长城的意义,而是如何理解领导者的意图问题。领导者的意图就像多变的河流,你只能理解它对大地的浇灌和滋养,不能理解它对大地的蹂躏和毁坏。

其四,造长城的决策古已有之,并非由哪位皇帝或哪位领导决定的。既然没有北方民族能威胁我们,我们从未见到过他们,"我们永远也见不着他们,即使他们骑着烈马径直追赶我们,——国土太大了,没等到追上我们,他们就消失得无影无踪了",那么,我们便没有必要为了防御他们而建造万里长城。我们对北方民族青面獠牙、残忍血腥的本性的认识完全来自几本古书里的描写,这是不足为凭的。可笑的是,"那些天真的北方民族,他们还以为这(长城)是为了他们而造的呢,那位值得尊敬的、无辜的皇帝也以为那是他下令造的。"历史就是这样被制造出来,而我们却保持缄默。

其五,分段建造长城还有一个隐秘的目的:即一种精神追求和一种艺术表现。因为,"人的本质说到底是轻率的,天性像尘埃,受不了束缚:如果他把自己束缚起来,不久便会疯狂地猛烈挣脱束缚,把长城、锁链以及自身都扯得粉碎"。既然长城的分段修建留下了无数的缝隙和缺口,既然修建长城无益于防御北方民族,那么,"天性像尘埃"一样的人为什么要给自己筑起一道围墙呢?人们建造长城,但更不愿意受它的束缚,因此分段而筑的、未完成的长城便给人留下了自由驰骋的空间和可能性。这样,对于长城的修建,我们便"只能从精神的角度去理解"。当然,我们从未见过北方民族,我们只是从古书里读到过他们,在艺术家真实描绘的图画中见过他们,正是这些古书和艺术家的描绘激发了人们去建造长城。

凡此种种,围绕长城曾产生许许多多传说,而由于工程范围之大,后人是无法一一凭自己的眼睛来加以衡量的。由建造长城而产生的种种解说的迷雾,本质上与中华帝国的含混不清紧密相连。譬如那位皇帝,我们几乎不可能打听到有关他的任何事情,虽然后来道听途说得不少,但一件也不能落实。"纵使有消息抵达我们这里,但已经太晚了,早已失去了时效。"皇帝的谕使还未将谕旨送到，早已改朝换代了。老百姓"不知道哪个皇帝在当朝，甚至对于朝代的名称都还存在着疑问"，他们"把以往的统治者弄得面目全非，把今天的统治者与死人相混淆"。一切都不可理喻，难以置信，就像是"一朵千百年来在太阳底下静静地游动的云彩"，于是，叙述者对这些问题的考察"暂时不想继续下去了"。

卡夫卡放弃了对长城问题的继续考察，也就是放弃了对中国问题的考察，放弃了对东方问题的考察。他认为中国是不可阐释的，因为它缺乏任何确定的意义。阐释的困境就像是那位皇帝的信使面临的困境：几千年也走不完的庭院和宫殿，拥挤不堪的人群，以及堆积如山的垃圾，即使信使经过千辛万苦终于冲出了宫殿最外边的大门——"但这是决计不会发生的事情"——他所携带的已是一个死人的谕旨了。皇帝死了，谕旨已没有了任何意义，即便如此，谕旨也永远无法送达接收谕旨的人手里。这就像阐释者一直在阐释没有意义的符号，虽然经过不懈的努力，却始终只是从符号到符号的阐释，触及不到符号的意义，并且这种阐释永远也无法到达接受者那里。

但是，在放弃了对阐释的确定意义的追寻之后，卡夫卡反而获得了精神的解放和自由,这充分地激发了他的诗学想象力,使他对中国长城的建造、中华帝国、中国历史以及中国人的精神世界的多种可能性和丰富性有了自己的理解和阐释。正是在这个意义上,我们说卡夫卡所建造的中国长城是文本性的,而非事实的;是诗学的,而非历史的;是跨文化的,而非单一文化的。同时,也正是这个产生于文本中的非现实性的中国给卡夫卡提供了丰富的东方学主题、意象比喻、细节描写,乃至语言模式。卡夫卡从历史阐释的不可能性中开拓出诗学创造的无限可能性,从单一文化阐释的困难性走向了跨文化理解的可能性。

法国后结构主义大师罗兰·巴特在他的《喂,中国》一书中曾论及过类似的问题,他说:"我们希望中国存在费解的现象,这样我们就能够去理解它们:一种意识形态的返祖现象使我们能够去描绘那种创造性的阐释对象。我们相信我们知识分子的任务就是去发现意义。但是,中国却似乎在抵制这种意义的产生,这不是因为它隐藏了意义,而是因为它毁掉了所谓概念、主题和名称这一结构方式。"由于中国拒绝以西方的结构方式去制造现实,使得西方人不仅要质疑某些特殊的问题阐释,而且要质疑探索意义这一行为本身。这也就是巴特所命名的"阐释的终结"。1974年4月,罗兰·巴尔特在中国游览了3个星期,这位以消解神话而闻名于世的符号学大师在中国却无功而返。"他在中国没有找到任何可以解读的东西,没有找到任何可以意识的潜意识、任何可以破译的密码、任何可以挖掘的深度。他的探索可以归结为一个词: 虚无。"卡夫卡在创作这篇小说时已隐隐约约地预感到了西方人对东方的"阐释的终结",因此他放弃了对这一问题的考察,放弃了完成这篇小说的愿望,而只是将其中的一个片段抽出来,以"一道圣旨"为题,收在小说集《乡村医生》中先行发表,这不能不说是非常敏感而又颇有预见的行为。

刻骨铭心　无悔无恨

读茨威格小说《一个女人一生中的二十四小时》

柳鸣九

推荐词

"一个女人的二十四小时",意味着突如其来的邂逅,不期而至的外遇,心醉神迷、强烈冲动、不由自主地委身,无视严重的后果与影响,短短的一天之内竟平添了一股赴汤蹈火的力量……我们要做的事不是对此做出道德评判,也不是作世故人情的利害分析,我们不妨把这两个女人的"二十四小时"作为人性的一种标本加以剖析,探究这短短的时间里,何以发生了常人不能不感到惊奇的那种事。

故事发生在一家大饭店，大饭店真是绝妙的场所、最佳的舞台，不少作家、影视编导都喜欢把自己的故事安排在这里，以便于把各种各样的人物都集中在这个场合，扮演五光十色的人生话剧。

饭店的旅客中，有一个富有的工厂主，携带着他秀丽的妻子与两个女儿。看来，这是一个稳定而和谐的家庭。一天，一个风流倜傥的法国青年也住进了这个饭店，并结识了这个家庭。过了一天，一个惊人的消息传开了，亨丽哀太太抛弃了自己的丈夫与两个女儿，跟那个法国青年私奔了，而事情发生在这个青年人住进饭店、认识了这个少妇仅仅二十四小时之后。一个女人一生中的二十四小时！

这个消息在饭店引起了议论纷纷，于是，又引发出一个年逾花甲的贵夫人，讲述自己的一段往事：她中年新寡之时，一天晚上在蒙特卡罗的赌场里，见到一个狂热的年轻赌徒，把自己所有的一切输得精光。预料他即将自杀，她不禁拼力相助，但就在这个风雨之夜，在她遇见这个素不相识的年轻人仅几个小时之后，她却失身于他。第二天，她力图拯救这个沉沦不堪的灵魂，要根除他的恶习并安排他离开这个迷人心窍的赌城。在将要离别的时候，她却发现自己已经爱上了这个不知姓名的青年，只不过，这个不堪救药的赌徒又情不自禁回到赌场，并公开羞辱了这位女恩人。从在赌场相遇到这时刻赌场中的决裂，一共才二十四小时。又一个女人的二十四小时！

在这里，"一个女人的二十四小时"，意味着突如其来的邂逅，不期而至的外遇，心醉神迷、强烈冲动、不由自主地委身，无视严重的后果与影响，短短的一天之内竟平添了一股赴汤蹈火的力量……

我们要做的事不是对此做出道德评判，也不是作世故人情的利害分析，我们不妨把这两个女人的"二十四小时"作为人性的一种标本加以剖析，探究这短短的时间里，何以发生了常人不能不感到惊奇的那种事。亨丽哀太太随着情夫私奔了，她没有时间向我们叙述她二十四小时之内的突变，我们只能隐约知其大概，但茨威格给那位英国贵妇人留下了足够的时间慢慢道来，这就使得我们得到了一个相当完整的心理标本。

女性初次与一男性相遇，在她身上先起作用的总是理智、习惯、规范、礼节、分寸等这些最外层的东西，她的行为往往都是限定在这些东西的范围之内，其心理、思绪当然也是在这个范围里运作，特别是对象亨丽哀太太与英国贵妇这种有身份的女性更是如此。亨丽哀太太迅速接近那个法国青年，看来首先是因为他很受其他旅客的欢迎，特别是很受她自己两个女儿的喜爱，与这样一个大家都有好感的青年多接近，多在花园里散步，是理所应当的，合乎礼节的，没有任何不得体之处，就像安娜·卡列尼娜在火车上遇见了渥伦斯基之后，所有一切举止与应对都十分合乎规范、十分得体一样。同样，茨威格这篇小说的女主人公英国贵妇也是如此，她能眼见一个青年人因输得精光而精神崩溃，并即将走上自我毁灭的绝路吗？她能眼见一个活生生的人很快就从地球上消失吗？她能袖手旁观、坐视不救吗？她是怀着同情、怜悯、慈善、救助的心情去接近这个青年、去把他拉扯到一个旅馆里去的，即使在她后来客观地回忆这件事的时候，也深信自己当时是带着自觉的慈善动机与意图，而并未掺杂任何其他的杂念，总之，她当时的举止行为是合乎规范的，是充满自觉的道德意识与慈善热情的，甚至可以说，她那份道德感与慈善心颇有点"不平凡"的味道。

在如此合理、如此合乎规范的行为模式里，在如此舍己为人的道德表层外壳中，怎么会壮大起一个那么违反规范与体统的情魔，令她突然一下就心醉神迷，不怕身败名裂，甚至宁愿赴汤蹈火？这就是人性的奇特、人心的微妙！让我们再回过头来检查一下那个行为模式与表层外壳吧，嗯，她为什么不塞把钱在那个倒睡在椅子上的青年人的口袋里就离开，就像常人把钱扔给街上的乞丐、完成了慈善施舍之后就走开那样？她为什么不设法叫一两个路人来帮她救助这个青年人，就像一个路人招呼另外的路人来共同搭救一个倒在街上的病人那样？她却没有那样做，而是自己单枪匹马一人来完成这个善举，而且是在夜晚，是对待一个男子。对于她这样一个身份、年龄的贵妇来说，她的善举是不是有那么一点"超常"的东西？她的热心是否有那么一点过头的味道？

在人性外壳中，如果你发现一点超常的东西，一点过头的味道，最好再往底层探索一下，那下面肯定会有某种更为内在、更为潜藏的成分。只要内在潜藏的某种成分滋生萌芽了出来，而这种成分又带有某种非规范、非冠冕堂皇的性质，那表层外壳往往会更为昂扬、更为超常，客观上起到掩盖那种潜藏成分的作用，我们不妨把这种性态现象称为自我精神翳障，这种自我精神翳障更严重一些，往往就会流于自我幻想、自我欺骗。这个英国贵妇在奋不顾身、投身于善举之时，看来就是有了自我精神翳障，甚至在她几十年后回忆叙述这段往事时，还不免有此残余。于是，在小说的文本中，我们就难以找到那潜藏的成分了，要找到暗暗起推动作用的潜藏成分，看来还得加以分析，在这里，我们不妨用弗洛伊德学说的观点，干脆了当地指出，那潜藏的成分，恐怕就是性压抑下的性潜动。

在这个英国贵妇人身上，人们很容易就可以注意到可能造成性压抑的几个条件：第一，她寡居；第二，她年纪不大，才四十岁出头，精力充沛；第三，她富裕而有闲，需要刻意找点事做才能打发日子，她闲得无聊去逛赌场就是明证。这几个条件凑到一块，就足以造成某种"潜意念""潜意识"了，而这种"潜意念""潜意识"，只要得不到通畅的宣泄口，也就自然构成了一种压抑，这种压抑愈是积蓄日久，在规范化、程式化的生活中未能得任何宣泄，一旦泄出来，就愈加强劲、愈不可收拾，就像原油从钻通了的油井口以无比的强力喷发出来一样。

有了这内在的根由，从什么地方喷发出来，就带有偶然性了，也许是这个赌城，也许是另一个城市，至于为什么一个潦倒沉沦的赌徒能引发出她内在潜要求，潜压力的脱缰而出？首先是他那双手。茨威格在这篇小说里对青年赌徒放在赌台上的那双手的描写，无疑是极为精彩的，就其繁详具体、生动传神的程度，堪称世界文学中人物描写的一绝。在这长达两三页的篇幅里，茨威格写出这双手的个性、意志与各种表情，也正是这双手最先引起了英国贵妇的注意，并深深震撼了她，这双手竟如此敏感、冲动、富于激情，其主人的气质、性情即可想而知了，既然从这双手上可以看出，赌的狂热使他如此忘乎所以、心醉神迷、奋不顾身，那么，别的狂热不也会在他身上引出同样"浪漫"的后果？英国贵妇是否当时从这双手得到了这一启迪呢？不论是否得到了，反正，她还特别注意到了这个青年赌徒那张秀俊而富有表情的脸以及那种如痴如醉的孩子气……够了，这就够了，这就足以引起她这样一个中年妇人的同情与怜悯，足以使她鼓起慈善的热情、道德的责任感、助人的冲动而投入她的善举了。她的善举愈彻底，她就愈加需要把自己的热情、责任感推进到一个昂扬的水平；而她的善举愈是超常、愈是彻底，她也就不知不觉离爱河之上的斜坡愈近,只要稍有闪失,就马上有落入河中的可能,既然已经拉拉扯扯到了旅馆的门口,某种可能性不是迫在眉睫了吗?

同样,在亨丽哀太太身上,我们也可以隐约测探出某些造成特定的"二十四小时"的潜藏根由。一个年轻秀丽的太太,虽然有了稳定而富裕的家庭与两个可爱的女儿,然而,丈夫却毕竟是一个矮胖俗气的男人,爱"美"之心人皆有之,如此文气、秀气、灵气三者皆有的这位太太是否会对自己身旁缺少"美"而早有欠缺感,是否由于有这种欠缺感而往往把眼光投向自己家室之外?而她长期缺乏这种"对美的享受",是否会自觉或不自觉感到一种欠缺之重压,以至于稳定而富裕的生活对她只不过是一种索然寡味的习惯?这种欠缺感与不满足感以及市民阶级程式化、灰色平庸的生活,实际上构成了一种欠缺型的压抑感,只要有机会,这种压抑感就会爆发出来,宣泄出来。于是,当一个俊美男性出现在她身边的时候,她的渴望与激情就喷发而出,难免不产生对美的晕眩症而神迷心醉,委身相随了。

至此,我们对这两个女人特定的"二十四小时"的根由已经做出了相当程度的解释,但这解释对人性的真实来说还不够完全，不够彻底。要知道，亨丽哀太太抛弃她的丈夫与她富裕的家庭并不难，但要抛弃两个女儿却是一件很难的事，如果没有强大的动力，也就是说，使得她私奔的那个男子如果没有巨大的吸引力，她恐怕是会下不了出走的决心的。仅仅那个男子只凭修长的身材、俊美的容貌、潇洒的风度、幽默的谈吐，就使得亨丽哀太太决心抛弃一切？看来他还另有魅力。同样，英国贵妇在与那个青年赌徒过了一夜之后，第二天，也情愿抛弃名誉、地位、财富、身份、亲人等一切，随这个男人到世界的任何一个角落，这仅仅只是青年赌徒的一双敏感的手与孩子般的面孔就使得她再也离不开这个男子吗？茨威格像对亨丽哀太太委身的经过语焉不详一样，把英国贵妇这一夜里的感受都深深藏在幕后，只告诉我们这一夜的每一秒钟，她后来"从未忘记"，而且"永远也不会忘记"，在这一夜里她"身上每根神经都有感觉"。茨威格如此含蓄的笔墨，到左拉或劳伦斯那里，肯定会铺染成《戴莱斯·拉甘》与《查泰莱夫人的情夫》那样明明白白的性爱篇章。不过，他的启示也是不言而喻的，那就是：不论在亨丽哀太太的"二十四小时"里，还是在英国贵妇的"二十四小时"里，那两个男人的男性魅力起了至关重要的作用。一个女人，如果没有强烈地被震撼，没有某种刻骨铭心的感受，又怎么会决心舍弃一切？在小说中，英国贵妇自我解脱的结局，我们是看到了，可是亨丽哀太太后来的遭遇，我们却未能得知。当然，在发生突变的"二十四小时之内"，她眼里只可能有那个男人的英俊与风度。不过，即使日后这个男子的缺点日益在她面前暴露了出来，即使她发现他是一个"浪荡公子"，她也会无悔无恨、终生不渝的。

虽然，亨丽哀太太与英国贵妇人，各有各自不同的"二十四小时"，但都有相同或相似的运作状态与人性根由。在同一家饭店的范围里，就有两"一个女人的二十四小时"，可见"一个女人的二十四小时"在现实生活里密度可谓不小，这是否堪称女性人性的一种常见的现象？

很多女人都有自己特定的"二十四小时"，或许不止一次有过特定的"二十四小时"。面向21世纪的现代女性，读了茨威格这篇小说后，共鸣之余，定会庆幸自己晚生了半个世纪。时代毕竟进步了，大家活得不用像亨丽哀太太、英国贵妇人那般费劲，那样沉重！

其实，相辅相成，既然不少女性有自己特定的"二十四小时"，不少男性又怎么会没有呢？

女性自我的探索

《钢琴教师》的解密式阅读

周 怡

作者介绍

周怡,山东大学威海分校新闻传播学院教授,硕士生导师。

推荐词

小说《钢琴教师》的一个最基本主题密码是:女性在这个自身被赋予多重形象的世界上是否能够充分完成自我(耶利内克曾经对自己的小说做出这样的解释:人能否控制自我,不管是情欲还是权欲)?在这一总体性的质疑当中,一系列的更加具体的问题通过人物的极端行为和心理暴露,随着故事情节的延进而得到探索性的解析。

2004年的诺贝尔文学奖使得奥地利女作家弗里德·耶利内克的知名度直线上升,在获奖后不到一天的时间里,著名的亚马逊网络书店中,耶利内克的代表作《钢琴教师》从163804位一跃上升为第9位。诺贝尔文学奖"点石成金"的魔力让全世界的人们开始关注这位奥地利女作家,审视她的作品,重新认识这些作品的价值。

然而,由于中西文化环境的差异性,耶利内克及其作品在我国的传播,还是颇多周折的。据《钢琴教师》的翻译者宁瑛女士讲,早在1997年她在德国访问期间,就收集了这位作家的一些资料,当然包括了她的代表作《钢琴教师》,并立即投入了翻译工作,并在2000年之前译毕交出版社。其实,真正进入出版的议事日程,还是2004年10月诺贝尔文学奖的公布之日。随后,于当年的12月,中国德语文学研究会和《世界文学》杂志社在京举行了"耶利内克作品研讨会"。与会学者们研讨了耶利内克的文学创作,评价了其独特的艺术个性。但是,来自否定方面的意见也是十分尖锐的,这主要在于耶利内克作品中狂放的性爱描写与病态的性心理袒露,批评家直言:耶利内克的作品缺少"美"的品位。

其实这种质疑不仅在中国,在2000年奥地利大选中,她所反对的右翼党打出海报,标题为"你要耶利内克还是要文化?"可见她在西方世界、在德语文学界也是一个富有争议的作家。耶利内克似乎成为文化、文明、艺术的对立面。是的,耶利内克作品的文学价值究竟何在?艺术之美何在?这的确是我们不得不面对并且要做出回答的问题。

一、 故事的解密

《钢琴教师》发表于1983年,主人公埃里卡·科胡特是个三十多岁的中年未婚女子,出生于维也纳的一个小市民家庭,从小受到母亲严格的管束,一直生活在母亲的卵翼之下,几乎与外界隔绝。虚荣心极强的母亲一心培养女儿成为一流的钢琴家,因此,科胡特的童年几乎隔绝于社会,一直在母亲严格的监控之下练习钢琴。而她的父亲因为患有精神病被母女送往精神病院，直至死亡。出人头地的妄想、偏执的心理状态、隔绝社会的女性生活，使得她们母女二人成为一个病态的"共生体"。然而，随着科胡特青春期的到来，生命的秩序紊乱了，性爱的欲望得不到正常的发泄，有限的音乐天赋也使她在艺术之路上看到了尽头。这位在性苦闷煎熬之中的老姑娘开始光顾土耳其人的色情场所，到阴暗角落观看色情表演，疯狂的性虐镜头让科胡特感到一种歇斯底里的快意。她无法遏制自己的窥视欲，为了饮鸩止渴，她甚至在夜间偷视情人野合的场景。

小说的高潮是科胡特的学生——一位17岁的青春少年瓦尔特的出现，似乎一场浪漫而温情的师生恋就要发生。然而，爱情的诗意一点都没有出现，双方反而陷入施虐与受虐的情感折磨与精神摧残之中。

如果要追究耶利内克作品的文学价值与艺术品位，首要的意义是对于人性的解密。解密性的写作大致有三种：一是对于人性秘密的探究，这个任务由真正的文学创作与阅读来完成；其他两种是对历史的解密和对科学的解密，不在我们本文的探讨范围。解密性写作在奥地利由来已久，现代心理分析的开创者弗洛伊德将科学与人文密切结合，对历史上的文学文本进行了史无前例的解密性精神分析。我们可以将此看作属于奥地利人的一个思维传统,耶利内克的《钢琴教师》也是在解密式的写作中展示自己独特的文学形象。

小说《钢琴教师》的一个最基本主题密码是:女性在这个自身被赋予多重形象的世界上是否能够充分完成自我(耶利内克曾经对自己的小说做出这样的解释:人能否控制自我,不管是情欲还是权欲)?在这一总体性的质疑当中,一系列的更加具体的问题通过人物的极端行为和心理暴露,随着故事情节的延进而得到探索性的解析:一个梦想出人头地的女性并将它视为唯一目标的时候,她的命运会怎样?一个缺失男性的女性家庭,怎样实现自我生活的完满?事业的追求与成功与自我的情感生活究竟是一个什么关系?在性爱问题上,男性与女性应当具有怎样的权利?被压抑的情欲可以通过艺术创作得以释放吗?艺术的升华作用能够完成人性最阴暗层面的提升?还是会走向两极,即投身于艺术愈深入,深层心理便愈阴暗?按照传统道德观人性丑恶的一面在艺术作品中应当怎样表现?表现的尺度与深度应当如何把握?如此诸多的问题,似乎都通过主人公自我暴露式的叙述,不断地提问、质疑、吐诉、畅泄,极大地调动了阅读的解密心理。

如果我们从文学解密的层面上来阅读耶利内克，就会合情合理地绕开关于艺术美的问题进而探讨另一层面的文学因素。以上的这些问题，或许不会立即得到一个确切的、令人信服的答案，但它给文学阅读与批评开拓了思考的空间。

二、 语言的解密

瑞典皇家科学院宣布耶利由克获奖理由的时候说："她用超凡的语言以及在小说中表现出的音乐动感，显示了社会的荒谬以及它们使人屈服的奇异力量。"在德语文学界，耶利内克素有"语言雪崩"之称，小说善于运用音乐上的各种节奏效果，形成雪崩式粗犷而富有爆发力的语言风格。更重要的是：这种强悍的语言"暴力"具有巨大的意义内涵，正由于蕴藏深厚、力量巨大的意义内涵，语言才会实现爆发。所以，作品中作者精心设计的艺术符号往往带有丰富的文化信息，似乎又是不经意，俯拾即是的。下面是《钢琴教师》中女主人公找卫生巾止血，对"卫生巾"这一女性的平常用物所阐发的感想：

> 为了止血，找出了喜欢的卫生巾，因为它的优点，每个妇女都了解和赏识它，它通常首先用于运动和活动

的时候。它迅速代替了灵巧小姑娘在儿童舞会上作为公主小姐的金色的纸板王冠。但是,她从未去过儿童狂欢节的舞会,也无缘见识过这种王冠。后来,王的首饰突然滑落到裤子里,妇女认识到自己在生活中的位置。首先在头上,孩子们的自豪里显眼的东西,现在已经到达了那里,在那里女性的木柴必须悄悄地等待斧子。公主现在已经成为人,在这儿意见有分歧:一位先生想要一件装有贴面板不太惹人注目的家具;另一位先生要一件真正高加索核桃木的镶饰;可惜第三位先生只想把柴火高高垛起来。但是这位先生此时也可以出个风头:他可以把自己的木柴堆尽可能向高处堆,以便节省空间和便于取用。装在一间煤窑里的木柴要比装在另一间煤窑里的木柴多,因为在另一间煤窑里,木柴是横七竖八胡乱堆放着。其中一家的火要烧得比另一家长久,这是因为那家的木柴多的缘故。

神奇的隐喻将女人的命运通过一条卫生巾做出精辟的生命概括。生命的全过程是:"儿童舞会上作为公主小姐的金色的纸板王冠"——"滑落到裤子里"之后变成卫生巾——妇女认识到自己在生活中的位置——公主成长为女人。从王冠到卫生巾,从舞会到裤子,从公主到女人。理想陷落入现实,美丽染为龌龊,公开躲进隐秘,艺术还原为世俗。然而,真实的人生恰恰从这里开始,一个在音乐与艺术的境界里生长的女性,能够经得住这般迅速的突变吗?在这里,作者运用了一个狠劲十足的比喻:"女性的木柴必须悄悄地等待斧子。"而三位持斧的先生各有自己不同的选择准则。这种选择与被选择的错位,就使得女人无法完成多种角色的自我。

与此遥相呼应的是,小说写女主人公的性自虐,在运用器物的选择上,也是颇具文化隐喻特征的。她选择了男人的刮胡刀片:

> ……父亲的万能刀片被取了出来,这是她的吉祥物。

这一"刀与肉"的真实情节在经意与不经意之间形成了"木柴与斧子"理念上的对应关系,并且强化了形与神的互补意义。我们再看一看作者对于"小刀片"意象的隐喻式形体描绘:

这些刀片是为她的肉体而准备的。这是些用近似蓝色的钢制成的漂亮的小薄片，可折，富有弹性。

耶利内克作品当中的细节，包括性爱细节，其隐喻、象征手法的普遍运用，文化品位是相当浓厚的，也是丰富而深刻的，从中看不到什么色情的痕迹，却引发读者的文化探险。耶利内克强调的文学观点是：思想和形式一起飞，不至于有一方坠落地面。该书的翻译者宁瑛介绍说，搞文字游戏是奥地利当代作家的一贯风格，奥地利人认为他们的日常语言在被德国纳粹统治时期玷污了，奥地利作家试图抹掉那个时期语言留下的一切痕迹。所以，在奥地利文学中，语言批评的手段一直被置于相当高的地位。耶利内克即是继承了这一传统的典型代表，其对文字游戏的热衷程度在当代作家中非常少见，她鲜明的政治态度和强烈的社会责任感融化在语言中。在耶利内克，作为女性意识非常强烈的作家，更是渴望创造出一种独特的"女性审美""女性语言"。

三、思想的解密

必须承认，耶利内克作品对于性变态的心理与行为描写，其暴露之大胆与深刻，是惊世骇俗的，而叛逆性的文学创作往往就在传统道德的底线上做出某种突破。从心理因素的意义上理解，写作的"暴露癖"跟阅读的"窥视癖"互为对应。真正的文学写作，关注的恰是生命价值与文化意义上的私人经验和私人秘密，这在满足了人类阅读"窥视癖"（作为一般的心理机制）的同时，承担了人性批判的社会责任。如果说《钢琴教师》的作者是一位人性探密的"暴露癖"，那么她的女主人公就是一位兴趣十足的私人经验"窥视癖"，作者在自我暴露与窥视的对应中完成了一次解密式的书写。作者自我暴露的对象恰是给予那个"自我"的窥视，反过来说，作者自我窥视的目标也正是那个暴露的"自我"。换言之，作者通过自我暴露来窥视自我，是作家角色与生活角色的自我一次相互对话，当然，这个"自我"要大于生活角色的个体而成为艺术典型。对于自我暴露与窥视的深度，其艺术感觉具有多大程度的独特性，规定着艺术成就的高下。有人在耶利内克作品讨论会上将《钢琴教师》与"身体写作"相类比，这显然是一种误解。身体层面的东西与精神层面的东西是不能相提并论的，尽管精神的书写离不开身体的表现。

这种暴露与窥视的关系,就像文学接受理论所提出的"隐含读者"。所谓"隐含读者",并不是真实的读者,"隐含读者"的本质存在于文本的结构之中。更通俗地说,作者心目中的"隐含读者"是构成作家与读者之间的"中介",它可以是社会不同阶层的读者群,商业写作需要最大的读者群,它的隐含读者与真实读者基本是画等号的。隐含读者还可以是自己的密友,如《红楼梦》的创作;也可以是作者自身,比较典型的例子是卡夫卡,他的许多作品并不打算发表,并留下遗嘱,准备将自己的著述焚之一炬。这都属于纯艺术化写作。耶利内克属于什么情况呢?

一般说来,自我暴露式写作的隐含读者都确定在一个极小范围之内。如果对卡夫卡的隐含读者进行再深入一步的追问,那就应该是他的父亲。父子关系是解读卡夫卡作品的钥匙。耶利内克是一位女权主义者,因为她的许多作品都以强烈批评男性的专制和暴力而著称。在她发表的抒情诗、散文、剧本、广播剧以及电影剧本里,她所描写的内容大多数都是妇女如何被毁掉的故事。耶利内克说过: 她那遭受压制的性欲在偷窥中得到发泄,她只是一个不能正常享受生命和欲望的女人。甚至连偷窥也是男人的特权: 女人总是只能成为被看的对象，从来就不是主动观看的人。

就像卡夫卡将自己的怯懦性情归罪于父亲一样，耶利内克将一个性爱缺失的女人归罪于她的母亲。《钢琴教师》将时刻盯着女儿的母亲比喻成保护幼兽的母兽，生动地说明变态的母女关系。

女性性成熟者生活在固定禁猎期的居留地里。那里保护她不受外界影响和免遭诱惑。禁猎期不适用于工作，只适用于娱乐活动。为了保护她不受到潜伏在外面的男性猎人的袭击和在必要时动手警告猎人，母亲和外祖母，这支娘子军枕戈待命，严阵以待。这两位阴部已经干瘪、年纪已经不小的女人，她们扑到每个男人面前，使男人无法靠近她们的幼鹿并在她身上得手。爱情、乐趣什么的不应损害幼鹿。于是，她们紧紧抓住自己女儿和孙女的鲜嫩的肉，慢慢地把它撕碎成一小块一小块。与此同时，她们的装甲车严守着年轻的鲜血，以防其他人走近并给鲜血下毒。她们按照合同在周围广泛地区都有密探，密探专门暗中监视女孩在家外的行为并且趁喝一杯咖啡的工夫，舒舒服服地当着孩子的女监护人的面来个机密大泄露。她们报告一切，并且还添油加醋。然后，女侦探们说起自己在旧堤坝处的见闻： 宝贝孩子同一名格拉茨的大学生约会！现在，在孩子悔过并发誓不同这名大学生来往之前，她的妈妈再也不让孩子迈出家门。

耶利内克作品倾力表现男女性别之间的畸形关系，并试图以自己创造的文学形象将这畸形关系的根源做出揭示，它来自两个方面，一是男性社会的特权观念；另一方面来自于女性自身，这是一个巨大的传统罗网，依靠女性代代相传的生命基因和文化基因得以维持。主人公埃里卡·科胡特的母女关系是人类生命传承与文化传承的一个浓缩，是一个谜，人性之谜。实际上，作者无法给予答案，文学家不需要做出答案，只要给予充分地揭示，这就足够了。

现代性文化的萌芽

读薄伽丘的《十日谈》

丁 东

作者介绍

丁东,1951年生,1982年毕业于山西大学历史系,后供职于山西社会科学院,现居北京,主要从事当代民间思想史和"文革"史的研究。有著作《冬夜长考》《和友人对话》《尊严无价》《午夜翻书》《思想操练》《精神的流浪》《教育放言录》《反思历史不宜迟》等出版。

推荐词

在中世纪,人是匍匐在神面前的奴隶。人怎样才能站立起来,成为自己的主人呢?人的觉醒,应当从哪里开始呢?薄伽丘的贡献在于,他提出了一个人性解放的出发点:打破性压抑。《十日谈》共一百个故事,绝大多数以性爱为主题,集中到一点,便是昭示世人:性的解放是人的解放的出发点。

一、 人性解放的出发点

《十日谈》已经是一座伟大的纪念碑了。

在小说史的长河里,它是一个源泉。

在思想史的长河里,它是一座灯塔。

在人的解放的行列里,它是一位先驱。

《十日谈》的意义如此深广,但其形式本身,却是一连串妙趣横生的小故事。这些小故事,大多也并非作者薄伽丘杜撰,有的已在先人之口中流传了几百年,作家不过故事新编而已。薄伽丘安排了一个情境——1348年佛罗伦萨发生了大瘟疫,十位男女青年躲到乡间别墅避灾,于是一百个故事便通过十位男女之口,用十天时间一一道来。其实,说到底,讲故事的还是薄伽丘本人。他的高明之处,不在于编排的技巧,而在于他将这些早已在西方和东方流行多年的寓言传说,乃至街谈巷议,都点铁成金,使之发出人性解放的奇光异彩。

欧洲文艺复兴之前,已经历了将近千年的中世纪漫漫长夜。没有光明,没有生机,没有歌声和笑语,只有死一般的沉寂。文艺复兴有如黎明的第一道曙光,把千年长睡的人们唤醒了。文艺复兴所倡导的精神,后世称为人文精神,其实就是呼唤人的解放。以后,人类文明中出现的自由、平等、博爱、科学、民主等激动人心的旋律,无不是文艺复兴人文精神的变奏。文艺复兴时期的人文精神,是由一批文化巨人共同创造的。从但丁、彼得拉克、达·芬奇、米开朗其罗,直到莎士比亚,每位巨人都有各自的贡献。而薄伽丘作为巨人行列中的一员,其贡献独树一帜。

在中世纪,人是匍匐在神面前的奴隶。人怎样才能站立起来,成为自己的主人呢?人的觉醒,应当从哪里开始呢?薄伽丘的贡献在于,他提出了一个人性解放的出发点:打破性压抑。《十日谈》共一百个故事,绝大多数以性爱为主题,集中到一点,便是昭示世人:性的解放是人的解放的出发点,性文化的新生是整个文明新生的起跑线。

薄伽丘的选择惊世骇俗,却切中要害。

性关系是各种人际关系中最自然、最基本的关系。有男女，才有人类的存在；有男女，才有生命的繁衍。性文化的状况，不但关系到人类自身的体质状况，也关系到人类社会文明的水平。性被压抑到什么程度，社会就愚昧到什么程度；性被解放到什么程度，文明就进化到什么程度。可以说，性文化是人类文明的第一支晴雨表和温度计。

中世纪之所以野蛮、愚昧、黑暗，就是因为人性受到压抑，而这种压抑首先表现为性的压抑。古罗马时期形成的基督教，原不是禁欲主义的，《旧约》禁止乱伦、通奸、婚前性行为和反常性行为，却不禁止结婚和婚内性行为。《雅歌》一节，可以说是性爱的颂歌。到了公元四、五世纪，圣奥古斯丁确立了"性就是罪"的原则，完成了基督教的禁欲主义体系。接着，整个中世纪欧洲，以教士独身制、苦修制为主要内容，进入了长达千年之久的禁欲主义统治期。教士不得结婚，也不许有性生活。这种违反人类自身生理规律的生活方式，不能不使宗教界导向精神的畸形。要么按照教义生活，人自身走向枯萎；要么不按教义生活，人自身变得虚伪。《十日谈》的教士，无不在枯萎与虚伪之间痛苦地徘徊。这正是中世纪宗教界性生态的深刻写照。

世俗大众，作为一般信徒，虽然可以结婚，但也处在严酷的文化规范之下。教义只允许俗人结婚以生儿育女为目的，而反对从性生活中获得精神的快乐。教义对性交的时机还有种种限制。《十日谈》第三天故事第十中，比萨法官钦齐卡手持历本，"旁征博引，向她的太太证明，在这些圣徒的节日里，夫妻应该虔敬神明，禁止房事。这还不算，他又添加了许多斋戒日，诸如四季斋戒日，十二门徒彻底祈祷日，以及其他千来位圣徒的节日，还有圣礼拜五啊，圣礼拜六啊，圣安息日啊，那长长的复活节的旬斋啊，还有那月圆月缺等等一大堆禁忌……说是在些日子里，夫妻都要虔诚节欲"。这里薄伽丘不是凭空杜撰。在中世纪，这是有证可查的实情。公元7世纪，各种宗教节日在一年中占到215天，它们主要包括基督降临节，四旬斋，圣灵降临节，圣餐前，忏悔期，每周的四、五、六日，就是说四分之三的日子都是禁止性生活的。观念和习俗的力量是如此强大。久而久之，一般百姓也真的把性生活当作罪恶了。只是后来，人类醒悟以后，回首反观千年长夜，才惊奇地质疑：当初人们怎么如此可怜！如此可悲！

文艺复兴是一个需要热情，需要青春，需要创造，需要欢乐的年代，是一个需要新思维也能够产生新思维的年代，是一个需要挑战者也能够产生挑战者的年代。作为挑战先驱的薄伽丘，首先举起如椽大笔，向压抑着所有人的性文化禁锢举起投枪，无疑是找对了突破口。

以后的历史表明，薄伽丘的挑战对人类生活产生了重大影响。直到20世纪出现的许多新的性观念，都可以从薄伽丘那里找到萌芽。这正是作家的伟大之处。

面对已经延续千年的禁欲主义文化传统，薄伽丘不只是一个勇敢的挑战者，而且是一个智慧的挑战者。他不是盲目地掷出自己的投枪，而是提出一整套新的建设性的价值观。这一套新的价值观，就隐藏在一个个故事那荡漾的笑声之中，只需稍加爬梳，便可以看得很清楚。

二、 让人性符合自然

新的性价值观的第一个基本点是让人性符合自然。在薄伽丘看来，男女之间，要相爱，要性交，是人的天性。顺应这种天性，才是合理的；违反这种天性，便是不合理的。第四天的故事之前，套了一个小故事，佛罗伦萨城里有一个名叫巴杜奇的男子，太太死后带着两岁的儿子上山修行，侍奉天主，过着与世隔绝的日子。儿子长到十八岁，方被父亲第一次带进佛罗伦萨城。儿子第一次见世面，最感兴趣的不是别的，正是城里的姑娘。儿子问父亲，那是什么？父亲骗儿子：那是绿鹅。小伙子生平还没看见过女人，眼前许许多多新鲜事物，像皇宫啊，公牛啊，马儿啊，驴子啊，金钱啊，他全都不感兴趣，这会儿却冷不防对他的老子这么说："亲爸爸，让我带一只绿鹅回去吧。"老头子后悔莫及，恍然大悟：原来自然的力量比他的教诲要强多了！是啊，男女间人生之大欲，乃至高的自然规律，它是不应抗拒，也无法抗拒的啊！

薄伽丘顺应自然的主张，不只是肯定男女性欲的合理，同时还肯定人追求性生活的快乐和满足。男人和女人，青年和老年，生理特点不同，性欲的需求也是不相同的。每个个体的性欲千差万别。但不同的人都有满足性欲的权利。如果社会的规范使多数个体的性欲都不能满足，那么，是应当让每个个体克制性欲呢，还是应当改变社会的伦理规范？薄伽丘用他的故事估做出了回答。

第五天第十个故事，说的是酷爱男色的富翁彼得为遮人耳目，娶了个精力充沛、风骚入骨的姑娘。故事的结局不是让彼得受到惩罚，而是让他和年轻的妻子各得其所。这种结局本身就超越了世俗的伦理规范。更值得指出的是，作家通过主人公之口，让女性站出来申明自己特殊的性要求和性权利。那为妻的不甘冷落，与一个青年偷情，被彼得发觉，于是理直气壮地说："即使你给我吃得好，穿得好，可是请你问问你自己的良心，你那方面待我怎样？你有多久没有陪我睡觉了？与其叫我独守空床，我倒宁愿穿得破烂，不要吃好穿好。彼得，你要知道，我既然是女人，就有女人的欲望。我既然不能从你身上得到满足，自然要去找别人，你也怪不得我。"给她出主意的老太婆说得更坦率："人生最大的不幸莫过于辜负青春。""别的且不说，你只要弄明白这一点就行了：女人随时都可以干这件事，男人却办不到。一个女人可以把好几个男人玩得筋疲力尽，而好几个男人却未必对付得了一个女人。这是我们得天独厚的地方。所以我再跟你说一遍：你尽管对你的丈夫一报还一报好了。只有这样，你到了老年，你的灵魂才不会对你的肉体有所埋怨。"试想，在禁欲主义的文化规范已经禁锢了千年之后，这样的声音是何等振聋发聩！

三、 让宗教符合人性

新的性价值观的第二个基本点是让宗教符合人性。《十日谈》里，修士修女们偷情的故事特别多。过去，有人说这表现了薄伽丘的反宗教倾向。其实，生活在五百多年前佛罗伦萨的薄伽丘，不可能成为无神论者。在人人信仰基督教的社会氛围里，他很自然也是一个基督教徒。正像布克哈特在《意大利复兴时期的文化》一书中所说："意大利人的思想从来没有超过教士统治的范围。"薄伽丘固然伟大，但他也不例外。他并不反对宗教本身，而只反对宗教中的禁欲主义倾向。他的主张，是要把人的气息注入神坛，让基督教变得富有人情味儿。

《十日谈》第三天第十个故事，说的是十四岁的天真女孩阿丽白，为侍奉上帝，独自来到人迹罕至的荒漠，遇上修士鲁斯谛科。鲁斯谛科发现阿丽白童贞未泯，于是想占便宜。他编了个理由，说这叫把魔鬼送进地狱，还说这最能讨上帝的喜欢。阿丽白信以为真，并从中尝到感官的乐趣。于是反过来催促鲁斯谛科：神父，我到这儿来是为了侍奉天主，而不是来闲混的呀！我们怎么好坐着贪懒呢！快让我们把魔鬼关到地狱里吧！久而久之，弄得以野菜清水果腹的鲁斯谛科精力不支,淘空了身子,无力奉陪阿丽白一起侍奉上帝了。

这个小小的荤故事,看起来荒诞不经,但作家却有郑重的总结:"年轻的小姐啊,所以你们如果希望获得天主的恩宠,那么快学会怎样把魔鬼送进地狱去吧,因为这回事不但挺叫天主喜欢,而且还让双方受用,好处可多着哪!"

薄伽丘要把基督教变成什么样子,不是很清楚了么?

薄伽丘不能容忍的,不是宗教统治本身,而是当时宗教界道貌岸然的虚伪。神父、修女,本身也是人,也有七情六欲,也知道性交中有乐趣,却不让别人干,自己偷偷干,这是薄伽丘最鄙薄的。第九天第二个故事中,修女伊莎贝达与漂亮后生偷情,被捉奸,送到女院长乌森巴达面前受审。伊莎贝达发现平素一本正经的女院长头上系的不是头巾,而是男人的短裤,于是反唇相讥:"院长,天主保佑你,请你先把头巾扎好再跟我说话吧。"女院长出了丑,只好摘掉面具,口吐真言:"硬叫一个人抑制肉欲的冲动,却是比登天还难的事,只要大家注意保守秘密,不妨各自去寻欢作乐。"只要修士修女们坦白承认自己的情欲,作家便由辛辣的嘲讽转为宽容的微笑。只有那些自己尝着禁果,却不容别人追求性爱的假正经,作家才痛快淋漓地戳穿其老底,让他们出尽洋相。

让宗教符合人性,关键是让修道院世俗化,根本改变修士修女必须禁欲的禁严秩序。修士修女们解放了,世俗社会的解放便水到渠成。薄伽丘不是宗教界的领袖,他不可能也没有必要去修正基督教的规矩、章程。他是一个作家,他对社会发言的方式只能是讲故事。但他的故事却对旧的伦理秩序产生了前所未有的瓦解力,唤起僧俗两界对新生活的渴望。他特别赞美修女修士们为挣脱性压抑而表现出的机智。第一天第四个故事,第三天第一个故事、第四个故事、第八个故事,第八天第二个故事,第九天第二个故事、第十个故事,都是如此。那么多修士修女,都在挖空心思偷情,旧秩序的大逆不道,不是昭然若揭了么?

四、 让法律顺应时代

新的性价值观的第三个基本点,是让法律顺应时代。第六天第七个故事说的是浦拉多城有一条法律,凡妇女与情人通奸被丈夫发觉,一律活焚。美貌多情的菲莉芭,被丈夫撞破了奸情,丈夫利用法律要置她于死地。她走上法庭后慷慨陈词：

> 法官，林奈度是我丈夫，昨天晚上他看见我睡在拉才利诺怀里也是真情；我十分爱他，所以几次三番地在他怀里睡过；我不愿意否认这一事实。想必你也知道，法律对于男女，应该一律看待。而法律的制定，可就不是那么一回事。因为这条法律是完全对着我们可怜的女人的；其实女人的本事比男人大，一个女人可以满足好多男人呢。再说，当时定下这条法律，女人并不曾同意，而且也并不曾征求过我们女人的同意。所以这条法律可以说是一点也不公平。假使你一定要根据这条不公平的法律，加害于我，你尽可以这样做。但是在你判决之前，请给我一个小小的恩典吧——你问问我的丈夫，他每一回对我的肉体有要求，我是不是回回都依了他的？法官大人，假使他的胃口在我的身上已满足了，而我的供应却还有很多，那叫我怎么办呢？难道把它扔给狗子吃吗？与其眼看它白白糟蹋掉，那么拿来送给爱我如命的绅士，救救他的饥饿不是实惠得多吗？

菲莉芭这番陈词，真是惊世骇俗之论！就是放在今天，也不难扣上一顶宣淫的大帽子。但这个故事的深刻寓意,只有放在当时的历史环境中考察,才能看得清楚。早有论者从中看出了薄伽丘关于男女平等的进步主张,这是对的,但还不是问题的全部。在这里,薄伽丘还提出了一个更富有当代意义的命题:性与法应该是什么关系?

古往今来,南北东西,有人类文明的地方便有关于婚姻的法律。此时此地的法律,不同于彼时彼地的法律。在此时此地合法的行为,不等于在彼时彼地合法;彼时彼地非法的行为,在此时此地却可能合法。如基督教国家均实行一夫一妻制;伊斯兰国家里却可以一夫四妻;东方一些国家还实行过一夫多妻;而喜马拉雅山一带还实行过一妻多夫。对僧侣婚姻的限制因时因地各不相同;对男女婚前性关系的限制也因时因地因民族而异。统一的法律是没有的;永恒不变的法律也是不存在的。

对于一般人来说,既定的法律,就是生活的规范,服从就是义务,不需要考虑其他。如果能对正在实行的法律加以反思,思考它是否合理,就是一个有头脑的人。如果再进一步,不但思考现有的法律是否合理,而且思考应该以什么标准什么程序制定法律,那就具有法学家的品格了。薄伽丘就是这样一位法学家。他让女主人公去追问：法是谁制定的？法又是依据什么制定的？这些提问本身就很了不起。进而作家表明了自己的主张：不是法律高于自然人性，而是自然人性高于法律。法律不是人的行为是否合理的天然尺度；人本身才是法律是否合理的最终尺度。如果现有的法律不合乎自然人性，那么，人的使命不是忍受法律，而是修改法律，直到法律合乎自然人性为止。

五、 让男性尊重女性

新的性价值观的第四个基本点是让男性尊重女性。

基督教文化，是以男性为本位的文化。《圣经·创世纪》第一章便告诉人们，夏娃是亚当的一根肋骨造成的，女性是男性的附属品，是派生的性别。中世纪把人们窒息在沉闷的长夜里，女性又被压在最底层。薄伽丘奋起为女性的地位与权利而呐喊，不愧为当时的石破天惊之举。在第四天的故事开头，薄伽丘公然宣言：

> 年轻的女士，有些非难我的人，说我不该一味只想讨女人家的喜欢，又那样喜欢女人。我公开宣布：你们使我满心欢喜，而我也极力想讨你们的欢心。我很想

问问这班人,难道这也是值得大惊小怪的事吗?亲爱的女士,不说我们曾经多少次消受甜蜜的接吻、热情的拥抱,以及同床共枕;就光是我能经常瞻仰你们的风采、娇容、优美的仪态,尤其是亲近你们那种女性的温柔文静,这份快乐不就足够叫人明白我为什么这样想,这样做吗?……要知道我天生是个多情种子、护花使者,从我小时候懂事起,就立誓要把整个心献给你们。

《十日谈》中,讲故事的十位青年有七位是女性;故事中聪明、美丽、善良、动人的形象,大多也是女性。据说,在薄伽丘的一生中,有一位女性曾对他一生产生重要影响,这就是那不勒斯国王的女儿玛丽亚。他们于1341年复活节前夜在圣罗棱索教堂相遇,一见钟情。玛丽亚不顾自己的尊贵地位和有夫之妇的身份,毅然委身于薄伽丘。七个讲故事的姑娘中,菲亚美达便暗指玛丽亚。这是否属实,学术界尚无定论,尚可进一步研究。但这不妨碍我们确定薄伽丘护花使者的立场。这不但有菲莉芭胜诉的故事为证,第四天第一个故事绮思梦达勇于与仆人相爱,第二天第一个故事贝纳卜太太洗冤,第一天第五个故事侯爵夫人智斗法国国王,第八天第四个故事寡妇让教士出丑,都是极好的证明。

薄伽丘这种尊重女性的新价值观，使人想到中国的作家曹雪芹。有的学者已将二人作过类比。的确，曹雪芹在《红楼梦》里提出了"女儿是水做的骨肉。男子是泥做的骨肉，我见了女儿便清爽，见了男子便浊气逼人的"的新鲜见解。在尊重女性方面，两位文学巨匠有相似之处。然而，比较《十日谈》和《红楼梦》女性观的差异，却是更有意味的命题，从中可以看到中西文化的异趣所在。

曹雪芹赞美女儿是水做的骨肉，在那里女儿是特指姑娘们的。只有姑娘才心地纯洁，值得推崇。如黛玉、鸳鸯、晴雯、尤三姐，到死时都是女儿身，她们或曾钟情过某一男子，但这种钟情绝不超过意淫的界限。她们与异性在肉体上是不搭界的。探春、宝钗、史湘云，也都是姑娘时光彩焕发，一旦嫁了男人，便黯然失色。至于那些嫁了男人的女人们，在曹雪芹笔下，基本上都成了浊物，一个个尽是可恶的势利小人。薄伽丘笔下那些聪明美丽的女子则相反，不论绮思梦达，还是菲莉芭，不论贝纳卜太太，还是侯爵夫人，几乎无一处女，她们的机智，正表现在善于同男性周旋；她们的刚烈，正表现在勇食性爱的禁果。婚姻和性爱不但没有使女子成为蠢物、浊物；偷情、殉情才愈发显示出性格的光彩。性爱与美，性爱与智慧，在她们身上不但不矛盾，反而相辅相成，相得益彰。

曹雪芹尊崇的女性，可以说是前社会女性。一个女子，从发育成熟，到结婚出嫁，只有短短的几年，在实行早婚的古代，这段光阴一见而过。在这短暂的时光里，封建礼教的控制可能出现漏洞，让待字闺中的女性初展其自由的天性。曹雪芹不满现实社会的乌烟瘴气，又看不到任何光明前景。只好从未出阁的女子身上寻找一丝清新的风，一缕清澈的泉。无奈，这清风终究要混入浊气，这清泉终究要溶入浊水，女性如何以健康的人格参与社会、参与婚姻，男女之间如何建立合理的性别结构，曹雪芹无法做出正面的回答，因为他眼中的前景只是满目悲凉。

薄伽丘笔下的女性、则是社会化了的女性。她们不但有敢于殉情的勇气，而且有敢于同社会抗争的决心，还有改造社会现实的智慧。这样的女性，才有承担新社会新文化建设者的资格，可以成为现实生活中妇女效仿的榜样。两类不同的女性在美学价值上虽然不存住你高我低的区分，但从中不难看出薄伽丘比曹雪芹对未来更富有信心。当然，这也是客观条件造成的差异。薄伽丘虽然出生得早，但他幸运地赶上了一个大变动的年代，新文化的曙光喷薄欲出，他作为一位先觉者，很自然地对生活，对未来充满信心；而曹雪芹虽然生得较晚，但他生于末世，在当时的大清朝还看不到新文化的些微曙色，我们能苛求曹公强作欢颜么？所以，这与其说是作家的局限，不如说是民族文化的历史悲剧。

薄伽丘去世已经六百多年了。六个世纪当中，全人类的文化变迁可谓风雷激荡，天翻地覆。文艺复兴时代萌芽的人文主义价值观，由当时的涓涓小溪，已汇成长河巨澜，荡涤了五洲四海。中世纪禁欲主义的伦理道德和行为规范，在一片又一片土地上被送进了历史的博物馆。薄伽丘的思想由异端邪说变为无须争辩的常识。尤其在当代，在世界上绝大多数文明国度里，千千万万普通男女追求爱情的美满，性生活的快乐已被视为天经地义。六百年间，禁欲主义文化虽然有过或大或小的回潮，在某一段时间或某一片空间沉渣泛起，兴风作浪。但因为人类文化的宝库里毕竟有了薄伽丘，毕竟有了人文主义的文明火种，所以反人性的逆流总是不得长久的。

高压下的人性

读鲍罗夫斯基的《女士们先生们，请进毒气室》

杨德友

作者介绍

杨德友,1938年生,北京人。1956年肄业于北京外国语学院,波兰语专业;1961年毕业于山西大学外语系,留校任教,任山西大学外语系教授,硕士生导师。2002年9月被授予"传播波兰文化波兰外交部部长奖"。有译著《福地》(第一部)、《论基督徒》《未来千年文学备忘录》《托尔斯泰与陀思妥耶夫斯基》《俾斯麦回忆录》(第一卷)等出版。

推荐词

这篇作品虽没有正面展示德国纳粹的毒气室是如何高效率、科学化地屠杀人的血肉之躯,但却深刻地揭示了战争机器对杀人者和被杀者的人性同样无情地进行了可怕的绞杀。在纪念反法西斯战争五十周年的当今,本刊发表这篇丝毫不给人以审美愉悦的作品,无非是为了用历史的惨剧向未来昭示: 和平的世界,必定是人性的世界,人性愈充分的世界,世界的和平才愈充分。

1985年5月，在美国的一次电视节目中，放映了纪念战胜纳粹德国的纪录片，内容是第二次世界大战中美军攻入德国之后在比尔森集中营中所见到的情景。幸存者名副其实地骨瘦如柴，奄奄一息，许多人因为太虚弱以致任何办法都挽救不了他们的生命，而集中营里的那些德国男女看守倒是健壮结实、肥头大耳，却又木然而面无表情。挖土机掘好了长方形大坑，他们受命把附近森林中没有来得及焚烧的大批尸体搬进万人坑。他们背着、抱着、扛着、拖着、挟着赤条条的骷髅架子般的男人和女人的尸体；尸体有的晃着脑袋，有的摆着胳膊，有的双脚拖在地面上，有不少还睁着眼睛。尸体躺着、卧着、跪着、坐着、侧着身、慢慢滚进或滑进万人坑，抖动几下，倒在那里。一层一层的尸体，横躺竖卧。毫无表情的男女看守们运尸，像背着、挟着、拖着整扇子猪肉、整羊或粮食口袋一样,于炎炎烈日之下,在沙地上一次又一次地搬个没完。

波兰作家鲍罗夫斯基的短篇小说《女士们先生们,请进毒气室》中的描写,也同样令人惊骇,全身每根毛发倒竖。1960年,译者求学期间,曾把这篇作品从英文译出,请一位恩师指正。老师改过之后说:"太残酷了,我的神经几乎受不了了。——你为什么翻译这样的小说?"弹指之间,35年过去了。译者找到原文,把这篇曾收进波兰许多短篇小说选集的作品重新译出(旧译稿早已丢失),献给读者,并且尝试回答老师多年前提出的问题,虽然老师已经逝世。

第二次世界大战结束已经50年。那次浩劫造成的巨大破坏早已弥补过来,重灾区欧洲的经济得到空前发展,世界发生了翻天覆地的变化。那次战争在一般人的感受中已经几乎成为遥远的过去。但是那次战争中惨绝人寰、令人切齿的组成部分之一——希特勒第三帝国进行的大屠杀,至今依然令人难忘。在希特勒"新秩序"政策鼓吹下,在波兰和德国建立的一大批集中营中,大约六百万人惨遭屠杀,大部分是犹太人、波兰人、苏联人和其他各国无辜的人以及战俘。任何一部欧洲现代史著作,都无不提及这一巨大灾难,无不加以严厉谴责。

希特勒是德国的劫数，欧洲的克星。为了扩军备战，动员德国人为他卖命，他使用的办法之一就是煽动种族主义，鼓吹日耳曼人是"优秀民族"，有权统治世界，而其他民族，尤其是犹太人和斯拉夫人，都应该灭绝，或者最多充当德国人的奴隶。希特勒1933年1月上台，1935年9月15日通过种族主义法，从法律上确立反犹政策，1938年对犹太人的迫害加剧起来。1942年，他决定把欧洲犹太人斩草除根，"最后解决"犹太人问题。希特勒的党卫队头子希姆莱计划杀死三千万俄国人，把剩下的赶到西伯利亚，以便为德国人腾出"生存空间"。

1945年春天，苏联红军和美军分别打到了波兰和德国，并且占领了在波兰和德国的许多集中营，如比尔森、布痕瓦尔德、达豪、毛特毫森、奥斯威辛、特莱勒林卡等，解救了不少幸存者。《女士们先生们，请进毒气室》的作者塔杜施·鲍罗夫斯基就是其中之一。

鲍罗夫斯基曾在华沙一所中学读书，1940年在一所地下中学毕业（1939年9月1日德国进攻波兰，很快占领了波兰），然后在地下的华沙大学学习文学。1942年油印出版诗集，揭露纳粹暴行。1943年遭盖世太保逮捕，关进奥斯威辛集中营，红军到来之前,和其他囚徒一起被转移到了德国达豪集中营,1945年美军解救了他。

鲍罗夫斯基在集中营受过两年的煎熬,遭受并目睹了这种人间地狱的磨难。他在这个"集中营世界"的感受,见于他的几篇短篇小说。在24岁以前,他写了《带圣经的男孩》《哈门泽的一天》《女士们先生们,请进毒气室》《在我们奥斯威辛》等优秀作品。1945年以后,不少波兰作家都写作关于集中营的作品,但是,可以说,鲍罗夫斯基的几篇短篇小说,尤其是我们译介的这一篇,最为惊心动魄,迫人思考人类的命运、高度压力下人性受到的摧残这个严肃的问题。

在这个短篇中,我们可以窥见集中营里的特殊的社会结构。最上层是指挥机构,其次是集中营指挥部委任以特殊任务的囚徒,再次是一些机智能干、有办法和手段弄到生活资料以保全生命的少数囚徒,最后是那些因饥饿、疾病健康每况愈下、承受不了苦役的人。他们的归宿是毒气室和焚尸炉。除此之外,就是大批不能干重活的老人、病人、大部分妇女和全部儿童以及全部犹太人,他们到来之后立即或稍迟(因为毒气室和焚尸炉正在扩建之中)被大规模集体毒杀。

在大屠杀中,杀人决策者和大批执行者都是德国人。众所周知,德意志民族为现代人类文明做出过巨大贡献。几乎没有一个科学和文学艺术领域没有德意志民族的卓越功绩。丢勒、巴赫、康德、黑格尔、歌德、贝多芬、马克思、恩格斯、爱因斯坦等是家喻户晓的名字,他们的成就至今为人享用、研究和称道。德意志民族又是欧洲最有文化教养的民族之一。具有这样文化背景的德国人竟被轻易动员起来,俯首帖耳地在前线为希特勒送死,在后方效率极高地生产杀人武器,在集中营里虐杀几百万人。

集中营的杀人是高效率的(尽管这个词在这里显得不伦不类)。试想,在战争期间,忙于东西两线作战的德国军事机器,还能把几百万人从欧洲各地运到德国和波兰的集中营,将其分类、处死、焚烧,再把"战利品"运回柏林,该是多么巨大的工作。屠杀的办法是残暴透顶、无比野蛮的,但是又不能不说是系统的、科学的、管理严格的、行政效率很高的,而且保密工作很好,在美军和红军到来之前,几乎不为包括德国在内的世人所知。这个短篇描述的正是这样的情况。

这是德国人的悲剧，又似乎是一个难解之谜。为什么会出现这样的现象呢？这篇小说似乎向我们提出了这样一个问题——纳粹集中营里的人际关系，总的说来，是非常简单的：杀人者和被杀者。杀人者之中，有一部分是被迫的，如小说中的"我"、亨利和塞瓦斯托波尔的水手。等到他们耗尽体力，也面临灭顶之灾。当然不是完全不存在被营救的事例，如《辛德勒的名单》这部荣获奥斯卡金像奖影片（1994）所描述的，但被救者总数很小。杀人者中的大部分，即集中营的指挥官们和大批的党卫队员们，都是杀人不眨眼的专业刽子手，是希特勒的驯服工具。他们坚信种族主义理论，犹太人和斯拉夫人等理应杀光。他们杀人就是效忠于元首，效忠于德国。他们总是"泰然自若""十分尊严""威风凛凛"的，正在完成"神圣的"使命。

然而，杀人者们实际上是承受着高压的：极端荒谬的反动种族理论的压力（他们已经感受不到这种压力，因为他们早已被这一压力俘获，习以为常）和惩处的压力。强大的压力扭曲了他们的人性、道德观和价值观，也可以说，他们被非人化了。人性受到摧残，或者遭到毁灭。

在他们眼里，被杀者已经不再是人，而是变成了物——

妨碍他们生存，理应被消灭的物。可悲的是，被迫的杀人者们，也在经历这样一个极端可怕的精神历程。杀人过程本身就是摧毁人性的过程，令人厌恶。小说描写的一天的"工作"，确实令人厌倦。三伏天下，哭喊充耳，臭气熏天，满眼暴力，搬运恶心的尸体，清理肮脏的车厢和地面，从上午到黎明。小说中的"我"，在接过一次输送车之后就已烦腻，不再同情那些无辜的人，而亨利则避而不答"我"的问题："我们是好人还是坏人？"还斥之为"愚蠢"，却告诉他的感觉是"正常的"。还有安德烈，大概原是苏联水兵，因被俘和身强力壮而被委派了这种工作。他猛击一位年轻妇女，又抓住头发把她扔上大卡车，还一把把另一个小孩也扔上去，嘴里发出污秽的谩骂。因为无法反抗，又要苟活，这种令人厌倦的"工作"，炎热、烧酒、和对犹太人的偏见，把他变得如此残暴，丧失了人性。

小说中的德国人就不同了。他们不必动手干脏活，只是画道记录多少人将被毒死、多少人去服苦役，拿着大口袋收取金银财宝，看管上述一批人的"工作"而已。囚徒们的生死存亡就系于他们的一个手势、一个眼色、一时的奇想。他们穿着整齐，全身披金戴银，脚蹬熠熠发光的皮靴，吃得肥头大耳。但是，强大的压力吞噬了他们的人性，把他们变成了货真价实的披着人皮的狼。人变成了兽。看看那个女看守吧。她干瘦，丑陋，代表着一切冷酷和残暴的黑暗势力，她憎恨一切漂亮的女人，世间一切美好的事物。她已经丧尽全部的女性、母性和人性。剩下的只是嘴角上一丝狰狞的微笑：她很满意货场上的"战功"，好像是获得了复仇的成功。其他文献里记载的研究用人的脂肪制造肥皂的"学者"，把新制毒剂注入活泼可爱的婴儿体内观赏其在痛苦中死亡而感到乐趣的纳粹"实验人员"之流，是堪与这位女妖媲美的吧。

纳粹杀人所依靠的第一个手段是理论和暴政，第二个是愚弄和欺骗。

在欧洲历史上，犹太人惨遭屠杀的事件史不绝书：罗马帝国屠杀他们，第二次十字军东征屠杀他们，16世纪西班牙宗教裁判所屠杀他们，俄国沙皇屠杀他们。但是，那些屠杀较之纳粹的大屠杀，则是小巫见大巫了。德国的种族主义和反犹主义不是希特勒的发明，他不过是欲达其称霸世界的目的加以发挥和利用而已。反犹主义始于16世纪宗教改革时期（遗憾的是，见于宗教改革家马丁·路德），经19世纪德国哲学家们理论体系中包含的种族主义的推波助澜，终于成为20世纪早期希特勒的思想体系核心之一。希特勒从少年时代就欣赏这种思想，加之他青少年时期的经历，这一切都大大助长了他对犹太人的顽固的偏见和仇恨。这种荒谬绝伦的种族主义，这种劣根的传统思想在当时相当多的德国人思想深处是根深蒂固的。这是历史的负担。希特勒正好借助这一点并大加利用。由此可见，一个民族传统思想中的消极成分，在特定的时期和适宜的土壤中的确会演变成为一股强大而邪恶的力量，把整个民族引入歧途，推进深渊。这种反动思想加上希特勒极端残忍和顽固的独裁政策构成了强大的压力，压毁了人性。不幸的是，这个现象出现在组织性、纪律性、创造性都很高的德国人中间；更为不幸的是，他们受其压力而不自觉，视杀人为造福。鲍罗夫斯基的短篇表现了这种人性丧失所造成的后果。

集中营中几百万人绝大部分可以说都是逆来顺受、在沉默中死去的，似乎绝少反抗。究其原因，恐怕主要可以归于他们所受到的愚弄和滴水不漏的欺骗。他们曾被告知，德国人为他们安排好了新生活，但他们必须集中起来。他们收拾起以往积蓄的细软财物，带上生活必需品，男女老幼，倾巢而去。正如小说所述，他们预料会有困难，准备为生存进行艰苦的斗争。忍受过闷罐子火车中也许是几天几夜的长途"输送"之后，他们一下火车顷刻间被洗劫一空，老弱病残和儿童被赶着上了大卡车直接去毒气室。他们被告知是去洗澡，而"大澡堂"挤满、大铁门当啷关闭之后，盐状的毒剂——塞克隆从水喷头小孔里落下并开始发出怪味的时候，他们才意识到，他们受骗了。但是实在——实实在在晚矣！20分钟之后，他们的尸体被用大铁钩拉出去，又送进焚尸炉。没过多久，大烟筒就冒出了浓烟，浓烟像天上的一道黑水河一样缓缓流动。纳粹的欺骗手段何等周密，何等险恶！是头等的大邪恶与大虔诚相结合的杰作和图画！

有少数人识破骗局，例如小说中那个金发少女。她问小说中的"我"："他们把我们送到哪儿去？""我"一语不发。"我"无以对答。少女似乎知道，速死比慢死也许痛苦少些，便登上了卡车。如果怀疑和识破骗局可以导致反抗的话，那么，在集中营里，反抗的成功的可能性是微乎其微的。极度的暴力高压和极度惨无人道的虐待早已麻痹和绞杀了他们的感觉和正常的思维，绝大部分的人只好听从命令，任凭摆布。丧失自己的意志，就是人性的毁灭。这个短篇似乎向我们发出一个警告：德国传统的、历史的种族主义的思想和希特勒的个人心理变态以及他的暴政，已经把德国这样一个伟大的民族引入歧途，其后果就是对人的全面的深刻的摧残。

鲍罗夫斯基的故事中的"我"，实际上表达了一个一般人的感受和思想的变化。他才"工作"一天，耳闻目睹的一切，就已经开始摧毁他对无辜的人们的同情。如果他必须旷日持久地干下去，即使不变得像塞瓦斯托波尔水兵那样残暴野蛮，也要变得像亨利那样麻木，至少也是那样的玩世不恭。

小说只描写了一天的事情，用的是平铺直叙的方法，选取的是最有代表性的情节。从第一句话起，每一个场面都令人惊异、恐怖，难以卒读，但是，每一个场面又都超出了我们最大胆的想象，既是揭露性的，又发人深省，因此，又非读下去不可，所谓欲罢不能，难以掩卷。"我"的少量主观上的感受，例如对亨利提出的问题，躺在铁轨上时对正常生活、正常感情的向往，正好与通篇大量的环境描写形成强烈对照。但是这一切又像秋风中飘飞的落叶，即将成为过去，变为明日黄花。因此，笔墨虽然不多，却令人难以忘怀。

这个短篇的标题很好。"女士们先生们"，文质彬彬，礼仪周到；"请进毒气室"，似乎那是一个客厅，是一个天堂。"女士们先生们"是应邀而来的。但是偏偏又写上了"毒气"二字，同时道破了其中的欺骗，以进天堂的姿态邀请人们进入地狱。标题是独具匠心的，是象征性的，因为通篇叙述了这个内容，却没有人说这句话，也没有重复一次。

战争期间和战后，在波兰就已经出现了所谓集中营文学，优秀作品如安德烈耶夫斯基的《点名》、纳乌科芙斯卡的《奖章》、施玛格列芙斯卡的《比尔克瑙上空的黑烟》、菲利波维奇的《无动于衷的景色》、格林贝格的《反犹战争》等。"集中营文学"构成了战后波兰以第二次世界大战为题材的文学的一部分。一个民族历史上的重大事件，尤其是厄运和灾难，是要在文学中被反复描写的，也许文学能够阻止人们忘记过去，阻止一个非理性的巨大潮流（或者说逆流）出现。严肃作家们的功绩，也许正在于此吧。是否可以说，鲍罗夫斯基的这个短篇小说已经起到这一作用了呢？

1993年，"纳粹大屠杀博物馆"在美国华盛顿开馆，旨在使世人保持警觉。

本文作者曾在美国和一位学习文学的西德研究生讨论过这一问题。她承认，在欧洲许多地方旅游的德国青年人，常常羞于说明自己是德国人。他们程度不等地了解纳粹德国史，理解战争给欧洲各国人民带来的灾难的长期影响。这就表明，德国人民正在反思；而这种反思，正是经历过重大灾祸的每一个民族所需要的。

孤独是一个永恒的主题

解读马尔克斯的《百年孤独》

昂智慧

作者介绍

昂智慧，1964年生，分别于1987、1994、2002年获安徽师范大学中文系文学学士，南京大学中文系文学硕士、博士学位。现为南京大学中文系副教授。

推荐词

在加西亚·马尔克斯的笔下，孤独是一个内涵极为复杂的概念。《百年孤独》中出现的每一个人物都以自己独特的体验感受到不同类型的孤独情感，他们分别从个体存在的角度阐述了孤独的心理学内涵。

加西亚·马尔克斯在接受中国学者陈众议的采访时断言,他所有的作品都有一个相同的主题——孤独,而且他计划今后每年一部的新作也将有同样的主题。在同朋友门多萨的对话中,加西亚·马尔克斯指出,孤独是一种"人人都会遇到的问题",而他自己则正是"专门表达这种情感"的作家。从他的著作来看,这一声明并非虚言。他的作品确实从各个角度描绘了孤独的种种存在形态:《家长的没落》诠释了权力的孤独,《枯枝败叶》诠释了自我封闭式的孤独,《霍乱时期的爱情》诠释了爱情的孤独,等等。《百年孤独》在加西亚·马尔克斯的所有著作中占有非常重要的地位,它是一部关于孤独的综合性"大词典",小说的丰富和博大就充分地体现在孤独这个主题之中。在加西亚·马尔克斯的笔下,孤独是一个内涵极为复杂的概念。《百年孤独》中出现的每一个人物都以自己独特的体验感受到不同类型的孤独情感,他们分别从个体存在的角度阐述了孤独的心理学内涵;其次,作为现实语境的拉丁美洲社会历史从更为广阔的角度、以更加沉重的态度展现了孤独的社会学含义。

在布恩蒂亚家族的所有成员中,第一代人霍·阿·布恩蒂亚和第六代人奥雷连诺·布恩蒂亚是最为聪慧、最为出色的。两者都是无辜地沦陷入孤独之中的好人。前者由于天才的想象力超越了大自然的创造力和人类科学认识的极限,从而步入高高在上的神秘的无人之境;后者则由于命运安排他成为家族的最后幸存者,同时也是不受欢迎的人,因此而备遭孤独的折磨。霍·阿·布恩蒂亚创建了马孔多小镇,而奥雷连诺·布恩蒂亚则在破落而孤寂的家宅中宣布并目睹了自己与之同归于尽的马孔多小镇的毁灭。

对于霍·阿·布恩蒂亚来说,科学的探索曾经是高于一切的,为了证明磁铁的采金功能,他用全部家产(一头骡子和两只山羊)从吉卜赛人梅尔加德斯手中换来两块磁铁;为了证明放大镜的战略威力,"他把阳光的焦点射到自己身上,因此受到灼伤"。他根据航海图和航海仪器"设想了空间的概念",从此,不用走出自己的房间,"就能在陌生的海洋上航行，考察荒无人烟的土地"。他甚至仅凭观象仪就证明了"地球是圆的，像橙子"。他曾经被照相机吓破了胆，但又很快地掌握了这门技术，并企图用它来取得"上帝存在的科学证明"，因为，在他看来，既然照相术能够拍摄出人的形象，那么上帝的形象肯定也能够被拍摄出来，但是，他终于没有能够拍摄到上帝的形象，所以他便不得不"相信上帝是不存在的"。

霍·阿·布恩蒂亚对于马孔多小镇（它可以被读解为人类社会的缩影）的第二个创造性功绩是把时钟引进了这个以鸟鸣报时的小镇，机械时间取代自然时间标志着马孔多从原始乌托邦进入了现代社会。霍·阿·布恩蒂亚甚至"把钟上的发条连接在一个自动芭蕾舞女演员身上，这玩具在本身的音乐伴奏下不停地舞蹈了三天"。但是，他对永动器的热衷，则意味着他已经超越了科学，进入了永恒的时刻。最后，他终于完全丧失时间感，陷入永远的、如痴如狂的孤独之中。总而言之，第一代布恩蒂亚的孤独是天才的孤独，他的思维超越了常人的极限，从而步入了他个人独享的神奇而无法传达的孤独世界。

相比较而言，第六代奥雷连诺·布恩蒂亚却是被命运选出来承担孤独的可怜虫。他生活在一个衰败而没落的时代，注定要代表一个行将消失的家族，忍受命运赐予的孤独。奥雷连诺·布恩蒂亚是一个私生子，没有出现在世人面前的权利。他一直被祖母藏在梅尔加德斯的房间里，"背诵破书中的幻想故事，阅读赫尔曼·克里珀修士的学说简述，看看关于鬼神学的短评，了解点金石的寻找方法，细读诺斯特拉达马斯的《世纪》和关于瘟疫的研究文章，就这样跨过了少年时代；他对自己的时代没有任何概念，却掌握了中世纪人类最重要的科学知识"。他在大英百科全书的启发下确认梅尔加德斯的预言书是用梵文写成的。而且，又在梅尔加德斯预言书的提示下，买回了一本梵文语法书，掌握了这个神秘的语言。但是，命运并没有给他拯救自己的机会。他无可避免地陷入了自己的姨妈阿玛兰塔·乌苏娜的情网，因而放弃了对预言书的进一步解读。这"一对情人失去了现实感和时间观念"，深陷于"使坟墓里的菲兰达惊得发抖"的情欲中。最终，"在这座只需要一阵风就会倒塌的房子里，他们越来越习惯于孤独的生活"。

综上可见，霍·阿·布恩蒂亚和奥雷连诺·布恩蒂亚这两位布恩蒂亚家族中的杰出代表分别象征着人类的科学探索阶段和文明堕落的时期。他们都不是真实的人物，而是某种声音。他们孤独都是无可避免的，同时又昭示着一种境界和命运。

此外，小说中作者着墨最多的人物之一还有奥雷连诺上校，他忍受着权力的孤独，引起了作者极大的同情和共鸣。在奥雷连诺上校的一生中，虚荣心、自尊心、荣誉感标志着他走向孤独的足迹。青年时期，奥雷连诺由于瘦小，在高大魁梧的哥哥面前自惭形秽，受到心理上的压抑，所以拒绝与一切女人来往，整天躲在父亲的实验室里，制作小首饰。奥雷连诺上校是在自尊心的引导下，"出于骄傲才参加战斗的"，而且他知道，"只要放弃了自尊心，他就能终止战争的恶性循环"。然而，阻止他走这一步的正是日益增加的荣誉感。荣誉感是对权力的最明确的认可和渴望。奥雷连诺上校在荣誉感的驱动下，走向了通往暴君、独裁者的旅程。他枪杀了保守派镇长，残杀了他的妻子，唆使部下暗杀了反叛的泰菲罗将军……而当他醉心的权力到手之后，他只感到"彻骨的寒冷"、无边的恐惧、死一般的冷漠和难以逃避的幻灭。他终于在一个漫长的黑夜重新发现"普通人的生活是可贵的"。于是他宣布"滑稽戏收场啦"，然后以更加残酷的行为镇压自己曾领导的起义,以便获得失败,结束战争。但是他从权力的孤独中解脱之后,旋即又陷入精神空虚的死一般的孤独之中。为了等待来之不易的死,他回到父亲的实验室里,制作小金鱼。"他把金鱼换成金币,然后又把金币变成金鱼,就这样没完没了,卖得越多,活儿就干得越多。"奥雷连诺上校的特别之处还在于,他具有预言能力。他的这种超人的才能既是他获取权力的首要条件,也是他能够顿悟权力的虚妄、走向空寂的重要原因。奥雷连诺还在他妈妈乌苏娜的肚子里就开始啼哭,仿佛预见到了人世间等待着他的痛苦;他一出生就用恐惧的目光注视着家中摇摇欲坠的天花板,似乎从一开始就敏感到这个家族的衰败;他知道自己外出打仗时家里所发生的一切。他的名言是:一切都是可以预先知道的。也许,正是这种超人的预见能力,使他注定要超越权力、荣誉、善良的情感和生命的种种乐趣,走向死亡般的无聊、冷漠和孤寂。

阿玛兰塔、雷贝卡和俏姑娘雷梅黛丝是小说中较为重要的三位女性,她们分别以恨、爱和纯洁展现了女性情感世界的丰富和复杂。阿玛兰塔和雷贝卡的孤独是狂乱的情欲一手造成的。她们原本是一对好姐妹,不幸同时爱上了一位意大利调琴师，雷贝卡爱情上的胜利引起了阿玛兰塔的嫉妒和仇恨，她因此而坚信"爱情是危险的，没有好结果的"。当那位意大利调琴师遭到雷贝卡的抛弃又转而向阿玛兰塔求婚时，她虽然仍然爱着他，却断然拒绝了；她对马克思上校的感情交织了同情和虐待的成分；而她同侄儿的乱伦游戏则是出于本能的欲望和某种自我怜悯的念头。从精神分析学来看，阿玛兰塔的行为体现为病态的症状，即所谓"吞没焦虑"："为了与他人相联系，人需要一种坚实可靠的自主性身份感。然而，在生活中任何联系都会使个体面临丧失身份的考验，由此产生的焦虑就是所谓吞没焦虑。……陷入吞没焦虑的个体，其用以维护自身身份的主要手段是孤立。"对于这种人来说，被人爱比被人恨更可怕，因为被爱就意味着被淹没、被吞噬，因为"被他人所爱，相当于置身于强制性的承诺之下。"阿玛兰塔就在这样一种病态的"吞没焦虑"中走向绝望和孤独。与阿玛兰塔相反，雷贝卡疯狂地投入到爱和性欲之中，希望被包围、被窒息……她少女时代第一次恋爱就是出于对爱情的渴望，至于恋爱的对象倒并不重要。她同与自己同样疯狂的霍·阿卡蒂奥结婚之后，过着极度纵欲的生活。雷贝卡的孤独是她丈夫的死造成的，但是，谁杀死了她丈夫？也许是为了驱散我们的怀疑（也许正是为了提醒我们）？作者在小说中预先反驳说："雷贝卡为什么要打死一个使她幸福的人"呢？但是，读者仍然会怀疑她就像福克纳的爱米丽一样，为了永远地占有自己的爱人，宁愿杀了他。无论如何，在丈夫神秘地死后，雷贝卡过上了完全与世隔绝的生活，就像一个活死人一般，似乎在这样的孤独中体味到了某种平静。与阿玛兰塔和雷贝卡完全不同，俏姑娘雷梅黛丝是完美的化身。她有着绝色的容貌和最纯洁的心灵。但是，她的美似乎太过极端，她的心灵超越了爱、恨、嫉妒、同情、忧郁和痛苦等一切人类普遍的情感，趋向死一般的宁静。这一切都注定了她将无法久留人世，更规定了她孤独的命运。她的飞天之行象征着完美是无法在尘世间留存的，而且，对完美的追求是致命的，当然，更是伴随着孤独的。

在《百年孤独》中，个人的命运和孤独体验编织成了一部家族史，而这部家族史同时也代表了一部民族史。这个民族的孤独主要就体现在，本土文化与异域文化的冲突再现了拉丁美洲人民无所适从的精神境况：这里的人民在自己的家园里却成了陌生人。在西班牙的殖民统治下，西方文化成为拉丁美洲文化中的权力话语。西班牙式的教育标志着风度、修养和正统，而马孔多（小说中一个虚构的城镇，但是也可以被读解为整个拉丁美洲的象征）人原先那种自由而快乐的生活则被认为是充满了罪恶的。家族的女主人乌苏娜在媳妇菲兰达（西方文明和教养的典型代表）来到这个家族之后，陷入了"黯然无光的暮年的孤独"。文化上的差异使得乌苏娜这位拉丁美洲人民的优秀代表丧失了原有的判断力："那些靠直觉弄得清楚的东西，她想用眼睛去看，就失误了。"她不得不"完全改变了自己关于子孙后代的看法"。

即使从西班牙的殖民统治下独立之后，西方文化的入侵也没有停下脚步。随着西方先进的科学文化的传入，各种西方文化话语相继侵入了马孔多："停泊在马孔多镇的第一艘也是最后一艘轮船"，其实只是一只"巴里萨木扎成的木筏"，他是霍·阿卡蒂奥第二的"失败的创举"。这只木筏并不是他的外祖父的梦想的实现，而是一个巨大的讽刺，因为它带来的不是伟大的发明，而是所谓"新的生活气息"：法国妓女们"那种出色的技艺改变了传统的爱情方式"，她们"发起了血腥的狂欢节，一连三天使马孔多陷入了疯狂的状态"。狂欢节给马孔多的人民带来的不是快乐和解放，而是欺骗、恐怖、混乱和屠杀。在马孔多的狂欢节中,"枪弹的闪光淹没了焰火的光彩",狂欢后的广场上一片尸体。不仅如此,狂欢节还使马孔多陷入一种不可理喻的狂欢情绪。奥雷连诺第二就是这种情绪的突出代表。他狂呼:"繁殖吧,生命短暂呀!"他有一个性欲极端旺盛的情妇,这个女人接近任何牲畜都会使它们疯狂地繁殖起来;他每天在家中大摆宴席,招待各路朋友和不断涌入马孔多的外国人……然而,他的疯狂只不过是孤独的另一种形式,他晚年凄凉的情景和他痛苦的死亡都证明了这一点。

当火车第一次开进马孔多时,"在这片刻间,马孔多被可怕的汽笛声和扑哧扑哧的喷气声吓得战栗起来"。"这列样子好看的黄色火车注定要给马孔多带来那么多的怀疑和肯定,带来那么多的好事和坏事,带来那么多的变化、灾难和忧愁。"火车给马孔多人带来了电灯、电话和电影,使他们享受到现代文明的舒适和方便;火车也给马孔多人带来香蕉公司,使他们的生活偏离了常规,走向毁灭。在加西亚·马尔克斯的笔下,香蕉公司掀起的"香蕉热"是"同战争有某种关系"的,但是,这是一场真正的和平演变。蜂拥而至的外国人把马孔多闹得天翻地覆,"他们借助上帝的力量,改变了雨水的状况，缩短了庄稼成熟的时期，迁移了河道"。但是，他们所带来的并非仅仅是科学上的奇迹，更重要的还是社会文化上的偏见。他们带来了尊卑等级制和种族歧视。"他们又在铁道的另一边建立了一个市镇"，"整个街区都围上了很高的金属栅栏，活像一个硕大的电气化养鸡场"。"专横傲慢的外国人代替了地方官吏"。代表政府的士兵们仿佛都"患着盲目服从的淋巴腺鼠疫症"。他们在一次镇压工人反抗外国人欺压的大罢工中残酷地杀害了三千多名工人，并且还无耻地否认这一事实，宣布："没有一个人死去，工人们都安全回家了。"

总之，随轮船和火车而来的一切都象征化地再现了拉丁美洲人民在西方霸权势力控制下所遭受的痛苦：他们认不出自己的市镇，相互残杀，丧失了原有的自尊和起码的人格。一切抗争和努力都归于失败，人们在绝望中走向最深刻的孤独——死亡。最后，马孔多小镇在一阵狂风中飞上了天，消失得无影无踪。

无始无终　无穷无尽

博尔赫斯《沙之书》

胡少卿

作者介绍

胡少卿,北京大学文学博士,对外经济贸易大学中国语言文学院副教授。

推荐词

在博尔赫斯这里,散文和随笔与小说的界限往往难以确立,有的散文读起来也像小说。无论是小说还是诗歌、散文,他的作品都是短章。传记作家安德烈·莫洛亚说:"博尔赫斯是一位只写小文章的大作家。小文章而成大气候,在于其智慧的光芒、设想的丰富和文笔的简洁——像数学一样简洁的文笔。"

"写小文章的大作家"

20世纪60年代前后,拉丁美洲文学异常发达,出现了胡安·鲁尔福、博尔赫斯、马尔克斯、略萨、卡彭铁尔、富恩特斯等一大批文学大家,被称为"拉美文学大爆炸"。作为经济发展比较滞后的地区,拉丁美洲能出现如此灿烂的文学景观引起了世界各地学者的关注。他们的作品被归入一种叫"魔幻现实主义"的流派。

"魔幻现实主义"指的是在现实的叙述中加入众多非现实的东西,现实与幻想混杂,魔幻的事物可以随时出现,只服从于表达的需要。这些作品之中,最广为人知的当数马尔克斯的长篇小说《百年孤独》。20世纪80年代,这些拉美作家在中国受到重视,风行一时。中国当代作家莫言、韩少功、残雪的许多作品,可以看出受拉美"魔幻现实主义"影响的痕迹。

博尔赫斯（Jorge Luis Borges）（1899—1986）便是在"拉美文学大爆炸"中凸现出来的杰出的短篇小说作家和诗人，为阿根廷文学在世界范围内赢得了声誉。智利的诺贝尔文学奖得主巴勃罗·聂鲁达认为他是"影响欧美文学的第一位拉丁美洲作家"。

博尔赫斯是一个以书为生、从书到书的作家。他一生都生活在图书馆中。小时候他就沉浸在父亲巨大的藏书室中，1937年他开始在布宜诺斯艾利斯的一家市立图书馆担任助理馆员。1955年开始担任阿根廷国立图书馆馆长，直到1973年退休。读书是博尔赫斯生活中一项具有压倒性优势的活动，而且对于他的写作意义重大。他曾说："我是一个作家，但更是一个好读者。"读书使博尔赫斯的视野非常广阔，而且，由于读书在生活中的比重之大，与大多数作家不同，是书籍而不是生活成了博尔赫斯的写作源泉。他的作品往往是对以往作品的重写、重新拼贴，他玄想式的写作方式也往往是从书本到书本，因而他是一个"学院气""书卷气"非常浓厚的作家。在他被任命为国立图书馆馆长的时候，他的双目已经近乎完全失明，所以他不无苦涩地写了一首诗向上帝致敬："上帝同时给了我书籍和黑夜/这可真是一个绝妙的讽刺……"或许失明对于一个"玄想型"的作家来说反而是一件好事，他仍以口授的方式继续写作，成就惊人。

博尔赫斯最初是以写诗成名的，1923年出版了第一部诗集《布宜诺斯艾利斯的激情》，随后又推出了两部诗集。迟至1935年，他才出版第一本短篇小说集《恶棍列传》。他还写作了大量散文和随笔，但在博尔赫斯这里，散文和随笔与小说的界限往往难以确立，有的散文读起来也像小说。无论是小说还是诗歌、散文，他的作品都是短章。传记作家安德烈·莫洛亚说："博尔赫斯是一位只写小文章的大作家。小文章而成大气候，在于其智慧的光芒、设想的丰富和文笔的简洁——像数学一样简洁的文笔。"

博尔赫斯对世界各国带有玄想色彩的作品都非常关注。他曾经给中国《聊斋志异》的阿根廷译本作过序。作为幻想文学的先驱，卡夫卡对博尔赫斯也有一定的影响。博尔赫斯曾经翻译过卡夫卡的作品，还写过一篇名为"卡夫卡及其先驱者"的随笔。博尔赫斯还是一个非常优秀的诗人，给世界留下了数十首经典之作。

不"安分守己"的叙述

叙述的技巧在博尔赫斯的小说中占有重要地位。博尔赫斯的每一个故事,都不是"安分守己"的。他的小说总是奇峰突起,悬念丛生,读者很难预测他情节推演的走向。他总是想法设法地玩一些花样,正如美国作家约翰·厄普代克所说:博尔赫斯的叙述"回答了当代小说的一种深刻需要——对技巧的事实加以承认的需要"。其作品文体干净利落,文字精练,构思奇特,结构精巧,小说情节常在异国情调的背景中展开,荒诞离奇且充满幻想,带有浓重的神秘色彩。

《沙之书》便是博尔赫斯讲述的一个波澜起伏的小故事。虽然短,但并不妨碍他在如此短小的篇幅里施展他叙述的才能。他煞有介事地描述了一本"无限之书"。这本书像沙子一样无始无终,页与页之间总还有其他的页,无穷无尽。小说的最出人意料之处可以说有两处:一处是"沙之书"的奇妙特性的显现;一处是"我"将"沙之书"藏在图书馆里。在作品的开头,读者根本不可能想到会有这样一本"沙之书";而当读者看到作品中间时,也根本不可能想到"沙之书"最后的结局是被藏到了图书馆里。博尔赫斯的小说就是这样,总是让人充满期待和惊喜，让人不知道下一步会发生什么，而当读者读完全篇，又能有无穷的想象和回味。

作为一个终生与书打交道的人，设想出这样一本"沙之书"，对于博尔赫斯来说是顺理成章的。《沙之书》出版于1975年，而1941年，博尔赫斯就曾经写过一个名为"巴别图书馆"的短篇。在那个短篇里，博尔赫斯把宇宙想象为"一个数目不明确的，也许是无限数的六面体回廊所构成的图书馆"。那个"巴别图书馆"同样是一个无限之物，和"沙之书"一样，也是一个关于无限的原型。

博尔赫斯曾经说：文学即游戏，尽管是一种严肃的游戏。《沙之书》这篇小说可以看成是一篇游戏之作，是老年博尔赫斯童心未泯的标记。但同时，"沙之书"所代表的"无限之物"，也可以做多方面的阐释。比如，它可以看作是对无穷尽的存在的隐喻，可以看作是无限时间空间的模型，可以看作是对人类浩瀚知识的象征，还可以看作是对文学的某种认知：制造一本无始无终的小说。博尔赫斯所钟爱的卡夫卡的小说其实就近似于无始无终的小说。卡夫卡的长篇都是没有写完的，但没有写完可能恰恰是卡夫卡的长篇所应有的结局，因为现代人的荒诞生活同样是未完成的，还在向未来延伸。

"沙之书"是某种神秘之物,小说主人公"我"对待它的态度先是好奇,然后是钻研,然后发现对它了解得越多,就发现不了解的更多,就越意识到自己的渺小;然后迷失于无法自拔的敬畏,再然后是恐惧,最后是逃避。这个过程前面的几个步骤和人类科学探索的步骤是一样的,只是最后一步:是逃避还是坚持显示了博尔赫斯与崇信科学的人的分歧——对于笃信科学万能的人来说,他们会用进取的心态坚持;而对于相信神秘主义的博尔赫斯来说,在令人敬畏之物面前,他会选择停步。

不管怎样,《沙之书》提供了一个人遭遇"无限之物"的心理感受过程,这一经验是新鲜的、独到的,因而是迷人的。

"虚构"与"真实"的辩证法

作为一个"玄想型"作家,虚构在博尔赫斯的写作中无疑占有重要地位。在《沙之书》里,作者虚构了一本现实中并不存在的"沙之书"。这是小说的核心意象,是整篇小说得以存在的支点。为了让这本书显得合情合理,作者设置了小说的其他附属情节：一个去过孟买的《圣经》推销员（之所以把"沙之书"的来源地确定为印度的孟买，源于博尔赫斯对于东方的神秘想象，他的许多小说都是以东方异国情调为背景的）；交易的详细过程，我面对"沙之书"的先喜后惧；"沙之书"的最后下落。这之间有一个神来之笔："我想把它付之一炬，但怕一本无限的书烧起来也无休无止，使整个地球乌烟瘴气。"这是典型的博尔赫斯式的充满幽默和睿智的想象，同样有助于使叙述显得煞有介事。在这些情节中，除了这本"沙之书"是非现实的之外，其他的都是现实生活场景。这些现实生活场景让"沙之书"也显得像一个现实之物一样合情合理。这里涉及博尔赫斯对待虚构和幻想的态度：他想努力抹去幻想和现实的界线，让虚构嵌入现实之中，与现实浑然一体。似乎对于他来说，幻想即是现实，现实也是幻想，生活之中处处有神迹。唯美主义作家王尔德曾说：不是艺术模仿了生活，而是生活模仿了艺术。对于博尔赫斯来说，同样可以说：不是小说应该遵循现实的逻辑，而是现实应该向小说靠拢。

"沙之书"虚构的合理性借助于几何原理。这篇小说在开头部分即阐述了一些几何方面的基本原理："线是由一系列的点组成的;无数的线组成了面;无数的面形成体积;庞大的体积则包括无数体积……"尽管作者接下来又说:"不,这些几何学概念绝对不是开始我的故事的最好方式。"但显然,幻想的合理性是建立在这种几何无限性的基础上的。在作品中广泛地引入几何原理作为作品的工程支柱是博尔赫斯的惯用手段。他有一篇名为"死亡与罗盘"的小说,这篇侦探性质的小说的核心结构其实是由两个几何图形构成的:等边三角形和菱形。已经发生的三起凶杀案的地点构成了一个等边三角形,但侦探从种种迹象推断,凶手最终的目的是构成一个菱形。于是他赶往可以与前三个点构成菱形的第四个点去缉捕案犯,不料却落入了案犯设下的陷阱。原来这一切都是案犯预谋好了的。案件的发生地最终是组成了一个菱形,但被害者却是侦探本人。这便是人们常常津津乐道的博尔赫斯的迷宫之一,但实际上它并非什么迷宫,不过是两个简单的几何图形的转换而已。几何模型是博尔赫斯用以想象世界的一个直观方法,同时也是博尔赫斯用以生发想象的核心要素。对这些几何原理的借用往往被认为是博尔赫斯小说富于哲理性的证明。几何思维使博尔赫斯的小说显得异常清晰明澈。正如美国批评家约翰·厄普代克所说:

"这些他在头脑中构思的短小篇章具有一种坚不可摧的恰切，他练成了把模糊的观念和更模糊的情感澄清为具体形象的本领。"中国作家余华也曾说："在我看来，他和中国的鲁迅是我们文学里思维清晰和思维敏捷的象征。"

《沙之书》的开头一段博尔赫斯即表明了他对待虚构的态度："如今人们讲虚构的故事时总是声明它千真万确；不过我的故事一点不假。"这里，"人们"可以理解为是那些主张写作忠于现实的人，他们的小说强调尽可能地贴近现实，但在博尔赫斯看来，反而可能是"虚构"的；而他的故事虽然看起来荒诞不经，但可能反倒是"一点不假"。这和博尔赫斯对"虚构"一向的看法有关。在《论惠特曼》一文中，他说："一件虚假的事可能本质上是实在的。"对博尔赫斯而言，虚构是艺术创造的根本点，是抵达更高实在的方式；通过虚构，写作这门活动往往可以最大限度地接近心灵的复杂活动。

以《沙之书》为例，尽管我们在现实中谁也没有看见过这样一本书，但我们都曾经被无限的星空所震撼，被无穷尽的人类历史卷入沉思。《沙之书》所表达的正是人类面对无限之物时心灵的真实深度。这样，"沙之书"便类似于一种透镜,它来源于人类的智慧,可以穿越现实的障碍。没有"虚构",便没有《沙之书》,也没有博尔赫斯。《沙之书》证实了"虚构"作为一种写作方式的有效性。

> 本书的编校工作得到了北京大学中国语言文学系刘修齐的协助,她细致严谨的工作对本书助益匪浅,在此特别向她表示感谢。